光文社文庫

黒豹の鎮魂歌（下）

大藪《おおやぶ》春彦

KOBUNSHA

光　文　社

黒豹の鎮魂歌（下）

第三部　死闘への驀進

覗く

1

「奴の目を覚まさせるんだ」

山野組千葉支部長の安本は、幹部の平井に命じた。

副支部長の川田が、気絶した中尾から離れる。平井は水道の蛇口をひねり、ホースから噴出する水を中尾の体にぶっかけた。川田が、血と肉片で汚れたフォールディング・ナイフのノコギリ刃をその水で洗う。

しばらくして、中尾は意識を回復した。平井は、悲鳴をあげる中尾の口にホースを差しこんだ。両手両足を鎖で縛られている中尾は、必死に顔をそむけたが、容赦なくそそぎこまれる水で窒息しそうになる。

全身を痙攣《けいれん》させて苦悶《くもん》する中尾を冷たく眺めていた安本が、平井に合図した。

平井はホースを中尾の口から外した。水道の蛇口を閉じる。中尾は激しく咳《せ》きこみながら、鯨の潮吹きのように水を吐いた。

「さあ、しゃべってもらおう」

安本が言った。

「俺は大東会のスパイだ。認める。だけど、俺は大東会には、たいして役にたたぬ情報しか売らなかった」

中尾は喘《あえ》いだ。

「調子のいいことを言うな。貴様、どうして大東会のスパイになったんだ？」

「大東会の関係者だと、どんなことをやっても死刑にならない。大東会は、首相と持ちつ持たれつの仲だからだ。勿論《もちろん》、金《かね》の魅力もあった……助けてくれ。本当に、重要な情報は何も漏《も》らしてない」

中尾は涙をこぼした。

「新城《しんじょう》さんのことも漏らしてない、と言う気か？」

安本は吐きだすように言った。

「言ってない」

「よし、川田。もう一回、痛い目に会わせてやれ」

安本は言った。

「分かりました」

川田はフォールディング・ナイフのノコギリ刃を、血まみれになった中尾の男根に近づけた。

中尾は絶叫をあげた。

「しゃべる、やめてくれ！」

「じゃあ、早くしゃべるんだ」

「新井と名乗る流れ者がうちの組にやってきたことだけは大東会に教えた。その男が、大東会千葉支部を目茶苦茶にした男だということも……」

「この新城さんの偽名だな。だけど、貴様が大東会にしゃべったのは、そんなことだけじゃないだろう？　この新城さんが、大東会が拳銃《けんじゅう》と実包を大量に密輸するという話を持ってきたことも報告したんだろう？」

「ちがう！」

「新井という名の本名は、新城さんで、大東会や銀城会に対する復讐《ふくしゅう》の鬼になっていることも教えたな？」

安本は言った。

「言ってない。本当だ！」

「よし、汚らしいこいつのチンポを挽《ひ》き切ってしまえ」

安本は川田に命じた。

「やめてくれ……大東会に教える間が無かったんだ！」

「新城さんが、大東会の拳銃と実包の話を持ってきてくれたことも、大東会に教える時間が無かった、と言うのか？　おかしいじゃねえか？　だって、そうだろう？　新城さんがうちの組に来てくれたことを大東会に通報した時、例の密輪のこともしゃべれた筈《はず》だ」

安本はねばっこい口調で言った。

「…………」

「どうなんだ？」

川田は再びナイフのノコギリ刃で中尾の男根を挽きはじめた。

「しゃ、しゃべる！……大東会から高い金をふんだくろうと思ったからだ。情報を安売りしたくなかった。だから、まだあの話は大東会に教えてない！」

悲鳴を混じえながら中尾は叫んだ。

「どうして、俺を殺そうとした？　大東会の命令か？」

新城彰《あきら》が口をはさんだ。

その時、中尾の男根が挽き切られた。転がる。切り口から血を噴出させながら、中尾は聞く者の身の毛がよだつような絶叫をあげた。血と泡を吹く口から、

「畜生、よくも俺をこんな身体にしてくれたな！　こうなったら、何でもしゃべってやる。そうだ、確かに俺は新城の野郎を消そうとした。新城を消したら、大東会新宿支部長の椅子《いす》をもらうことになっていたんだ。山野組が何だ！　大東会には政府がついてるんだ」

と、わめき声をたて、気が狂った者の笑い声をたてる。

「時の権力は次々に変るさ、俺たち山野組は、保守党の反沖、反富田、反江藤のボスの丸山幹事長と手を結んだ。次の首相になるのは丸山だ。丸山が首相になったら、大東会はどうなると

思う？」

　安本は嘲笑《あざわら》った。

「殺せ！　早くひと思いに殺しやがれ！　地獄でも、貴様たちを呪《のろ》い続けてやるからな」

　中尾はわめいた。

「まだ、貴様に死んでもらうわけにはいかねえんだ。さあ、ひと思いにしゃべってくれよ。大東会の拳銃と実包の密輸の話を新城さんが持ってきてくれたことを、大東会に本当に教えてないのか」

　川田が猫撫《な》で声をたてた。

「うるせえ！」

　怒鳴った中尾はガッと舌を嚙《か》んだ。

　あわてた川田が、ナイフをベッド状のものの上に放り出し、中尾の口をこじあけようとした。電光のようなスピードで動いた新城も中尾の顎《あご》の蝶番《ちようつがい》を両手で強く押えた。

　中尾の口は開かれた。しかし、その舌はすでに嚙み千切られていた。千切れた舌を頬の横に落とした中尾は、口から血をあふれさせながら、全身を痙攣させる。

「畜生、油断した。済まねえ、支部長」

　川田が呻《うめ》いた。

「いや、誰が悪いというわけでない。奴のように腐った奴にでも、自殺するだけの空勇気《からゆうき》があったとはな」

安本は肩をすくめた。

新城はナイフを拾った。水道の水でよく洗う。ノコギリ刃を畳んでポケットに仕舞う。中尾の断末魔の痙攣は弱まっていた。見開かれた瞳に膜がかかってくる。

「どう思います。中尾の話を？　情報代を吊《つ》りあげるために、例の拳銃密輸の話が新城さんからあったことを大東会には知らせてない、と言うのは？」

川田が安本に言った。

「今のところ、どっちとも言えんな。だけど、俺たちが大東会を罠《わな》に掛ける積りで、反対に大東会の罠にはまりこまないように、慎重に行動せねばならん。このことだけは、はっきり言える。まあ、大東会の大幹部を一人捕まえてきて吐かせたら、中尾の話が本当か嘘《うそ》かははっきりすると思うが、そうすると大東会はますます警戒を深めるからまずい」

安本は言った。

2

中尾の死体は、ミキサー・トラックで粉々にされた上にセメントを混ぜられて、山野組の下部組織がやっている土建業者が造成している埋立て地の底に埋められた。

そして新城は、弁天町にある山野組千葉支部長安本の自宅に一室を与えられた。

高台にある安本の自宅は、三千坪以上の敷地を持っていた。周囲は、高さ五メーターのコンクリート塀だ。塀の上は高圧電流が通じた有刺鉄線が張られている。

建物は地下三階、地上二階で、その地下には山野組千葉支部の戦闘部隊員のうち三十人ほどが住込んでいた。

庭にはテニス・コートや弓道場や鉄棒などがついていて、戦闘員たちが運動出来るようになっている。

地下三階には、二十五ヤードの拳銃射撃場もついていた。新城は二階の十五畳ほどの洋室を与えられ、外出も自由ということであった。

しかし、外出したところで、山野組の尾行がつくであろう。尾行者を撒《ま》いたら、変なカングリをされかねない。

だから新城は、地下射場で山野組の戦闘員に拳銃射撃のコーチを行なったり、庭のテニス・コートで汗を流したりして体のコンディションを崩さぬことに気を使っていた。

夜になれば、一階のサロンで酒が飲み放題だが、新城は食欲増進のアペリチーフしか飲まなかった。女を抱きたければ、いつでも女を呼んでやる、と安本が言うが、新城はその気になれなかった。

安本の自宅で一週間ほど過ごしたある夜、夕食の時に安本がニヤニヤ笑いながら、

「とうとう、白柳リタと森山大吉がオネンネするように段取りをつけましたぜ」

と、言う。

「ほう?」

「いまこそ、白柳リタは人気絶頂だが、何しろ流行歌手なんて消耗品だからな。来年はどうなるか分かったもんじゃない。しかも、リタのような混血は、熟するのも早いが老《ふ》けるのも早い。だから、うちの山野興行は、今後リタがどんなに落ち目になろうとも、十年間はトップ・スターとして待遇する……という契約を、リタと彼女が所属している新音プロと交わしてやった。リタは、命がけで森山を喜ばすだろう」

安本は再びニヤリと笑った。

「契約は守るのか、山野興行は？」

「勿論だ。だけど、これから先、白柳リタの人気が無くなった途端に、リタは事故死するなんてことが起こるかもな」

「なるほど」

新城もニヤリと笑った。

「リタが森山をくわえこむ部屋の横で俺たちは、二人の濡《ぬ》れ場を見物する。あんたも一緒に見ないか？　面白いことになると思うがな」

「勿論、見学させてもらうさ」

「リタは最近、プロダクションから借金して、八王子のほうに家を買った。いつもは都内にプロダクションから借りてもらっている狭いマンションに寝泊まりしてるんだが、ＴＶのビデオ撮《ど》りが終わった月曜だけは、八王子の家でゆっくりするんだ。もっとも、あの忙しさだから、ゆっくりと言ったって、日曜の深夜から月曜の午後までだけどな」

「八王子の家では一人なのか？」

「勿論、女の運転手兼個人マネジャーと、付人と一緒だ。オフクロも一緒だ。だけど、面白いんだ。付人というのは、女装していて、見たところ小柄で女としか分からんが、実際は男なんだ。リタの男さ」

「じゃあ、リタは、あのほうの経験も豊富というわけだな？」

新城は言った。

「そう。だから、森山にあそこを貸したところで何ということはない」

安本は言った。

「だけど、リタが森山と寝ているところを見たら、その男はカッとなるんじゃないかな？」

「そんなことにならないように、リタの付人のシスター・ボーイは、今日の午後、自動車に撥《は》ねられ、足首を折って入院した。当然のことだが、一週間ぐらいは病院から出られない」

「なるほど」

「リタは、あの男を撥ねて逃げた車がうちの組の者の仕業とは知らない。奴が入院したことで、奴が女でないことが分かってしまうのでないかとあわてた。あいつは一人では歩けないから、大小便の時、誰かに手伝ってもらわねばならん。その時、男であることがバレる可能性が大きいんだ。だからリタは、奴をバス・トイレ付きの個室に入れて、自分のオフクロを付添い婦にした。リタのオフクロは、リタとあの付人の関係を知ってるんだ。知ってるどころでなく、よくあいつをツマミ食いしてるんだ。何しろオンリーあがりの後家だから」

「分かった。じゃあ、森山が八王子に来ても、リタのオフクロはいない、というわけだな？」

「そう。そもそも、リタが森山を八王子の家に送らせる口実というのが、オフクロも付人もいないから淋《さび》しくて……と、いうことだからな」

「じゃあ、明日はリタの名演技も見せてもらおうか」

新城は笑った。

翌日の午後、安本の自宅から冷凍食品会社の四トン積みパネル・トラックが出てきた。冷凍車のために外から覗《のぞ》きこむことが出来ぬパネル・ボックス型の荷台のなかに二つのソファが据えられ、そこに新城と平井と安本、それに安本の用心棒として神戸の本部から呼ばれた花村と辻という男が腰を降ろしていた。

花村と辻はホモの愛情で深く結ばれている念友だということであった。花村が冷たい美貌《びぼう》の青年で、辻が小肥りの中年男だ。辻のほうが女房役だそうだ。

二人とも静かな男であった。新城を見ても何の敵意も示さぬ。だが新城は、二人のちょっとした身のこなしからも、二人とも拳銃使い兼ボクサーとして、ヤクザとしては抜群の腕を持っているようだ、と察した。

新城たちは無論武装している。それに、安本は、向かいあったソファのあいだに、五丁の米軍用M六〇多目的機関銃と、口径七・六二ミリNATO《ナトー》のベルト送弾実包三万発を積みこませているといった要心深さだ。

平井は医師の診療カバンのようなものを膝《ひざ》に乗せていた。作業服をつけた山野組の若衆が運転する中型トラックは、京葉道路——首都高速道——甲州街道——中央高速道を通って八王子に向かっていた。

アルミのパネル・ボックス型荷台のなかは冷凍ではなくて暖房が通っていた。内側のスライド窓を開くと、防弾マジック・ミラーの向うに、流れ去る風景が見える。

八王子で中央高速道を降りたトラックは、東京環状を拝島のほうに進んだ。橋の下流で一本になる谷地川の上流の一本を渡って左にハンドルを切り、ちょっとした丘陵を登る。八王子インターを降りてから五分もかからなかった。

丘の下には建売り住宅が並んでいたが、中腹までくると雑木林だ。その雑木林を突き当たったところに、大谷石の塀で囲まれた屋敷があった。リタのセカンド・ハウスだ。

五百坪近い敷地だ。中型トラックは、その屋敷の横を廻って、低い丘の上に出た。丘の上はまだ一面のカヤ原と雑木林だ。

トラックはカヤ原で停《と》まった。安本の用心棒の一人の辻が、内側から荷台のテール・ゲートのドアのロックを外す。

「大丈夫です。ハンターの姿も見えないようです」

助手席の若衆が送話管を通じて報告した。

「東京都は、奥多摩と島をのぞいて、全面銃猟禁止になったんだ。ヤマイモ掘りの連中がいないか降りて見てこい」

安本は命じた。

「分かりました」

助手席の若衆はトラックを降りた。カヤを両手で押し分けながら雑木林に近づく。雑木林のなかに自生しているゴボウのように細長いヤマイモは、掘りだすのに手間がかかるが、その味のよさは畠《はたけ》で栽培した水っぽいトロロ芋とは比較にならぬため、多摩や相模《さがみ》の住人たちのあいだでは、ヤマイモ掘りが大きなリクリエーションになっている。

しかし、ブッシュのなかで細長い専用のスコップで掘るために、ちょっと離れると、他人には音が聞こえない。低く飛ぶコジュケイ猟で事故を受けるのは、ヤマイモ掘りが多い。ハンターのほうとしても、自分で事故を起こしておきながら、ヤマイモ掘りが目立つ色の作業服をつけていてくれたらよかったのに、とか、トランジスター・ラジオのヴォリュームを上げてくれていたら気付いたのに……と、恨むわけだ。

3

しばらくして運転台に戻った若衆は、

「大丈夫です」

と、報告した。

「よし、分かった。お前たちは、ここで待っててくれ。小便の時以外は車から離れるんじゃないぞ」

安本は言った。

「分かってます。寝袋も食料も用意してきましたから、夜明しでも平気です」

「じゃ、頼むぞ」

安本は立上った。

辻が荷台のテール・ゲートを開いた。

辻、花村、平井、新城、安本の五人はカヤ原に降りる。辻が外からテール・ゲートをキーでロックする。

五人とも、ゴム底の短靴の上から、オーヴァー・ブーツをはいていた。少し歩くと、カヤ原のなかに、人やウサギが踏みしめた小道がついていた。

五人はその細い道を通り、台地の端に出た。高い竹藪《たけやぶ》がリタの屋敷とのあいだにあるので、それにさえぎられて低い台地の上からは屋敷の庭の様子はよく見えない。

五人は雑木林や竹藪のあいだの道を降りていった。リタの屋敷の塀の裏口に着く。

平井が鍵《かぎ》を使って裏戸を開いた。その合鍵はリタから渡されたものであろう。

裏庭は竹藪や柿の木など、自然のままの姿を残していた。建物は鉄筋コンクリート造りだが一階建てだ。

平井は別のキーを使って建物の裏ドアも開いた。その奥は広い台所になっていた。五人はオーヴァー・ブーツを脱ぎ、それを片手に持って台所に上りこんだ。

家具のほうまで金が回らなかったらしく、居間や応接間の調度は安物を使ってあった。

安本は勝手知った家のように、居間の左側にあるドアを開き、

「これがリタのベッド・ルームだ」

と、新城に言う。

「よく知ってますな」

新城は言った。

「当たり前だよ。寝室や居間の天井や、この隣の部屋に細工した時、俺も立会ったんだ」

安本は言った。

平井がダブル・ベッドがあるリタのベッド・ルームの隣のドアをキーで開いた。その奥は、幅がわずか一メーター半ほどの、部屋というよりは細い廊下のようなものであった。窓は無い。天井裏に続く階段がついている。そして、リタの寝室側の壁には、幾つかの覗《のぞ》き孔《あな》がついていた。

新城は小さな覗き孔の一つに片目を当ててみた。ベッドのあたりがよく見える。

「天井裏からだと、もっとよく見える」

安本が言った。

新城は階段を登った。天井裏に着くと、出発する時に渡されてあった小型の懐中電灯をつける。

天井裏は、埃《ほこり》で咳きこまないように、よく、掃除されていた。ところどころに、マットが敷かれている。懐中電灯を消すと、居間から漏れてくる光がよく分かった。マットの上に腹這《はらば》

いになった新城は、天井の小孔に片目を寄せる。

その小孔からは居間のテーブルとソファが見えた。五、六メーター離れたところの小孔からは寝室のダブル・ベッドが覗きおろせる。

新城は階段を降りた。

「リタが森山をくわえこんでくるまでには、まだ、だいぶ時間がある。腹ごしらえをしてから、トイレに行っておこう。もっとも、小便がしたくてたまらぬ時のために、ビニール袋を持ってきたが」

安本が言った。

一行は台所に移った。辻が冷蔵庫や戸棚を捜して、器用にオニオンとチーズとカラシとボロニア・ソーセージをはさんだサンドウィッチを五人前作る。

五人がインスタント・コーヒーでサンドウィッチを胃に収めると、辻は台所を綺麗《きれい》に片付けた。

それから、五人は交代でトイレに行く。外は急に暗くなってきた。五人は、寝室の隣の狭い部屋に入り、内側からドアをロックすると、天井裏に続く階段に腰を降ろして待った。セントラル・ヒーティングのスウィッチが入っているので寒くはない。

午後九時頃まで待たされた。五人が各自ポケットに入れて持ってきた携帯灰皿が吸殻で一杯になる。

壁の外側で車の音や話声がした。五人の男は薄く笑いあうと、階段を登って天井裏にあがった。

幾つものマットに腹這いになり、小孔から覗きおろす。しばらくたってから、一人の初老の男と二人の女が入ってきた。

上から見おろすので、はっきりとは見えぬが、頭が半分ほど禿《は》げあがった短身で固肥りの男が、新城が写真で知っている森山大吉――、リタの後援会の千葉支部長であり、大東会の顧問であり、政界と財界の汚れた金の利権のやりとりのパイプ役であり、森山運輸の社長でもある森山のようだ。

一人の女は、TVで毎日見ている白柳リタだ。ピンクがかった白い肌と鳶色《とびいろ》の髪を持ち、笑顔がまだあどけない感じの長身のハーフだ。

もう一人の女が、リタの運転手兼個人マネジャーだという小林友子であろう。三十近い、インテリ・オールド・ミスという感じがぴったりで、プラチナ・フレームの眼鏡を掛けている。

安本は、その友子も無論、買収してあるそうだ。

「御婦人だけの城に、夜分押しかけてきたりして済まんな。すぐに失礼するから、どうか構わんでくれ」

森山はドスの利《き》いた声で言いながら、コートを脱いでソファに勝手に腰を降ろした。

「こんなところまで来てくださるなんて夢みたい。今夜は、外では出来ない相談に色々と乗ってもらいたいの。リタの話を聞いてくださる？ それとも、遅くなったら、奥さんに叱《しか》られる？」

ミンクのコートを着けたリタは、森山と向かいあったソファに軽く腰を降ろし、色っぽく森山を睨《にら》んだ。

「まさか……儂《わし》は家内とはここ何年も他人同様だと言っているだろうに……信じてよ、リタ」

森山は鼻の下をのばした。

友子がコニャックと氷とチーズとフォア・グラを運んできた。森山の前のテーブルに置く。

「着替えてきていいかしら、パパ」

リタは言った。

「パパ？」

「そうよ。わたし、小さい時、パパを失《な》くしたでしょう。だもんで、先生が本当のパパのように思えて仕方ないの」

リタは甘ったるい声で言った。

「そうか、そうか……実を言うと、儂も君を自分の本当の娘のように思ってるんだ。今夜は、どんな相談でも受けるぞ」

友子が注いだコニャックをガブッと飲んだ森山は、好色そのものの眼でリタの顔や体を舐《な》めまわした。

「好きよ、パパ」

リタは言って、寝室に入った。ドアを内側から閉じる。新城と安本は天井裏を音もなく這って寝室の上の小孔に片眼を当てる。

ミンクのコートを脱ぎ捨てたリタは、TVや舞台でよく見せる、トップレスに近いドレスをつけていた。それも脱いで、ブラジャーとパンティだけになる。整った体もなかなか色気がある。天井に向けてサインしてみせたリタは、体が完全に透けて見えるラヴェンダーのネグリジエをつけ、その上にハーフ・サイズのガウンを羽織った。ハイ・ヒールはつけたままだ。

大きな三面鏡で化粧を直したリタは、天井に向けて舌を突きだしてみせてから居間に戻った。

新城と安本も、もとの位置に戻って覗きおろした。森山は、向かいのソファに深く腰を降ろして脚を組んだリタを見つめて生唾《なまつば》を呑《の》んでいる。あわてて、コニャックを手酌でブランデー・グラスに半分ほど注ぐと、一と息に飲み干す。

グラスを空にした森山はアルコールにむせて咳きこみはじめた。

「大丈夫、パパ?」

リタは森山の横に移り、背中をさすりはじめた。

「だ、大丈夫だ。だけど、リタ、しばらくそこに坐っていてくれ。頼む」

かすれた声で言った森山は、リタの腰に左腕を廻した。

「あの……わたし、リタにも言ってあるように、今夜は外で用がありますので、どうぞ、ごゆっくり」

友子が立上った。

リタが森山の耳に何か囁《ささや》いた。喜色を満面に浮かべた森山は、友子に、

「済まんが、門の外の儂の車の運転手に、八王子で夜食でもとって、ゆっくりこっちに戻って

くるように、と伝えてくれんか？　これを運転手に渡してくれ……ああ、それから、これはまことに少しで恐縮だが、いつもリタの面倒を見てくれている君に……」

と言う。惜しそうにリタの腰から手を離すと、分厚くふくらんだ財布から一万円札一枚と一万円札を五枚取出し、テーブルの上に少し離して置いた。

待機

1

「でも……」

リタの運転手兼マネジャーの友子は遠慮した様子を見せた。

「いいのよ、友子さん。森山先生は大金持なんですもの」

リタは言った。

「そうですか——」

友子は六枚の一万円札を手にした。森山に頭をさげ、

「では、ごゆっくり」

と、言って退《さが》っていく。

それからしばらく、コートをつけた友子が玄関を出るまで、森山は耳を澄ましながらコニャックを水割りにして飲んでいた。

玄関が閉まると、森山は待ってました、とばかりにリタの腰に左腕を廻した。嗄《しわが》れた声で、

「儂《わし》に相談があると言うのは？」

と尋ねる。

「ギャラのことなの。いま、わたし、プロダクションに出演料の八十パーセントも吸いあげられてるの。この家を買うためにプロダクションから借りたお金の利子の払いも馬鹿にならないわ」

リタは呟《つぶや》くように言った。

「なるほど」

「会長さんが、うちのプロの社長にちょっと圧力を掛けてくださったら、わたしの出演料の配分は新音プロとフィフティ・フィフティになると思うの」

「分かった。そんなことで悩んでいたのか？　早く相談してくれたらよかったのに」

森山は好色な目を鈍く光らせると、体が完全に透けて見えるリタのネグリジェの両腿《りょうもも》の付け根のあたりに両手を置いた。

「うれしいわ……さすがにパパだわ」

リタは森山の首に両腕を捲《ま》きつけた。

「そ、そのかわり……いいだろう？」

森山はリタを両腕で抱きしめると、嚙《か》みつくようにして唇を合わせた。逃げようとするジェスチュアを示すリタの口に舌を深く入れてからます。

天井裏から覗《のぞ》きおろしている新城たちには、森山のズボンの前が、ジッパーが千切れそうにふくらんだのが分かった。

リタはやっと森山の唇から逃れると、森山の肩に顔を押しつけた。

「好きよ、先生……だから、優しくして」

と、囁《ささや》く。

「もう我慢できん。ずっと、君とこうなることを夢見てたんだ」

森山はリタをソファに押し倒そうとした。

「ここでは嫌……」

リタは囁いた。

「わ、分かった」

森山は立上るとリタを抱きあげようとした。だが長身のリタは短軀《たんく》の森山よりずっと背が高いので、うまくいかない。それを見おろす新城は苦笑の声を押し殺した。

リタも立上った。二人はもつれあうようにして寝室に移った。天井裏では、ニヤリと笑いを交わした新城と安本たちは、這《は》って寝室の上の覗き孔のレンズがある位置に移動した。平井は下の光景に刺激されてズボンの前を突っぱらせている。

寝室に入った森山は、あわただしくリタのハーフ・サイズのガウンを脱がせた。リタは、

「暗くして」

と、体をくねらせる。

「いや。君の体を隅々までじっくり拝みたいんだ」

森山はリタの薄いネグリジェを脱がせた。ブラジャーとパンティだけになったリタは、自分のスタイルを誇るポーズをとって森山を挑発した。

「たまらん！」

呻《うめ》き声を漏らした森山はリタの前に膝《ひざ》をつくと、唇をリタの腹に這わせながらパンティを脱がせにかかった。

栗色の茂みが現われると、森山は泣き声に似た声を漏らし、リタのほとんど荒廃してないクレバスを舐《な》めまくった。白人の血が濃いせいか、リタのクレバスは長い。

「やめて……やめて……」

と、言いながらも、リタは足首の近くまで引き降ろされたパンティを蹴《け》るようにして脱いだ。ブラジャーも外す。

リタの乳房は上向きに反《そ》っていた。森山は立上るとそのリタをベッドに押し倒し、もがくような動作で自分の服を脱いだ。

森山の体は下腹が突き出していた。体に似合わず、持物のほうは大きい。ベッドに仰向けになったリタの両腿を両肩にかつぐようにし、

「夢のようだ」

と、呻いては花芯を舐めまくっていた森山は、隙《すき》を見て体をずり上げると共に貫いた。

リタは苦痛の呻きを漏らした。演技なのか、それとも愛人のシスター・ボーイのものよりも

森山のもののほうがはるかに巨大であるせいなのかは新城には分からぬ。大柄なリタと結合したスタンスでその顔はリタの乳房の上だ。

だが、そのリタの声を聞き、しかめた顔を見た森山は、いちじるしく昂奮《こうふん》した。やがて、歪《ゆが》んだ顔をあげてリタの左乳首をくわえた森山は、夢中になってスラストをくり返した。

「勘弁してくれ……あんまり夢のようなので……若い者のように押えがきかない……だけど、すぐにまた続けられる」

と、呻き、激しい動きと共に放った。

それから、ちょっとのあいだ森山はぐったりとしていたが、

「どうだ、嘘《うそ》じゃないだろう？　この通り、すぐに元気になった」

と、動かしはじめる。とても老人とは思えぬスタミナであった。

二度目なので、森山は長く続いた。リタのほうも、耐えきれぬような声をあげて激しく反応してみせる。

天井裏では、新城が森山をなぶり殺しにする想像をしながら森山の禿頭《はげあたま》を睨《にら》みつけていた。

平井は激しく手を使っている。ホモ同士の花村と辻は冷静だ。安本はズボンのポケットに手を突っこみ、硬くなったものを握りしめている。

リタと森山は猛獣のような咆哮《ほうこう》と共に二ラウンドを終えた。

さすがに森山はこたえたらしく、ゼーゼーと喉《のど》を鳴らしながら肩で大きく息をつく。リタの

横に仰向けになると、大きな腹が呼吸のたびに大きく波打った。

「ああ、恥ずかしかったわ……でも、先生ったら、あんまりお強いんですもの」

シミが浮いた森山の肩に唇をつけながらリタが甘えた声を出した。

「喉が渇いた……水を持ってきてくれんか」

森山は喘《あえ》いだ。

「はい」

リタは素っ裸のままベッドから滑り降りた。パンティで森山が体内に残したものが垂れ落ちるのを拭《ぬぐ》うと台所のほうに行く。

しばらくしてから、リタは盆の上に小型のジャーとコップを乗せて運んできた。ジャーの中身のソーダ水のような液体をコップに注ぐ。

俯《うつむ》けになった森山は、たて続けにコップを空《から》にした。ジャーの中身は無くなる。呼吸がだいぶ鎮《しず》まってきた森山は再びリタを引き寄せた。リタを愛撫《あいぶ》しながら、

「君、男を知ってるな？　相手は誰なんだ？」

と、苦い声で言う。

「先生がはじめてよ」

リタはぬけぬけと言った。

「嘘つけ！　誰なんだ、儂の前に君を抱いたのは？」

森山はリタの乳首をつねった。

「痛いわ……ひどい……本当のことを言うわ……わたし、この通りの人気商売でしょう？　わたしもセックスは嫌いじゃない。男の人に抱いてもらいたくて気が狂いそう。でも、人気にさしつかえるから、プロダクションから恋は御法度《ごはっと》と、きつく言い渡されているの。ですから、いつもコケシを使って……嫌、こんな恥ずかしいことまで言わせるなんて……」

リタは涙さえ浮かべてみせた。

「本当か？　悪かった、儂が悪かった。堪忍してくれ。そうか……儂がはじめての男か……よし、分かった。一生、君のいい相談相手になってやるからな」

またまた凜々《りんりん》となった森山はリタにのしかかった。

だが、三、四分ほどたつと、動きがごくゆるやかになる。

「ち、ちょっと休ませてくれ」

と、舌がもつれたような声で言うと、リタの上でぐったりとなり、イビキをたてはじめた。

リタは天井に向けてサインを送ってきた。眠りこんだ森山を横に押しのけて浴室に駆けこむ。

2

新城や安本たちはまだ動かなかった。

派手なシャワーの音やウガイの音をたてていたリタが寝室に戻り、素早くスラックスやセーターを着けた。タバコに火をつけ、その火口を森山の唇に当てる。

唇が焦げたのに森山はほとんど反応を示さなかった。その時になって安本が、嗄れた声で、

「ナチス・ドイツが発明した催眠自白薬だ、リタが森山に飲ませたのは……最近手に入れたんだ。一包三十万円もしたが、効き目はあの通りさ。さあ、降りて森山にしゃべってもらおう。奴は目が覚めても、自分が質問されたことも、答えたことも覚えてない筈だ」

と、立上る。ズボンの前の突っぱりはもうおさまっていた。

新城たちも立上った。

一行は秘密の階段を降り、平井はズボンの前を濡らして、照れくさそうな笑いを浮かべている。イビキをかき続ける森山の横に腰を降ろしたリタは、タバコを灰皿で揉み消して立上った。一度居間に出てから寝室に入った。

「うまくやったでしょう？　契約は守ってね」

と、安本に秋波を送る。

「勿論だ。さあ、いい娘だ。ほかの部屋で待ってな」

安本はリタの尻を軽く叩いた。

リタが寝室を出ていくと、辻が寝室のドアに閂を降ろした。五人の男はベッドのそばに立った。花村がその森山を仰向けにした。濡れた森山の男根はぐんにゃりとしていた。

「ブッタ切ってやりたいところだ」

新城が吐きだすように言った。

「あんたの気持は分かる。よく分かるさ。だけど、今夜はこの野郎に傷をつけるわけにいかん。大東会の密輸のハジキを頂戴したあとでなら、この野郎を煮て食おうと焼いて食おうと勝手

にしてくれ」

安本は言った。ポケットから携帯マイクを取出す。Y字型に分かれたコードの先についている二つのイヤー・プラグを森山の両耳に差しこんだ。マイクのスウィッチを入れる。イヤー・プラグを通じて、安本の声は十倍のヴォリュームに拡大されて森山に伝達される筈だ。

「森山……森山大吉……聞こえるな」

安本は携帯マイクを通じて言った。

「だ、誰だ？」

眠ったまま、森山は呂律《ろれつ》の回らぬ声を出した。

「あんたの味方だ」

「眠い。眠らせてくれ……」

「ちょっとの我慢だ。大東会に、あんたの会社の船を使って、韓国から大量の拳銃《けんじゆう》と実包を入れるのは、いつのことだったかな？　その船が九鉄の屑鉄埠頭《くずてつふとう》で荷を降ろすのは？」

安本は尋ねた。

「大東会に恨みを持っているらしい気狂いの野獣がうろついている。そいつに韓国からハジキを入れる計画を嗅《か》ぎつけられたようなので、何回も入港日を変えた。だけど、二月二日に決定した」

森山は答えた。

「本当だな？」

「その前は、二月五日にハジキを陸揚げすることになっていた。だけど、第四海堡《かいほう》で殺《や》られた連中のなかに、二月五日ということをしゃべった者がいる危険性がある。陸揚げをのばすより繰りあげたほうが、あの気狂いの裏をかいてやれることになる。それに、二月二日となると、今度の旧正月の真っ最中だしな」

「分かった。船が九鉄の屑鉄埠頭に着くのは二日の夜だったたっけかな？」

「いや、昼間だ。昼間のほうが、かえって目立たないし、もしあの気狂いが襲ってきても、明るい時間だとこっちのほうに有利だ」

「ハジキは梱包《こんぽう》のままトラックに積まれて、大東会本部のビルの地下にある倉庫に運ばれることになってるんだったな？」

安本は尋ねた。

「ああ。だけど、予定を変えた。陸揚げしたハジキや実包《ベービー》は、屑鉄埠頭の第五倉庫にストックする。あそこは、第一倉庫、第二倉庫、第三倉庫、第四倉庫、それに第六から第十倉庫に囲まれている。第一から第四倉庫、それに第六から第十倉庫には、大東会の戦闘部隊が毎日毎晩、泊まりこみで見張る。勿論、第五倉庫にも泊まるが……」

「…………」

「陸送の荷物は、運搬中に襲われる危険を避けるために、一日に一梱包分ずつしか本部に運ばない。その時も、乗用車に荷を積んで、その前後を五、六台のトラックで掩護《えんご》する。トラックのほうに荷を積んでいるように偽装するんだ」

森山は答えた。

「なるほど……いや、そういうことだったな……ところで、荷を積んでくる森山運輸の船の名前を忘れたんだが」

安本は言った。

「〝くれない丸〟だ……くだらないことをくどくどと尋《き》くな。俺は眠いんだ」

森山は唸《うな》った。

「すぐに、ゆっくり眠らせてやる……〝くれない丸〟の警備は？」

「里帰りという名目で韓国に行ってた極星商工会の荒っぽい連中と、大東会の韓国系の連中が、〝くれない丸〟に乗って帰ってくる」

「そいつらの員数は？」

「三十人だ。十丁のM六〇機関銃と二十丁の米軍旧式の短機関銃グリース・ガンを拳銃のほかに積んでいる」

森山は答えた。

「そう……そうだったな。東京湾に入ってからの〝くれない丸〟のコースはどうなんだったたっけな？」

安本は尋ねた。

「浦賀水道は、三浦半島の観音崎の岬をかすめて東京湾に入り、富津《ふっつ》岬の先で大きく右に廻りこんで九鉄屑鉄埠頭に着くんだ」

森山は答えた。

安本はそれから五分間ほど質問を続けた。もつれた舌で答えていた森山は、ついに何を尋かれても、イビキで答えるだけになった。

「まあ、この程度でいいだろう。あんまりしつこく尋ねて、こいつが目を覚ましてしまったんでは元も子もなくなる」

携帯マイクのスウィッチを切った安本は、森山の両耳からイヤー・プラグを抜きながら言った。

「支部長、いまの話の具合だと、九鉄屑鉄埠頭の警備は、かなり厳重なものになりそうですな。いっそ、〝くれない丸〟が東京湾に入ってきたところを襲ったらどうです?」

平井が言った。

「その問題は、帰ってから充分に検討しよう。誰かリタを呼んでこい」

安本は言った。

バスに入って薄化粧をしたリタを辻が連れてきた。

「終わったの?」

と、安本に尋ねる。

「ああ、御苦労だった。御苦労ついでに、もう一働きしてもらいたい」

安本はニヤニヤ笑いながら言った。

「何をしたらいいの？」

リタは不安げな表情になった。

「俺と寝るのさ。この爺《じじ》いの横でな。お前さんも口直しが欲しいところだろう？」

安本はズボンのベルトをゆるめながら言った。

3

二月二日、その日の千葉は雪になった。

もっとも、雪とはいっても柔らかなベタ雪だから、舗装路に降ったやつはたちまち溶けていく。

タイア・チェーンやスノー・タイアは国道では必要なかった。

旧正月と雪が重なったためか、九州製鉄屑鉄埠頭がある木更津の町は車の交通量が少なかった。

九鉄屑鉄埠頭と金網の柵をはさんだ右側に、固められた砂地がひろがり、バラックが十数軒建っている。

海の家なのだ。かつては潮干狩りの客でにぎわったところだが、海の汚染がひどくなってからは、シーズンでも客は少ない。重油やヘドロの悪臭にまみれた貝や奇形の小魚など食えたものでない。

しかも、今はシーズン・オフだ。どの海の家も空家になっている。

いや、空家になっている筈だ、と言ったほうが正確であろう。

十数軒の海の家のバラックのなかには、山野組の関東各支部の戦闘部隊員たちが、二日前から冷たい罐詰《かんづめ》とミネラル・ウォーターだけを口にし、寝袋にもぐって頑張っているのだ。

屑鉄埠頭の船着き場をよく見渡すことが出来る一軒のバラックのなかに新城の姿もあった。

窓には板が打ちつけられているが、隙間《すきま》だらけなので、外を覗き見るのに不便ではない。

新城がいるバラックには、山野組千葉副支部長の川田もいた。平井もいる。そのほか、十人ほどの戦闘部隊員も泊まっていた。

千葉支部長の安本は、千葉支部のビルで待機しているが、木更津にやってきた戦闘要員たちは、海の家だけでなく、近くの小櫃《おびつ》川の出島でも快速艇を多数用意して待っているのだ。

炎も煙もたてぬコールマン・キャット・ストーヴに手をかざす新城たちの横に、ヴォリュームをごく弱く絞った携帯無線機と、何かのスウィッチ・ボックスが置かれてあった。

ホワイト・ガス、つまり無鉛ガソリンを使用するコールマン・ストーヴを頼らなくとも、新城たちは寒さは感じない。山野組米国支部の駐在員が、組長の命令を受けて、ノーザン・グース・ダウン——すなわち極寒地のガンの綿毛——を詰めた下着やチョッキやコート、スリーピング・バッグ、それに防寒インシュレーテッド・ブーツを本部に空輸してきたのを戦闘員たちは身につけているからだ。

携帯無線機が、かすかにピーッと鳴った。

川田がそのイヤー・フォーンを耳に差しこんで聴いていた。イヤー・フォーンを外すと、

「〝くれない丸〟は、いま観音崎から見えるそうだ」

と報告する。

「じゃあ、あとどんなに長くかかっても、二時間もあればこっちにやってきますな」

平井は囁いた。

「そういうことだな。みんな、火器をよく点検しろよ」

川田は命じた。

男たちは、腰の拳銃や、壁にたてかけてあったカービンやM十六自動ライフルや短機関銃などを点検した。

新城に与えられているショールダー・ウィーポンは、M十六A1《ワン》の自動ライフルだ。口径五・五六ミリ・ナトーつまり〇・二二三レミントン口径とはいっても事実上は二十二口径――と細いが、薬莢《やっきょう》はセンター・ファイアで、小さな弾頭にしては多量の火薬を収容している。

無論、三十口径クラスのマグナムの七十グレイン前後の火薬装量とくらべれば、火薬の質がちがうとはいっても二十グレイン前後と少ないが、弾頭が小さく軽いために高速で飛びだす。したがって、二百メーター以内では、人間のようにショックに弱い動物には、かなりの威力があるのだ。

耳搔《みみか》き一杯ぐらいの火薬しか小さな薬莢に入ってない二十二口径ロング・ライフルのような

リム・ファイア弾とくらべると、雲泥の威力差だ。

二十連の弾倉を持ち、スウィッチ・レヴァーの操作でセミ・オートとフル・オートの切替えが出来るその軽く短い自動ライフルを、新城は山野組千葉支部ビルの地下にある百ヤード射場で試射を済ませてあった。

M十六は米軍の制式ライフルの一つだ。だから全被甲の軍用弾が米軍から横流れで山野組に入ってくる。主に沖縄ルートだ。

だが、被甲された軍用弾は、鉄板やコンクリート・ブロックなどに対する貫通力は強くても動物の体内では俗にダムダムと称されるソフト・ポイントやホロー・ポイントのように炸裂《さくれつ》することが少ないため、かえって威力が小さい。

貫通してしまうので、エネルギーが無駄についやされるのだ。

だから、山野組は猟用のノスラー・ポインテッド・ソフト・ポイントの五十五グレイン弾頭を地下工場で手詰めしたものを使っていた。

デュポンIMR三〇三一火薬二十四・五グレインを詰めて、秒速は約三千百フィート出している。

秒速四千フィート近くも出る二二―二五〇にくらべると、三千百フィートという数字はあまり印象的ではないが、それでも三十口径のスタンダードである三〇―〇六スプリングフィールドや三〇八ウィンチェスターの百八十グレイン弾頭の工場装弾の弾速が大体二千七百フィートだから、かなりの早さと言える。

五十五グレイン・ノスラー弾頭を秒速三千百フィートで飛ばした場合、百ヤードの標的のセンターから約四センチ上に着弾するように照準合わせをしておけば、距離が二百ヤードにのびた場合、そのまま狙《ねら》えば、狙ったところに着弾する。

無論、その場合、銃の精度が最高で、射手の腕も最高、それに無風状態で、弾薬の精度も最高でないとならぬが……。したがって、理論上は、ということになる。

そして、三百ヤードに距離がのびた時には、狙ったところから約二十センチ下に着弾する。四百では約七十センチだが、五百ヤードでは約一メーター半も着弾がさがるのは、弾頭が軽いためだ。

その距離になると急激に弾速もエネルギーを失っているし、激しく風の影響を受けるため、獲物がいかにタマに弱い動物である人間でも、五・五六ミリ・ナトーの確実な殺傷有効射程は三百メーターというところだ。

新城は地下射場で、アルミ製の二脚を立てた時と、それを外した時の着弾差も完全に掴《つか》んでいた。

いま新城は、弾倉を抜いた自分のM十六A1――M十六の新型で、遊底をスプリングの力だけでなく手動でも閉じることが出来るようになっている――の遊底を右手で往復させてみて、そのスムーズさを試す。新城の銃は負い革《スリング》を二本つないで、腰だめでも楽に射てるようにしてある。

壁から吊っていた弾倉帯四本のポケットを開く。一弾倉帯に十本の二十連弾倉が差しこまれているから、新城は八百発を身につけて戦闘にのぞむわけだ。

見張り

1

それから一時間ほどたった。

新城たちが隠れている海の家のバラックに置かれた携帯無線機が、

「〝くれない丸〟は、富津岬をかすめて木更津に近づいている」

と、漁船の船頭に化けた山野組の見張りの一人からの暗号報告を受信した。

「いよいよ、敵さんは近くなったぜ。今のうちにクソや小便をやっとけ。射ちあいの時に漏らしたなんてことになったら格好がつかんからな」

山野組千葉支部の副支部長の川田が、ニヤニヤ笑いながら戦闘員たちに言った。もっとも、その笑いは硬《こわ》ばっている。

窓の外に打ちつけた板の隙間《すきま》から、柔らかく湿ったボタ雪の降る勢いが激しくなったのが見える。地面には、薄く積りはじめた。

新城はポリ袋のなかに放尿した。それから、手榴弾《しゅりゅうだん》を二個、グース・ダウンのアンダー・パンツの上にはいたマウンテン・シープのウールの耐寒作業ズボンの左右の尻ポケットに突っこむ。

その手榴弾も、沖縄ルートで米軍から山野組が日本に運びこんだものだ。導火線《ヒューズ》が燃える時に音をたてぬ無音型であった。

新城はグース・ダウンの射撃コートの二つのハンド・ウォーマー・ポケットにも無音型手榴弾を突っこんだ。

〝くれない丸〟が九鉄屑鉄埠頭《くずてつふとう》に近づく時間が迫ってくるにつれ、戦闘員たちのあいだに、武者震《むしゃぶる》いをはじめる者が増えた。いや、本人たちが武者震いと言っているだけで、事実は恐怖からの震えが強い。

それを見た川田が、

「よし、みんな特別に許可する。こいつを打ってもいいぞ」

と、プラスチックの大箱の蓋《ふた》に掛かっていた錠を解いた。そのなかには、何段もの中蓋があり、使い捨てのプラスチック製の注射器が十数本詰まっていた。

そのバラックにいる十人ほどの戦闘員たちは、我勝ちに注射器を取上げて筋肉に注射した。覚醒剤《かくせいざい》なのだ。静脈にでなく、筋肉に注射したのは、効きはじめはゆっくりであっても、効き目を長持ちさせるためであろう。

川田は無線機を使い、ほかのバラックで待機している戦闘員や、快速艇で待機している戦闘員たちにも、暗号無線を使って、覚醒剤の使用を許可した。

覚醒剤を打った戦闘員たちは落着きとふてぶてしさを取戻してきた。血に飢えた表情になってきた者もいる。

少したつと、小櫃川の出島で待機している快速艇の連中から、近づきつつある〝くれない丸〟が肉眼で見えるようになった、と無線連絡が入った。

その頃になると、金網の向うの九鉄屑鉄埠頭のほうにも変化が現われていた。

沖仲仕の格好をし、防水ズックの布に短機関銃や散弾銃を包んだ大東会の戦闘員たちが二百名ほど埠頭の大桟橋に集まってきた。二十数台のトラック、十数台のクレーン車やフォーク・リフト車もガレージから出て大桟橋に集まってくる。

川田や新城は、埠頭の様子を双眼鏡を使って監視していた。川田はときどき、無線機を使って、ほかの場所で待伏せている部下たちと連絡をとったり指令を与えたりした。

やがて〝くれない丸〟が九鉄屑鉄埠頭の大桟橋に接近するのが、新城たちの肉眼にも見えてきた。

大桟橋に接岸していた十数隻のランチに沖仲仕の格好をした大東会の男たち百人ほどが乗りこんだ。岸壁を離れたランチは、〝くれない丸〟を迎えに沖に向かい、〝くれない丸〟を包囲して掩護《えんご》する形をとった。

〝くれない丸〟はそれから二十分ほどして岸壁に接岸した。岸壁に出てきた大東会の戦闘員は三百人近くに増えている。

川田は、ヒリヒリしている部下たちを制した。大東会のランチは、〝くれない丸〟の沖側に散開して海からの襲撃にそなえている。

大東会は、なかなか拳銃の陸揚げ作業に入らなかった。要心して、様子を見ているのであろう。

だが、ついにクレーンが唸《うな》りはじめた。船倉から吊りあげられた梱包《こんぽう》が、岸壁のトラックの荷台に次々に移される。

「よし、作戦開始だ!」

川田が無線機のマイクに向けて叫んだ。

同時に、新城は無線機の近くに据えられている大型のラジコン装置の安全装置を外してスウィッチを入れた。

海の家が点在している地域と九鉄埠頭をさえぎる鉄柵に沿って、続けざまに大爆発が起こった。鉄柵が吹っ飛んで空中を乱舞する。

山野組は、鉄柵の下に百トン近くの爆薬を埋めこんであったのだ。

爆発の土煙で岸壁の様子ははっきりとは見えなくなった。新城たちは、自分たちが立てこもっている建物の窓に打ちつけてある板を大きな木槌《きづち》で叩《たた》き外した。

そこから、アルミ・パイプで作った迫撃砲のようなものを突きだす。パイプのなかにプラスチックと鉛で作った砲弾を落とし、砲尾に黒色火薬を流しこんで、導火線で着火させた。

派手な音をたてて砲弾は飛びだした。大きく弧を描いて九鉄の敷地に落ちると、そこで爆発して大量の煙を吹きだす。

煙幕爆弾なのだ。新城たちは三百発ぐらいを九鉄埠頭に射ちこむと、建物から跳びだした。無論、ほかの海の家で煙幕弾を射ちまくっていた山野組の戦闘員たちも跳びだしてきた。九鉄埠頭では、煙幕弾がまだ煙を吹きあげている。発煙筒の中身を使った砲弾だから、発煙は長く続くのだ。

九鉄埠頭のほうから、山野組に向けて発砲してくる者が何人か出たが、濃い煙のヴェールごしに射ってくるのだから、文字通りの盲射であった。

新城たちは無言で九鉄埠頭に走り寄った。そのとき、二台のヘリコプターが海のほうから九鉄埠頭に近づいてくる。

海上自衛隊や海上保安庁のヘリではなかった。民間機だ。二台とも、ベル二〇六のジェットレンジャー中型機だ。

山野組の男たちは、その二台のヘリに向けて手にした銃を振った。

二台のヘリは、山野組の戦闘員が偽名を使ってチャーターし、パイロットを銃で嚇《おど》して九鉄埠頭に飛ばさせてきたのだ。二台のヘリには、半トン近い爆薬が積まれている筈だ。

吹っ飛ばされた鉄柵の跡の手前で山野組の男たちは身を伏せた。新城も同じようにする。

ヘリは九鉄埠頭を覆《おお》う煙の上に達すると、プラスチック爆弾を無差別投下しはじめた。無論、〝くれない丸〟にも爆弾を浴びせる。

身を伏せている新城たちのすぐ近くまで、爆発で飛んできたコンクリートの破片や鉄片が落ちてきた。

煙の下から、大東会の男たちはヘリに向けて盲射をはじめた。川田は、大東会の銃火をヘリからそらそうと、ハンド・マイクを使い、

「射て！」

と、伏せている部下たちに命じた。

山野組の男たちは射ちまくった。だが、新城は弾薬を節約するために、ほとんど射たない。新城はM十六の弾薬八百発を携帯してはいるが、フル・オートで射ちまくったのでは数分間しか弾薬が保《も》たないことをよく知っているからだ。

〝くれない丸〟の位置からも次々に大爆発の轟音《ごうおん》が響いた。黒煙の雲を突き破って火柱が吹きあげられる。

二台のヘリは高く高度をとって沖のほうに飛び去った。

そのヘリと入れちがいのようにし、数十隻のランチやモーター・ボートが〝くれない丸〟を護《まも》っていた大東会のランチに襲いかかった。

小櫃川の出島で待機していた山野組のランチやモーター・ボートだ。大東会のランチと激しく射ちあう。

九鉄埠頭を覆っていた煙はちょっと薄れてきた。だが、いたるところで、爆発による火災が起こっている。

「よし、射撃を続けながら、煙が薄れない間に突っこむんだ」

川田が命令した。

2

山野組の地上戦闘員たちは、爆発でえぐられた地面を跳び越えたり膝《ひざ》まで土に埋まって渡ったりして、九鉄埠頭の敷地に突っこんでいった。

新城も一緒に突撃する。もう弾薬をケチっていたら生命にかかわるから、腰だめで射ち続けていた。

九鉄埠頭に突っこんでみると、煙が濃いところと薄いところが極端であった。大東会の男たちは、煙が薄い場所に固まっている。大東会の応射が新城をかすめた。大東会二人に対し、山野組一人ぐらいの割りで被弾する。

混戦になってきた。

新城は地面に転がっている長い鉄棒を棒高跳びのポールのように使い、倉庫の一つの屋根に跳びあがった。屋根の上に身を伏せ、大東会と山野組の混戦を観戦しはじめた。

発煙弾の煙は、海に向けて吹きはじめた風のために吹き払われていった。倉庫の上に腹這《はらば》いになっている新城には、埠頭の戦いの様子がはっきりと分かるようになった。

〝くれない丸〟は、ブリッジを爆弾に大破され、そこから炎を吐いていた。後部甲板に積まれたドラム罐《かん》のうちの十数本も炎を吐いている。

埠頭や倉庫のあいだ、それに火を吐くトラックのあいだに、百を越える死体が転がっている。

煙が薄れるにつれ、大東会と山野組の死傷者の発生率は接近してきた。新城は冷静にM十六の狙《ねら》いを大東会の男たちにつけ、標的でも射ち抜くように命中させていく。

だが、大東会の男たちは、倉庫の上に山野組の狙撃者《そげき》――つまり新城――が伏せていることに気付いた。

三十人ほどが、銃を新城に向けて乱射しながら殺到してきた。

新城はスウィッチ・レバーをフル・オートに切替えたM十六自動ライフルを射ちまくる。スムーズに左手を動かして、空になった弾倉を次々に予備弾倉に取替える。
二十七、八人は新城が上にいる倉庫に近づくまでに倒されたが、三人ほどは倉庫の下、つまり新城から死角の位置に走りこんだ。
新城は左手でポケットから手榴弾を取出した。安全ピンを抜き、撃針レヴァーを解放させた。ヒューズに火がつく。しかし、無音型であるから、ガス・ヴェントから煙は吹きだしてもヒューズが燃える音は出なかった。

新城はその手榴弾を二人が逃げこんだ上のほうに軽くトスした。ちょっとの間を置いて、男たちが絶叫をあげる声が聞こえ、続いて手榴弾が地表で爆発する。

飛び散る肉片が新城に見えた。新城はニヤリと笑うと、遠くで山野組の男たちと射ちあっている大東会の男たちにM十六の狙いを変えた……。

九鉄埠頭を山野組が制圧したのは、それから二十分ほどたってからであった。山野組にも百人近い犠牲者が出ている。

〝くれない丸〟の火災は鎮まっていた。だが、大東会のランチはいずれも大破したり沈められたりしている。

「新城は、新城はどこだ?」

「畜生、トンズラしやがったのか?」

と、叫びながら、生き残りの山野組の幹部たちが走りまわっていた。

「ここだ! どうして俺が逃げたりするわけがある?」

新城は倉庫の屋根の上で立上った。

「そんなところに隠れてやがったのか?」

水野という幹部が叫んだ。

「ただ隠れてたんじゃない。ここから、五十人以上を血祭りにあげてやったんだ」

新城は答えた。

「そう言えば、どこからかタマが飛んできて、大東会の野郎どもがバタバタ倒れたな。あんただったのか。狙撃したのか?」

「ああ。登ったまではいいが降りられなくなった。ロープを放ってくれ」

新城は頼んだ。

水野は若衆にロープを捜してこさせた。束にしたロープを新城に放る。そいつを受取った新城は、屋根のアスベスト瓦をはぐり、剝《む》きだしになった鉄骨に結びつけた。

ロープの他端を地面に垂らし、そのロープを伝って降りる。

その頃には、木更津港の近くに待機していた山野組のトラックが九鉄埠頭になだれこんできた。警察はどこかで様子をうかがっているらしく、九鉄埠頭に近づいてこなかった……。

結局、山野組は〝くれない丸〟が韓国から運んできた三千丁の拳銃と拳銃実包百万発のうちの大半を略奪した。M六〇多目的機関銃七丁も山野組の手に移った。

大東会から奪ったそれらの武器弾薬は、日本じゅうに散らばっている山野組の隠し倉庫に運ばれていった。

その日の日暮れ前、警察は山野組の関東各支部の事務所に対し、家宅捜査を行なった。だが、山野組は、幹部たちは姿をくらまし、九鉄屑鉄埠頭襲撃との関連がある証拠物件など何も事務所に残したりはしてなかった。

そして新城は、奥多摩にある山野組の秘密キャンプに逃げこんでいた。

その秘密キャンプは、日原川《にっぱら》と奥多摩湖と山梨県境にはさまれた山のなかにあった。

空中から見ると、原野と丘陵を利用した千五百万坪の牧場に千頭ぐらいの肉牛や乳牛、それに五百頭ぐらいの使役馬と五万頭ぐらいのブタと山羊と十万羽ぐらいのアヒルが放し飼いにされているだけのように見える。

牧場の建物にしたところで、ありふれたものだ。

しかし、牧場の奥に接した険しい山々の腹をえぐって、外からは全然見えない大住居群が隠されている。

この秘密キャンプは、山野組の幹部候補生の戦闘訓練と体力増強、それに山岳ゲリラ戦で生き残る術の教練場なのだ。

秘密キャンプは自給自足をモットーとしていた。飼っている牛や羊を食い、牛乳を売って穀物や野菜などを買い、殺した家畜の皮や毛を利用して衣料を作っているのだ。馬はジープがわりに使われている。

無論、牧場の名義は、山野組とはまったく関係がない会社のものにしてある。だから、警察に目をつけられることもないわけだ。

その夜、洞窟《どうくつ》のような山腹の居住区の大広間では、数カ所で盛大な焚火《たきび》が炎をあげ、仔牛やブタの丸焼きが太い鉄棒に貫かれて回転していた。

タレを塗られた丸焼きからしたたり落ちた肉汁は、煙となっても、自家発電の電気モーターで動いている大型の換気扇によって吸いだされている。

その大広間に集まっているのは、九鉄屑鉄埠頭襲撃のホトボリが冷めるまでこの秘密キャンプに籠城《ろうじょう》することになっている、山野組関東支部の幹部たちだ。新城も同席している。

男たちの前に、キャンプで訓練中の幹部候補生たちがアルコール類の壜《びん》とグラスを配った。蛮刀を振るって、丸焼きの牛やブタを切り分けにかかる。

千葉支部の支部長安本が立上った。スコッチのグラスを差しあげ、

「皆様、ご苦労さんでござんした。我が方の被害も軽微とはいえなかったが、大東会の主力は全滅と言ってもよく、しかも三千丁近いハジキと百万発近い実包《ベービー》が手に入ったことは、いよい

よ我が山野組の全国制覇のゴールが見えてきた、と言っても差しつかえないと考えます……僭《せん》越《えつ》ではありますが、私がまず乾杯の音頭をとらせていただきます」

と、言った。

「乾杯！」

「乾杯！」

男たちはグラスを挙《あ》げてガブ飲みした。

3

新城は仔牛の腿《もも》を一本左手に握ってかぶりつきながら、ときどき右手のグラスのバランタインのスコッチを胃に流しこむ。

酔いが回ってくると、各支部長たちは、

「ここで一気に、大東会の会長の朴を片付けておいたほうがいいと思わないか？」

「そうだ。奴を片付けてしまえば、政府も大東会に見切りをつけるだろう」

「そうだとも、政府の私兵といったって、敗残兵の集団が今の大東会だ。敗残兵集団のボスを片付けてしまったら、大東会は事実上この世から消えることになる」

などと言いあっていたが、明日にも山野組の組長に電話連絡して、組長の指示を仰ぐことになった。

「もし組長の許可が出たら俺に朴を殺《や》らせてくれ。俺は奴の首をこの手でへし折る時を夢にまで見てるんだ」

新城はかじっていた仔牛の腿の骨を、枯木でもへし折るように両手で折った。

各支部長や幹部たちは新城の人間離れした怪力を目《ま》のあたりに見て息を呑んでいたが、

「いいとも。存分に恨みを晴らしてくれ」

「そうだとも。朴を殺《や》るには、あんたほどの適任者はいない」

「お膳立《ぜんだ》てはみんなこっちでやるから、あんたは殺しだけを実行してくれ」

と、新城に言う。

新城は答えた。

「願ってもないことで」

夜が更けてから、新城は与えられた小部屋に引きこもった。三畳ほどの小部屋は、壁も天井も岩肌のままだ。明りはローソクで、ベッドはキャンヴァス・コットンの上に発泡スチロールのマットレスとスリーピング・バッグだ。

トイレはポータブル・タイプのものが置かれている。ペダルを足で踏むと、洗浄水が循環《じゅんかん》するようになっている。

飲み水は、壁の岩肌を伝わる地下水だ。岩肌を垂れた地下水は、床の岩にえぐられた細い溝を流れ去るようになっていた。

小部屋は寒かった。しかし、スリーピング・バッグは、エディ・バウワーのヘヴィ・デューティで、雁の綿毛《グース・ダウン》五ポンド八オンスを四重に使った零下七十度まで耐えられるタイプだから、寝袋にもぐりこむと寒さは消えた。

なかなか新城は眠りに落ちることが出来なかった。

やっと眠ると、夢ばかり見る。新聞や雑誌で写真を見たことがある大東会のボスの朴をさまざまな方法でなぶり殺しにする夢ばかりであった。

翌日、山野組の秘密キャンプの牧場には雪が激しく降った。それでも電話線は大丈夫だから、関東の各支部長を代表して新宿支部長の黒部という男が、神戸の六甲の別宅にいる山野組組長と暗号電話で長い間話を交わした。

牧場の建物と山腹の居住区は、地下トンネルでも結ばれている。だから、黒部は雪の上に足跡を残すこともなく牧場の建物の電話から居住区に戻り、

「組長は賛成された。朴の野郎を血祭りにあげるんだ」

と、報告する……。

それから十日ほどがたった。

新城は四谷若葉町に山野組が架空名義で借りているマンションの一室に移っていた。十階建てのマンションの十階の続き部屋だ。

その続き部屋からは、三百メーターほど離れた朴の大邸宅が見おろせた。新城は、窓ぎわに三脚を据えたボッシュ・アンド・ローム・バルスコープ六〇のスポッティング・スコープを置き、ときどき朴の屋敷を覗《のぞ》いている。

朴の大邸宅の敷地は、もともとは国有地であったが、首相江藤や大蔵大臣富田にねだってタダ同然で払下げて貰《もら》ったものであった。

それも、都内の特等地で九千坪もあるのを、朴が北海道に持っていた二十五万坪の土地と交換したという形式になっている。

だが朴が持っていた北海道の土地は坪当たり百円もしない。現在でもだ。なぜなら、ヘリコプターでないと近づけない泥湿の原野だからだ。

朴は日本名を小島銀次という。韓国済州島の貧農の息子だ。第二次大戦中に強制労働者として日本に連れてこられ、北海道の炭鉱で働かされた。

要領がいい朴は、炭鉱での奴隷よりもひどい待遇と重労働に耐えかねた朝鮮人労働者が暴動の計画をたてるたびに、自分で暴動を煽《あお》っておきながら、炭鉱経営者や監督の軍部に密告して、次第に経営者や軍部に可愛がられていった。

その時の炭鉱経営者が、のちに沖や江藤の大口スポンサーの一人となった政商の吉原であった。

終戦の頃には、朴は朝鮮人労働者の総監督のような地位についていた。朴が吉原と共謀してリンチで殺した同胞は百人を下らない。

終戦と共に戦勝国民となった朴は、吉原の悪事のネタを充分に握り、朴の証言一つで吉原を極東軍事裁判で絞首刑に掛けることも出来る立場にいた。吉原は東京周辺に買いこんであった百万坪の土地の内の三分の一を朴に与えると共に、当時の金で百万円も与えて朴を買収した。

上京した朴は、百万円を元手に闇《やみ》トラックを動かして稼ぎまくった。朴に当時の日本の警察は手を出せなかったから、朴は二日で元金を三倍に増やすボロ儲《もう》けをくり返していった。

終戦後五年にして、朴の回転資金は百億を越えた。その金の一部を活用して命知らず共を大勢抱えていたのが、新興ギャング大東会として都内の盛り場を支配するようになっていた。

吉原と再会した朴は、戦犯として巣鴨《すがも》に閉じこめられていた沖と知りあった。韓国からの帰化人を先祖に持つ沖は、朴と義兄弟の盃を交わし、朴から資金援助を受けて政界にカム・バックし、次第に首相への地位を登りつめていった。

無論、沖は韓国ロビーとして韓国政府と密着し、莫大《ばくだい》な利権で荒稼ぎしながら、朴にもたっぷりと利権のお裾《すそ》分《わ》けをしてやった。

沖は首相になった。沖の私兵となった大東会は、暴力団狩りの嵐《あらし》が吹き荒れても、まったくといっていいほど取締りの対象とならなかった。一つには、企業ヤクザに変身したため、大東会の組員は街頭で派手なユスリやタカリをやらなくても食っていけたためだ。

六〇年安保の時には、大東会は沖首相の指示で拳銃特別所持許可までもらい、左翼勢力を徹底的に痛めつけた。

沖のあと、義弟の江藤が首相になった。義弟とはいっても沖と血のつながりがある江藤の先祖も韓国からの帰化人を先祖に持ち、沖におとらぬ韓国ロビーであった。

江藤も朴と義兄弟の盃を交わし、互いに持ちつ持たれつの関係となった。大東会は七〇年安保の時は江藤の私兵として暴れまくり、左翼勢力だけでなく、ドサクサにまぎれて江藤に対立する保守陣営の大物たちを暗殺した。

だが、その大東会会長も、復讐の鬼新城に狙われて、今は機動隊に護られて怯《おび》え暮している。

朴の大邸宅の塀のまわりでは、いまは、百人の完全武装の機動隊が警察ジープやトラックに乗って警備している。

トンネル

1

新城がマンションの十階から見張っていると、朴は大邸宅の広い庭にときどき出てきて、ゴルフ・クラブの素振りをやった。

時間は不定だ。ゴルフ・クラブを庭で振りまわす時には、ライフルや短機関銃を手にした二十人ほどの用心棒が朴を取囲んで警戒に当たる。

朴は額が大きく禿《は》げあがっていた。黄土色の顔は頬骨が皮膚を突き破りそうに尖《とが》り、目は毒蛇のような三白眼だ。紫色を帯びた品がない分厚い唇から、黄色っぽい反《そ》っ歯がはみだしている。

新城が見張っている部屋と、朴がゴルフ・クラブの素振りを行なう場所は、距離計《レンジ・ファインダー》を使って計ってみたところでは、三百五十メーターか四百メーターほどしか離れてなかった。

狙撃《そげき》用の高性能ライフルを使えば、新城は一発で朴を仕止めることが出来る自信がある。

しかし、それでは面白くなかった。朴の苦悶《くもん》の声がよく聞こえる位置で、思う存分に痛めつけてから、素手でとどめを刺してやりたい。

今日の朴は、用心棒たちに護衛されて、二、三十回素振りを行なっただけで、早々に豪勢な建物のなかに引っこんだ。

用心棒たちは、半分ほどが朴と一緒に建物のなかに引っこみ、残り半分は、運動不足や退屈感を解消させるためか、武器を芝生において、角力《すもう》や空手の練習をはじめた。

新城はボッシュ・アンド・ロームのバルスコープの焦点を彼等の顔に合わせ、彼等の顔をさらによく覚えこんだ。

正門から三十メーターほど離れた庭の一隅に、大型のテントが張られ、そこには樽酒《たるざけ》とオデンと麺《めん》類と鮨《すし》の屋台がいつも用意されていた。

朴の屋敷を外で警備している機動隊員たちは、いつでもそのテントで飲みものや食い物のサーヴィスを受けることが出来るのだ。

今も、立哨《りっしょう》のため体が冷えきったらしい五、六人の機動隊員が門をくぐって庭に入ってきた。テントに入り、冷酒をコップで呷《あお》ってから、熱い鍋《なべ》焼きウドンを食いはじめる。

全員の食事時間が決まっていたら、機動隊員たちの飲むアルコール飲料やオデンなどに眠り薬をぶちこんでおけば、新城は易々と朴の屋敷にもぐりこむことが出来るだろう。

だが、警備の機動隊員たちは、さすがに要心深く、全員が幾つものグループに分かれて食事時間をずらせている……。

新城の部屋の電話が鳴った。だが新城は受話器を取らない。電話のベルは五秒鳴ってから切れた。

新城は待った。十秒ぐらいしてから再び鳴りはじめた電話のベルは、再び五秒鳴り続けてからやんだ。そういった調子で三回目が鳴って切れた。

山野組の使者が、すぐ近くまで来ている、という合図だ。新城は消音器をつけたベレッタ・ジャガーを抜いた。要心深いのに越したことはない。

玄関のドアの横に立った。待つほどのこともなく、ドアが三度ノックされた。五秒のあいだを置いて、また三度ノックされる。

新城は左手をのばしてエール錠のノブを回した。ロックは自動的に解けた。新城は左手を引っこめた。

ドアが開き、両手を肩の高さにあげて、洒落《しゃれ》た服装の男が入ってきた。尻《しり》を使ってドアを内側から閉じる。

山野組東京支部の磯村という男で、これまで何度かここにやってきたことがある。

「失礼した」

新城はベレッタの撃鉄安全を掛け、ヒップ・ホルスターに仕舞った。

苦笑いした磯村は、

「いつもながら、銃口を向けられるのは気持いいもんじゃないな」

と、言って、ドアのロック・ボタンを押した。

「済まん」

新城は短く答えた。

二人は、つい先ほどまで新城がいた部屋に移った。新城はカーテンを閉じて、電灯のスウィッチを入れ、いつもスウィッチを入れっ放しにしてある電熱ポットから、薄いアメリカン・コーヒーを二杯のマグ・カップに注いでテーブルに運んだ。

「奴の屋敷のまわりの下水道がどうなっているかが分かったぜ。図面を持ってきた」

磯村は内ポケットから畳んだ大きな事務用封筒を取出した。封筒から数枚の図面を出してテーブルに置く。

コーヒーの大きなカップを口に運びながら磯村が表情を見守るなかで、新城は図面に目を通した。

一枚目の図面は、朴の屋敷の裏通りを、幅五メーター高さ三メーターの下水道が通っていることを示していた。

二枚目の図面によると、裏通りの下水道と朴の屋敷の数カ所は、直径一メーター半の下水道で結ばれている。

三枚目の図面には、朴の建物や庭にある排水孔の位置と、それを覆う鉄格子の形状がくわしく載っていた。

四枚目の図面で、朴の屋敷から直径五百メーター内の下水道へのマンホールの位置が分かる。

図面から目を挙《あ》げた新城は、まだ舌が焦げそうに熱いコーヒーを大きく口に含んだ。飲みこむ。

「どうだい？　あんたがいい体をしてても、下水道の直径が一メートル半もあったら、くぐれないことはあるまい？」

磯村はニヤリと笑った。

「うまく図面が手に入ったものだな？」

新城は言った。

「山野組は、色々なところにコネがあるんだ。どうだい、下水管から朴のところに近づくというのは？」

「図面を、もっとよく検討してみる」

「道具で欲しいものがあったら、何でも言ってくれよ。助《すけ》っ人《と》が欲しかったら、何人でもうちの組から出す」

磯村は言った……。

それから五日過ぎた。

朴の屋敷から三百メーターほど離れた赤坂一丁目の屋敷町の裏通りに、下水道工事会社の小型トラックがやってきた。

荷台にホロを張ったそのトラックは、どこかの屋敷の高い塀に寄って停まった。助手席から二人、それにホロをはぐった荷台から二人、ヘルメットと作業服をつけ、馬鹿長《ばかなが》と称される腰の上まであるゴムのウエーダーをはいた男たちが降りた。

そのうちの一人は新城であった。

四人は手ぎわよく、荷台に積んであった、工事灯のランプがついたパイロンを、道の真ん中にあって、小型トラックの五、六メーター斜め後方の大きなマンホールのまわりに立てた。工事灯のランプのスウィッチを入れる。

また彼等は、その裏通りの入口と出口に、工事中車輛迂回《うかい》と、夜間工事許可の標識を立てた。

それから彼等は、アルミ合金のフレームの背負《しょ》い子《こ》にのせた大きなアルミの箱をかついだ。

小型トラックの荷台に乗っていたものだ。

新城と同じ下水道工事の作業員の格好をしているのは、無論、山野組の連中であった。しかも、普段も下水道の工務店員が表向きの商売だ。

一人が工具を使って、マンホールの蓋《ふた》を持ちあげた。四人はその重い蓋を静かにアスファルトの上に移した。

四人のヘルメットには、炭鉱夫のそれのようにヘッド・ランプがついていた。ヘッド・ランプのバッテリーは、ズボンのベルトに引っかけてある。ヘッド・ランプをつけた男たちは、ゴム手袋をつけ、次々にマンホールを、錆《さ》びた垂直の鉄梯子《てつばしご》を伝って降りていく。

新城は三番目であった。高さ三メーター、幅二メーターほどの下水道の底を、膝《ひざ》近くまで汚水が流れている。

あとの三人は慣れているので平気のようであったが、新城はしばらくは、あまりの悪臭に目から涙がにじむほどであった。

ヘッド・ランプの光が汚水の流れに当たる。人糞《じんぷん》から腐った食いものから、避妊サック、さらには仔犬の死骸《しがい》まで流れてくる。

「大丈夫か?」

平松という先頭の男が新城に声を掛けた。

「もう大丈夫だ」

唾《つば》を吐いた新城は答えた。

2

汚水のなかをしばらく歩くと、立派な下水道にぶつかった。

本道は幅が十メーターもあった。左右に歩道がついている。幅一メーター半ほどの歩道のあいだを下水が流れている。

ところどころに電灯がついていた。歩道にいたネズミの群れが姿を隠すが、肥え太ったネズミたちは、猫の半分近い大きさがあった。

頭上の天井が軽く震えている。平松が、

「車がひっきりなしに通ってるんだ。上は高速道路だ」

と、言う。

「なるほど」

新城は頷《うなず》いた。もう悪臭にはかなり慣れてきた。

一行は下水道本道の歩道の上を、北のほうに向けて進んだ。ところどころ橋が架けられているのは、その下を排水管から流れこんだ汚水が走っているからだ。

下水道本道は、別の本道と交差した。

「外堀通りの下だ」

平松が言った。

外堀通りの下の下水道本道を、一行は左に向けて歩いた。二百メーターほど歩いた時、平松が、

「こっちだ」

と、本道の左側にあいた支道を指さした。

一行は再びヘッド・ランプの明りを頼りに、膝まで汚水につかって、下水道の支線を歩いていく。

百五十メーターほど行った時、平松は左側の壁にあいた直径一メーター半の強化プラスチックスの排水管のなかにヘッド・ランプの光を突っこんだ。

「この先が朴の屋敷だ」

と、囁《ささや》く。道路の上に聞こえることはあるまいが、路上に警官がいる可能性が強いから、自然に声が低くなる。それに、下水道はトンネルだから、ヤケに声が響くのだ。

新城は無言で頷いた。朴の屋敷に続いている排水管の流れは浅い。頭が上にぶつかるので、

体をこごめて歩く。

平松は右手のゴム手袋を脱ぎ、作業服の内ポケットから、図面と百メーター用ワイヤー・メジャーを取出した。

しばらくメジャーを睨《にら》んでいたが、

「俺の計算が狂ってないことを神に祈るぜ」

と、呟《つぶや》いて、巻尺式メジャーのフックを下水道支線と排水管の境目の、コンクリート壁がヒビ割れたところに突っこんだ。

メジャーのワイヤーをのばしながら平松は排水管のなかに入っていった。

もう一人の山野組の男——林田という名だ——と新城がそのあとに続く。しんがりにいた黒井という男は、コンクリートのヒビ割れに差しこまれたメジャーのフックを押えている。

平松はときどきコンパスを取出して針を読みながら慎重に進んだ。無論、メジャーの目盛りも読む。百メーターのメジャー・ワイヤーがのびきったところで、平松はそのワイヤーを震動させた。

フックのほうから震動が返ってきた。平松は捲取《まきと》りのボタンを押す。メジャー・ワイヤーはゆっくりとバネでメジャーのなかに捲き取られていく。

黒井がフックを外し、捲取りスピードに合わせて、メジャー・ワイヤーごとこっちに歩いてきているのだ。

「いま俺たちは、朴の屋敷の裏庭の下にいる」

平松が新城に囁いた。

「…………」

新城は頷いた。

平松は、黒井にメジャー・ワイヤーの先端のフックを持たせたまま立ちどまらせ、再び歩きはじめた。

十メーターほど行ったところで、排水管は四本に分かれていた。平松はジェスチュアで黒井を呼び寄せた。

「ここまでは計算通りだった。これからあとも、計算通りに行くことを祈るぜ」

と言って、右から二本目の下水管の中を、ヘッド・ランプの光を当てて覗《のぞ》きこむ。

四本に分かれた下水管は、直径が一メーターほどしかなかった。下水道の分岐点にメジャーのフックを持たせた黒井を立たせ、平松を先頭に細い下水管に四つん這《ば》いになってもぐりこむ。

背中のアルミ箱が下水管の天井に当たらないようにするには、顔を浅い汚水に近づけるようにして姿勢を低くして這わなければならなかった。

新城はしばしば、吐き気をこらえグーッと異様な唸《うな》りを漏らし、平松の咎《とが》めの視線を浴びた。

平松は片手にメジャーを持っているので両膝と片手を使って這っていた。十五メーターをメジャーの目盛りが示したところで、首をねじって、ヘッド・ランプの光を上に向ける。

頭上には、直径三十センチほどのビニール管が垂直に通っていた。長さ二メーターほどのその管の上に鉄格子が見える。

「計算通りだった」

聞きとれないほど低い声で呟いた平松は、新城たちに後退するようにと合図する。

男たちは、直径一メーター半ぐらいの排水管のなかまで後退した。平松は、

「さっきのところが、朴の屋敷の裏庭の使用人用の別棟についている洗濯室の排水孔の真下だ。

ここから十メーターほど入ったところが、乾燥室の下になる。そこに穴を掘りあげていくんだ」

と、囁いた。

男たちは頷いた。

平松は黒井が背負っているアルミの箱に手を掛けた。黒井は汚水に膝をついた。

平松は黒井のアルミ箱のラッチを外し、蓋を外した。そこから、アルミとマグネシューム管の軽い折畳み式テーブルを取出した。

カメラの三脚をのばすように、テーブルの四本の脚をのばす。テーブル自体は畳むと五十センチ四方ぐらいだが、抽出《ひきだ》しのように押しこまれている四つの補助面を引っぱりだすと、幅一メーター長さ二メーターにひろがった。

新城たちは、そのテーブルに、自分たちが背負っていたアルミの箱を置き、蓋を開く。アルミ箱のなかには、さまざまな工具類が入っていた。

平松は再びメジャーを使い、乾燥室の下の位置を決めた。ビニール・カッターで、ビニールの下水管の天井に当たる部分を、長さ三メーターぐらい切取った。

そのビニール管の厚みは二センチほどもあったが、カッター本体に内蔵されているボンベの高圧ガスとビニール溶解剤の混合物が刃先に吹きつけられるので、柔らかくなったビニールは、チーズが薄刃で切られる時のように簡単に切れた。

平松が落ちてきたビニール管の天井部分を大ざっぱに細断すると、それを林田がビニール袋に詰める。切り取られたビニール管の天井部分の上は土が剝《む》きだしになっていたが、その土は湿っているので、ほとんど崩れ落ちてこなかった。

細断し終わったビニール管は、林田がビニール袋に詰めたものを、新城が黒井のところに運ぶと、黒井はそれを、流れが激しい下水本道まで捨てに行った。

平松は圧縮空気を利用はしても、刃が回転するために穿岩機《さくがんき》のような震動と轟音《ごうおん》をともなうようなことはない特殊のパワー・ショベルを使って、頭上の土を削っていった。

3

みんなで手分けして、ビニール袋に落とした土を下水本道の流れに捨てに行く。

二時間もかからずに、乾燥室の床のコンクリートが裏の顔を覗かせた。平松は、

「これから先は、俺一人でやる。薬品も使ってコンクリートを溶かすんだから、危険なのだ」

と、新城たちに言った。

「分かった。一休みしよう、兄貴」

黒井が言った。

一行は後退し、直径一メーター半の排水管のほうに戻った。汗まみれの平松たちは、うまそうにタバコを吸うが、いかに汚臭に慣れたとはいえ、新城だけはタバコに火をつけるのを遠慮した。

タバコを二本続けざまに吸い終えた平松は、消防士の防火服のようなものを身につけた。顔と頭には、防毒マスクを兼ねた、特殊なアクア・ラングのマスクとヘルメットをつける。耐火ガラスが目のあたりを覆《おお》っている。外気に触れる部分は、顔や体のどこにもない。

小型のアクア・ラング用ボンベを背負った平松は、軽合金製のソリに乗せた薬品の噴射ボンベとホースを引きずって、乾燥室の下に入っていった。

新城たちは待った。鼻を突く刺激臭が流れてくる。

一時間ほどして、平松が出てきた。ヘルメットとマスクを脱ぐと、

「オーケイだ。床のコンクリートの厚さは二十センチもありやがったが、表面から一センチぐらいを残して、みんな削り落としてきた。残ってるところも、薬品でボロボロだから、ちょっと突くと崩れ落ちる筈《はず》だ。鉄筋も無論、薬品で焼き切って外しておいた」

と、言ってタバコに火をつける。

「夜明けまで、五時間以上ある。みんな、ここで待っててくれるか？」

新城は言った。ゴム手袋を脱ぎ、自分のアルミ箱から分解したM十六自動ライフルを出して組立てる。

「時間はたっぷりあるんだ。まず、道具をざっと片付けよう」

平松はタバコの煙と共に言った。

それから一時間後、平松は携帯用ジャッキの長い脚をのばした。厚さが一センチほどになっている乾燥室の床のコンクリートにジャッキの上皿を当ててハンドルを回す。ポコッという軽い音をたてて、すでにもろくなっていたコンクリートの床の残りをジャッキの上皿が突き破った。

ハンドルを反対に回して上皿を一度さげた平松は、床にあいた穴から少し離れた位置もジャッキで突破る。ハンマーで叩いてコンクリートの床を破るのとちがって、大きな音をたてない。直径一メーター半ぐらいの穴があくまでに半時間も掛からなかった。親指と人差し指でオーケイのサインを出した新城は、落ちてきたコンクリートのかけらを積んだものの上に登った。

馬鹿長を脱ぐ。そのゴム製ウエーダーの下に新城は、音をたてぬ百パーセント・ピュア・ヴァージン・ウール製のズボンと、ネオプレーンの靴底のハンティング・ブーツをはいていた。腰のベルトには二丁の拳銃《けんじゅう》のホルスターとロープの束と針金の投げ罠《わな》やナイフなどを吊っている。背には自動ライフルを背負っている。

「じゃあ」

と言うジェスチュアを、平松たちに送った新城は、ゴム手袋をつけた両手を穴の縁《ふち》にかけた。そこにも薬品がしみているので、体重を掛けるとコンクリートが崩れそうになる。

新城は一気に自分の体を穴の外に引きあげた。凄《すご》い体のバネであった。

平松の計算は狂ってなかった。新城が登ったところは、確かに乾燥室であった。三十畳ぐらいの広さで、一方の壁に熱風を吹きつける大きなダクトとファンがつき、天井からは百着ぐらいのシャツやブラウスなどがぶらさがっている。

新城は汚れたゴム手袋を脱いだ。ヘルメットも脱ぐ。

山野組は、朴の屋敷を建てた建築会社の設計技師を買収して、朴の屋敷の設計図を手に入れていた。その技師は、山野組があてがった女と麻薬に溺《おぼ》れきっていた。朴に寝返りを打つ心配はないようだ。

ともかく、設計図を何度も見て、新城は、朴の屋敷の各部屋の位置を頭に刻みこんでいる。この乾燥室がある別棟は、鉄筋二階建てで延べ百五十坪ぐらいの面積だ。一階と二階が、それぞれ七十坪以上ある。

二階には常には十人を越える朴の使用人——女中や運転手や朝鮮料理のコックなど——が寝泊まりしている。だが今は、一階に十人近くの朴のボディ・ガードが泊まっている。

二十人ほどの朴のボディ・ガードのうち、母屋に十人ほど、この別棟に残りが泊まるというわけだ。母屋には警視庁から派遣された刑事十人ほども泊まっている。そのことは、女中の一人を買収した山野組から新城は聞いていた。

この使用人用別棟と地上二階、地下二階建ての母屋との距離は百五十メーターほどだ。だが朴は、別棟から母屋にいる時の自分を出来るだけ覗かれないようにと、二つの建物のあいだに林と築山《つきやま》を置いていた。

林は常緑樹が多い。築山は変化に富んでいる。新城にとって、身を隠すのにおあつらえ向きだ。

新城は着ぶくれていた完全防水の作業上着も脱いだ。汚水の悪臭がしみこんでいるからだ。その下に、褐色に近いフォレスト・グリーンのアラスカ森林警備隊用の岩乗なシャツ・ジャケットを着ている。その材質も百パーセント・ピュア・ヴァージン・ウールだ。緻密《ちみつ》に織ってあるので、化学処理をほどこさなくても水をはじく。

その部屋には、小さな換気用の窓が一つだけついていた。カーテンもブラインドもついてない。

だから、その窓から射しこむ淡《あわ》い月明りで、新城は乾燥室のなかの様子をよく見ることが出来たのだ。

新城は窓ぎわにそっと身を移した。ラッチを外し、窓を開く。音もたてずに跳び降りると、外側から窓を閉じた。

その窓から五メーターほどの間隙《かんげき》を置いて林がはじまっていた。迷路のように小路がつけられているが、雑草や灌木《かんぼく》も多く、都内の特等地とは思えない。最大の贅沢《ぜいたく》を少し前までの朴は楽しんでいたのだ。今は、心が不安と恐怖に占められていて、この景色を楽しむどころではあるまい。新城は林まで這った。

林にもぐりこむと、左手に左の腰から抜いたラブレスのガット・ラック・スキナーのハンティング・ナイフを抜き、右手には消音装置付きのベレッタ・ジャガーを握った。

林の向うから、樹々にさえぎられながらも、母屋の灯がわずかに漏れている。

新城は林のなかの小路を十メーターほど進んだ。

そのとき新城は、小路の上を、一本の針金が膝ぐらいの高さに張られているのを発見した。

その針金は、反射を防ぐパーカライジングの表面処理がしてあった。黒褐色の表面はザラザラしているので、光が当たっても反射しないのだ。

新城のように狼《おおかみ》の目を持つ男でなかったら、その針金を発見することなど、とても出来なかったにちがいない。山野組が買収した朴の女中は、こんな針金の仕掛けについては何もしゃべってくれてなかったのに……。

針金の両端は、小路の両脇の灌木のなかに消えていた。罠の引金にちがいない。腹這いになった新城は、引金の役をしている針金の右端が消えている灌木の中から調べはじめた。

だが、落葉の上についた右肘《みぎひじ》が、ぐすっと地面にのめりこんだ。その途端、激しい風切り音をたてて、カブラ矢が新城の背中の上を通過した。

執念

1

新城は罵声《ばせい》を口のなかで圧《お》し殺した。

唸《うな》り声をたてて新城の背中の上を通過したカブラ矢は、数メーター離れた木の幹に突きささった。

腹這《はらば》いになっている新城は、地面の小さな落し穴にのめりこんだ右肘《みぎひじ》を素早く持ちあげた。落し穴に、仕掛け矢が放たれる引金となる何かが埋められているにちがいない。

新城は前進するかわりに後退した。三メーターほど後退しながら、右手に握っていた消音器付きの拳銃《けんじゅう》をホルスターに戻し、背負っていたM十六自動ライフルを右手に持った。その銃身で、罠《わな》があるかどうかをさぐりながら、新城は左横の灌木《かんぼく》の茂みにもぐりこんだ。

そのとき、使用人用の別棟の建物の横のほうから、

「お前、さっきの音を聞かなかったか?」

「聞いたとも、だから、こうやって耳を澄ましてるんだ」

と、囁《ささや》き交わす声が聞こえた。林のなかをパトロールしている連中だろう。

「確かめてこよう」

「奥には入れない。俺たちだって、林のなかにはどんな仕掛けがしてあるか分からねえんだ」

「大丈夫だ。林の奥に入る必要はない。さっきの音は、遠くはなかったぜ」

「じゃあ、行ってみるか？」

二人の男は、かすかに震える声で再び囁き交わした。

新城は灌木のなかで、腹這いになったまま、体の向きを変えた。小路のほうに顔を向ける。

自動ライフルを地面に置き、右手に針金の投げ罠を持った。

強力な懐中電灯の光が、さっき新城が入りこんだ林の外れに近づいてきた。新城は、全身の神経を緊張させながら、パトロールの男たちでさえ雑木林のなかにどんな罠が仕掛けられているかを知らない……と、言っていた意味を考えてみる。

林が深いので、見張り所として択《えら》んだマンションからは、望遠鏡を使っても、この雑木林を通って母屋と使用人用の別棟を往復する男女の姿は見えなかった。

新城はそのことを簡単に考えすぎていたようだ。それというのも、雑木林のこちら側の縁《へり》と使用人用別棟のあいだは、使用人用別棟が邪魔になって、新城が見張っていた場所からは死角になっていたからだ。

それに、林の向う側、つまり母屋に近いほうでは、使用人たちが林に出入りするさまが新城に見えたから、新城としては、彼等が林をくぐって母屋と使用人用別棟を往復しているものだ、とばかり思っていた。

だが、どうやら新城は大きな考えちがいをしていたようだ。使用人用の別棟と林の母屋寄りの縁《へり》近くが、トンネルで結ばれている可能性が大きい。

二人の男の足音と懐中電灯の光は、新城が灌木の枝や葉をすかして見ている小路とは別の小路の入口の手前で停まった。

その小路は、新城の背後五、六メーターのところにのびてきている。

銃身を切り縮めた散弾銃を腰だめにした二人の男は、一歩一歩慎重にその小路を歩いてきた。

新城は物音をたてぬように極端なほど気を配りながら、再び体の向きを変えはじめた。

新城が二人が歩いてくる小路に対して、斜めの角度になった時、二人はもうすぐ横まで来た。

新城は呼吸の音を悟られまいと苦労した。

その時、パトロールの二人のうちの一人が、異様な叫び声をあげた。木がはじける音が続く。

新城は、その男が足を跳ね罠にくわえられ、弾力性がある若木の梢《こずえ》から逆さ吊りにされたのを見た。

もう一人の男は、パニックに襲われ、仲間を捨てて逃げようとした。

新城は隠れている場所から跳びだし、右手の投げ罠を、跳ね罠に吊りさげられている男の首に掛けた。

そいつを引っぱりながら、左手のナイフで逃げかけている男の喉《のど》を掻《か》き切り、背後から心臓も刺した。

ナイフでやられた男はすぐに死にはしなかった。しかし、声帯を切断されたので声が出ない。倒れて痙攣《けいれん》している。

新城はピアノ線の針金の投げ罠で首を絞められている男に視線を移した。逆さ吊りにされて血が頭のほうにさがっているところに首を絞められたので、その男は鼻と口から血を垂らしている。

新城は男の首を絞めている針金の環《わ》をゆるめてやった。顔が紫色になっていたその男は、必死になって空気を肺に吸いこんだ。

男は、とっくに、散弾銃を放りだしていた。レミントン八七〇のポンプ、つまりスライド・アクションの五連発ショット・ガンだ。

男は腰にM1ライフル用の弾倉帯を捲《ま》いていた。弾倉帯の十個のポケットのうちの一つの蓋《ふた》を開いてみると、四発の十二番散弾装弾が詰められている。

一発を抜いてみると、九粒の大粒散弾を詰めた00《オーオー》バックの鹿ダマと分かった。ほかの散弾も同様であろう。

九粒弾は、一度に大勢の敵を相手にするときや、藪越《やぶご》しに射つ時など大いに有効だ。だから新城はその散弾銃を借用することにする。

しかも、そのスライド・アクション・ショットガンは、銃身の下に平行してのびた弾倉チューブのキャップのすぐ上で銃身を切断されていた。

スライド・アクションだから、ロング・リコイル式自動散弾銃のように発射時に銃身が後退しないから、そのように銃身を切り縮めることが出来るのだ。

銃身を切り縮めることによって、軽く短くなって携帯や振りまわしが楽になるだけでなく、銃口の絞り《チョーク》が無くなるから、発射された散弾は近距離でも大きく開く。

その散弾銃は、銃床も二インチほど切り縮められた上に、極端なほど細く削られていた。負い革はついている。

その散弾銃のスライドを軽く引き、遊底を少し後退させて薬室にも装塡《そうてん》されていることを確かめた新城は、自分の左の肩に吊った。

逆さ吊りになっている男の腰から弾倉帯を外し、自分の左腿《ひだりもも》に二重巻きにして付けた。腰にはM十六自動ライフルの弾倉帯を七本も捲いているからだ。

ナイフでやられたほうの男は、今は動かなくなっていた。パックリと切り口が開いた喉から噴出した血が、落葉や土にしみている。

その男のほうも、銃身を挽《ひ》き切ったミクロ製の水平二連散弾銃を放りだしていた。腰には、一つのポケットに十二番の散弾がうまい具合に四発ずつ詰まるM1ライフル用の弾倉帯をつけている。

二丁の散弾銃を身につけると重いから、新城はその男の弾薬だけを利用させてもらうことにした。

男から弾倉帯を奪い、自分の右腿に二重に捲いて、弾倉帯についている金具で留める。

そのとき、母屋と使用人用の別棟のなかで、けたたましい非常ベルが鳴り響いた。新城は歯ぎしりした。

母屋と林のあいだにある築山に、数十本のサーチ・ライトの光が当てられたのが分かった。次いで、別棟と林のあいだの草木を刈り取った空間にも、別棟の二階から突きだされた数十本のサーチ・ライトが当てられた。

サーチ・ライトの光線は強烈で、縁《へり》から七メーターほどしか林のなかに入ってない新城の姿も、別棟から発見されるのではないかと思われた。

新城は、出口をふさがれて林のなかに閉じこめられた格好になったのだ。しかも、林のなかには無数の罠が仕掛けられているらしい。絶対のピンチというところだ。

2

しかし修羅場をくぐり抜け続けてきた新城は、死の覚悟など決める気持など毛頭起こさなかった。

復讐《ふくしゅう》の誓いはまだほんの一部が果たされただけだ。誓いを果たさぬうちには死ねるわけがない。

復讐に狂った新城には、鬼神が乗り憑《うつ》ったようになっていた。どんな法と権力と武力の威嚇《いかく》も、魔神がとりついた新城の魂を挫《くじ》けさせることなど出来はしない。

新城は跳ね罠に逆さ吊りにされている男の両手首の腱《けん》を素早くナイフで切断して、男が武器を扱えないようにした。

男の体をひっぱる。男の右足首を捕えている跳ね罠の先の梢が曲げられた。

跳ね罠は細いワイヤー・ロープで出来ていた。新城はそのロープに、ラヴレス・ガット・フック・スキナーのハンティング・ナイフの刃を叩きつけた。

ロックウェル硬度六十三度のラヴレスの刃は、ゾーリンゲン産のナイフや包丁を切断することが出来る。ましてや、ワイヤー・ロープなど、ナイロン・ロープのように切断して刃こぼれ一つ見せなかった。

男の体がドサッと地面に落ち、自由になった若木の梢は、激しい勢いで垂直位置に戻った。

それを見た別棟の連中は、

「あそこだ！」

「射て、射て！」

「射って射って射ちまくれ！　仲間に当たることを心配したりしたら、俺たちが殺《や》られるんだぞ」

「誤殺の責任は俺がとる。だから、射つんだ！」

などと、わめき散らした。

数百発の銃弾が別棟の二階から吐きだされる。軽機関銃も短機関銃も散弾銃も自動ライフルも拳銃も総動員された。

その間に新城は、M十六自動ライフルを拾って右の肩に背負うと、半ば意識が朦朧《もうろう》としている男の体を自分の前に転がして、罠があれば男の体ではじかせる工夫をしながら、自分も林のなかに進んでいく。

別棟からの射撃は、まったく盲射に近かった。だが、木の枝や葉に触れて勝手に銃弾が方向を変えるから始末におえぬ。

新城の体を数発がかすった。

新城は近くの一本の巨木の蔭に廻りこむことにし、そちらのほうに男の体を転がした。

そのとき、新城が転がしていた男が、数十本の枯枝の折れる音と共に、突如として新城の前から消えた。

沈んだのだ。落し穴に落ちこんだのだ。肉に硬いものが突き刺さる無気味な音と共に、男の絶叫が下のほうからほとばしった。

穴は深く暗かった。

しかし、狼のように夜目がきく新城には、五メーターほど下の落し穴の底に仰向けて倒れた男の胸や腹から数本の槍《やり》の穂先が突きだしているのが見えた。

落し穴に植えられている槍ブスマが、男を背中側から貫いたのだ。だが、そのいずれもが致命傷とはなっていず、男は必死にもがこうとしている。

新城は内ポケットから、細いが長いケーブルを捲いたものを取り出した。直径わずか二ミリだが、数トンの抗張力がある。

新城は長さ十五メーターほどのそのケーブルを巨木の根元に回した。ケーブルの先端を合わせ、そのケーブルを両手で握り、落し穴の横壁に足を踏んばりながら、両手をゆっくりケーブルに滑らせていく。

新城の体は落し穴のなかに消えた。別棟から飛襲する銃弾は数を増していたが、落し穴のなかにはとどかない。

新城は槍ブスマの穂と穂のあいだに両足を降ろした。ざまあ、見やがれ、と声には出さずに胸のなかで叫ぶ。

「何とかしてくれ！」

槍に体を縫いつけられている男は、口から血を垂らしながら呻《うめ》いた。

「助けてやろう。あんたには何の恨みもないからな」

新城は耳を聾《ろう》する射撃音のなかで答えた。銃弾ではね飛ばされた小石が落し穴のなかに落ちている。

「本当か？」

「ああ。だけど、その前に教えてくれ。この林のなかをトンネルが通っているんだな？」

新城は尋ねた。

「そうだ。別棟と本館のあいだはトンネルで結ばれている」

男は喘《あえ》いだ。首を横にすると、破れた肺から逆流していた血が口からとびだした。

「嘘《うそ》をつくな。別棟からトンネルに入った奴は、林のあっち側の縁《へり》の近くで地上《うえ》に出るんじゃないか？」

「嘘じゃない。トンネルは別棟と本館を結んでいる。だけど途中で林の向う側の縁の近くにも出入口がついてる、というわけだ」

男は呻いた。

「そうだったのか……悪かった……ところで別棟からトンネルに入るのはどこからだ？」

新城は尋ねた。

「一階の大食堂の北側に小部屋がある。そこからトンネルに降りる階段が……」

「本館……母屋のトンネルの出入口は？」

「地下室……の食料庫の横の……」

男はそこまで言ったとき、激しく苦悶《くもん》しはじめた。

新城は、血の塊を気管に詰まらせたことが経験から分かった。男の体を槍ブスマから引き抜きにかかる。

だが、男の体を引っぱりあげて俯《うつむ》けにぶらさげても、もう手遅れであった。新城は男の死体を落し穴の壁の近くに寄せて槍ブスマの上に坐らせた。下に向けて押しつける。

男の死体は、槍に尻から貫かれたが、穂先は体のなかにとまった。

新城は槍に固定された格好の死体の肩の上に乗った。

別棟からの射撃は中《なか》だるみになっていた。様子を見ているのであろう。新城は巨木の根元を支点にして垂れさがっているワイヤー・ケーブルを伝って体を穴の上の近くに近づけた。

足で落し穴の壁を踏んばりながら、ケーブルで腰をしばって両手を使えるようにした。

落し穴から肩から上を突きだした新城は、セミ・オートにしたM十六自動ライフルで、別棟の二階の窓のスポット・ライトの一つを狙《ねら》った。

引金を絞る。

一発目は、途中の木の枝に当たった。木の枝は吹っ飛んだが、弾道がそのために狂ったために、スポット・ライトには当たらない。

だが二発目が狙ったスポット・ライトを破壊した。新城はただちに、別のスポット・ライトに三発目の狙いを替える。

中だるみであった別棟からの銃撃が、再び激しくなった。だが新城は、顔のまわりを数発のまぐれ弾《だま》にかすめられながらも、M十六を射ちまくり、二個の弾倉を空にする前に、別棟のすべてのスポット・ライトを破壊した。

M十六自動ライフルには消炎器——フラッシュ・ハイダー——がついているから、発射炎はほとんど出ない。だから別棟の連中は、すべてのスポット・ライトが破壊されて、新城に文字通り盲射を掛けてくるほかなかった。

それに反し、新城には窓から射ってくる連中の姿がよく見えた。新城は、射的の人形でも倒すように、一人ずつ片付けていく。

新城が三十人ほど片付けたとき、別棟の窓に残っていた連中が後退して、新城から姿を隠した。

新城は連中が作戦を変えるためだろうと気付いて油断しなかった。

数分後、彼等は肉弾戦に出た。一階の窓から五十人ほどが銃を乱射しながら跳びだし、林のなかに突っこんでくる。

新城はM十六のスウィッチ・レヴァーをフル・オートに切替えて連射した。麻薬か覚醒剤《かくせいざい》でも血管にブチこんで空勇気《からゆうき》をつけた彼等が無茶苦茶に突進してくるのを、次々に射ち倒していく。

遠くから新城の背後に廻りこもうとして、彼等の上層部が仕掛けてあった罠に掛かって爆破されたり、トラバサミに嚙《か》まれたり、落し穴の槍ブスマに体を貫かれたりした連中の絶叫が新城にも聞こえた。

新城のほうは、すでに腰に捲いていた七本ものM十六の弾倉帯のうち五本を使いきっていた。だから新城は、M十六自動ライフルの銃身を冷却するためと弾薬を節約するために、M十六は肩から吊り、かわりに、パトロールの男の一人から奪ったレミントン八七〇のスライド・アクション・レピーターのショット・ガンを手にした。

そのとき、生き残った男たちのうちの三人が一とかたまりになりモーゼル・ミリタリーの大型拳銃を盲射しながら、新城の十メーターほど近くまで迫ってきた。

左手でショット・ガンのスライディング前床を握った新城は、短い銃床のバット・ストックを肩付けした。

射つ。

短く挽《ひ》き切られた銃身から凄《すさ》まじい火が吐きだされた。

銃を極端に軽量化しているので激しい反動だ。腰をケーブルで縛り、落し穴の壁に足を踏んばった不安定な姿勢の新城は、危く穴の底に転げ落ちそうになる。

だが、巧みにバランスを取戻した新城は、スライディング前床を引いてプラスチックと真鍮《しんちゆう》の空薬莢《からやつきよう》を排莢するとスライディング前床を前に戻して遊底を閉じながら、チューブ弾倉の実包を一発薬室に送りこんだ。再び引金を絞る。

すでに一発目に発射された九粒弾が、三人の体のどこかに当たっていたが、二発目も数粒ずつが三人の体にくいこんだ。

三人は転がる。新城はさらに彼等にバック・ショットを浴びせた。三人は痙攣《けいれん》をはじめる。

3

それから二十分ほどがたった。

復讐に狂った報復者新城は、突撃してきた連中のほとんどを片付け終わっていた。あとの連中は、林のなかで罠に掛かって死んだり戦闘能力を失ったりしている。

新城は落し穴から這い出た。バック・ショットは、あと三十発ぐらいしか残ってない。ワイヤー・ケーブルを回収した新城は、さっき自分が通ってきた小路を通って林の縁《へり》に近づいた。五つの死体をまたぎ越える。

罠が無数に仕掛けられている林を突っ切ってではなく、別棟からトンネルを通って本館に突入する積りだ。

深呼吸した新城は、ジグザグを描いて別棟に走った。それを発見した数人が、建物のなかからあわてて発砲してくる。

新城は機関銃のような早さでスライド・アクションのショット・ガンから四発射った。スライド・アクションは、慣れると自動銃よりも早く射てるのだ。

新城に向けて発砲してきた連中が被弾して吹っ飛んだ。新城は素早くチューブ弾倉に次々に装塡《そうてん》する。

銃弾でガラスが砕け散っている窓の一つから、ショット・ガンを室内に盲射しながら跳びこんだ。跳びこんでからも、装塡しては五、六発射つ。

そのときであった。林に大爆発が起こったのは……。

雑木林のなかを一列に土煙が吹きあがった。別棟の建物も崩れそうに揺れる。土煙に次いで、火炎が吹きあがった。

新城が別棟に入りこんだことを知った本館の連中が、トンネルをふさぐために、トンネルに仕掛けてあった爆薬の起爆装置のスウィッチを入れたのだ……と、新城が気付くまでには、ちょっとの時間がかかった。

トンネルの上や、その近くに位置していた木々が吹っ飛ぶ。裂けた木片は、砕けた岩石と共に別棟にも飛んできた。

新城は爆発の際の火炎の明りで、自分のいる部屋のなかの様子を一と目で見取っていた。

十数人の男が倒れている。彼等が放りだした銃はさまざまであったが、少なくとも三十本のM十六自動ライフルの弾倉帯がこの部屋にある。箱に入ったままの散弾も四、五百発あった。

林の大爆発は終わっても、木片や石片が飛んでくる。新城は二つの死体の下にもぐりこんでそれを避けた。

少したって、土埃《つちぼこり》が立ちこめた林のところどころで、チョロチョロと炎が舌なめずりした。枯木が燃えているのだ。

そのかすかな明りで、死体から這い出た新城は、部屋のなかの様子をじっくりと調べることが出来た。

部屋に落ちているM十六の弾倉帯を調べ、コンディションがいい弾倉を五本の弾倉帯に入れて自分の腰に捲く。

さらに、ポケットじゅうと、右腿に捲いたM1用の弾倉帯に散弾を押しこんだ。OO《オーオー》バックの装弾と、NO1《ナンバーワン》バックといって一発に十六粒が詰められている装弾が半々であった。

さっきの大爆発で、林のなかの罠のほとんどは使いものにならなくなったろう。特に爆発したトンネルの上やその近くは罠が完全に破壊されたにちがいない。

新城は窓から跳びだした。

爆発の跡の近くをたどって、まだ舞っている濃い土埃のなかを本館に近づく。

小さな火災がところどころに起き、爆発の跡の地面は乾いた底無し沼のように足に抵抗が無かったが、いたるところに爆発で木が倒れているので、その上を伝って新城は歩いたり跳んだりする。

濃い土埃のために、さすがの新城も、五、六メーター先しか見えなかった。

だが、それは新城だけのハンディキャップとはならなかった。本館の連中には林のなかを接近してくる新城を発見することが出来ないらしく、一発も射ってこない。

新城が林の向う側の縁近くにたどり着いた時にも、まだ土埃は薄れてはいても収まってはなかった。

林と本館のあいだの築山には、広い池の下にトンネルが通っていたらしい。そのトンネルが爆破されたために池は涸《か》れている。本館のまわりに人影は無かった。みんな建物のなかに閉じこもったらしい。土埃のスクリーンを通して、本館から放たれる二十数本のサーチ・ライトが目を剝《む》いている。室内灯は消えている。

新城は自分のすぐ近くに、絶好の掩護物《えんごぶつ》として使えるものを見つけた。

巨大なコンクリートの塊だ。トンネルの林のなかの出入口の建造物の一部が爆発ではじき出されたのであろう。

高さ一メーター半、幅約二メーター、奥行き約五メーターのそのコンクリートの塊のうしろに廻りこんだ新城は、コンクリートの上に五本のM十六の弾倉を並べた。

M十六の遊底から土埃を吹き払い、フル・オートでサーチ・ライトを射ち砕きはじめる。弾倉が空になると、素早くコンクリートの上の弾倉を塡《つ》め替える。
五、六個のサーチ・ライトが破壊されるまでは本館からの応射は無かった。だが、それからあとは、数十丁の銃が吠え続ける。

コンクリートに当たった銃弾が火花を散らして跳ねた。跳弾で新城は体の数十カ所にかすり傷を受ける。

しかし新城はたちまち三本の弾倉を空にし、本館のすべてのサーチ・ライトを破壊した。コンクリートの塊のうしろに蹲《うずくま》る。

本館の射手たちは本職の者が多いらしい。サーチ・ライトが消えても、数十発に一発の割りでコンクリートの巨大な塊に命中する。コンクリートの破片が飛び散り続けた。

彼等がマグナム・ライフルを使っていたら、この大きなコンクリートの塊も破壊されてしまったことであろう。

だが彼等はせいぜい三〇八口径のM十四自動ライフルや、M六〇の機関銃しか使ってなかった。

新城はしばらく待った。

銃撃が中だるみになる。だが、本館の二階の窓から突きだしたM六〇機関銃だけは、執拗《しつよう》に連射してくる。

いま新城がいるところと本館は築山をへだてて五十メーター以上は離れているとはいえ、機関銃は高い位置から射ってくるから、早く片付けないと、新城はコンクリートの塊のうしろから動けなくなる。

だが、その機関銃が沈黙する時がきた。ベルト弾倉を替えるためか、熱くなりすぎた銃身を交換するためであろう。

新城は立上った。M六〇機関銃にフル・オートで一弾倉分の銃弾を浴びせる。異様な金属音が伝わってきたところを見ると、何発かが命中したようだ。

新城は再び身を沈めた。本館からの射撃が再び華々しくなるが、そのなかにはM六〇機関銃のものは混じってない。

今度は本館からの射撃はひどく不正確になった。どこにコンクリートの塊や新城が位置しているかが分からなくなったのであろう。

新城は、今度敵の射撃が下火になったら、奇岩の掩護物が多い築山を這って本館に突入を計ろうとした。

そのとき、激しい銃声に混じって新城はヘリコプターの爆音を聞いた。

新城の心臓がはじめて縮みあがった。

ヘリから爆弾か手榴弾《しゆりゆうだん》でもくらったら一とたまりもない。こうなれば、このコンクリートの巨大な塊の下に穴を掘って直撃を避けよう……と判断した。

だが、ライトを消して飛んできたシコルスキーS―55Cの中型ヘリは、本館の屋上二百メーターほどのところでホヴァリングした。

その横腹から爆弾が次々と落下してくる。一発目の三十キロ爆弾が本館の屋上に落下した時には、ヘリは三百メーターほど上空に上昇していた。

落下したのは十発ほどであった。

五発ほどは屋上で爆発した。だがその爆発で屋上が破壊されて大穴があいたらしく、あとの五発は屋上を通過して二階で大爆発を起こした。

二階の窓々から火と閃光《せんこう》が噴出した。十数人の男たちが爆風で窓から吐きだされる。ヘリは再び十発ほどの爆弾を落とした。

爆風を避けて身を伏せていた新城は、本館の一階でも大爆発が起こったのを痺《しび》れた耳に聞いた。ヘリは、新城が苦戦しているのを援護にきた山野組のものにちがいない。

爆風と飛来する建物の破片や人体の一部が鎮まってから、新城は体勢を直した。

ヘリは去り、闇のなかに溶けこんでいた。そして、半壊した本館のすべての窓の跡から火が噴きだしていた。

その本館から、血まみれになったり、火だるまになった男たちが次々によろめき出ては倒れた。

新城はM十六自動ライフルで彼等にトドメを刺していく。

大東会会長小島銀次こと朴が火を噴く窓から転がり出た。火がついた服を必死にかなぐり捨てる。

よろめきながら立上った素っ裸の朴は、薄い髪がすべてチリチリに焦げている。煤《すす》けた顔は火傷《やけど》で腫《は》れあがり、焦げて腫れた下の真っ赤な目は細い裂け目のようだ。

肋骨《ろっこつ》が浮いた体のいたるところに、木片やコンクリートの破片が突き刺さり、陰毛は焼け、しなびた男根は炭化しかかっていた。

だが、生命への怖るべき執着心が朴の体を動かしていた。何度となく倒れても、折れて焦げた指を築山について立上り、新城のほうによろめき近づきながら、

「助けてくれ……一億……いや二億払う……助けてくれ！」

と、裂けて腫れあがった唇のあいだから嗄《しわが》れ声を絞りだす。

「俺はここにいる。早く来るんだ」

獲物を追いつめた興奮に首の上の髪を逆立てながら新城は叫んだ。

「助けてくれ！……五億出す……政府からあんたの免罪符をもらってやる……大東会の副会長にしてやる……」

朴は喘ぎながら、転んでは立上って新城に近づき続けた。

朴が十メーターほどに近づいたとき、新城は朴に走り寄った。右腕を摑《つか》む。ひどく火傷した朴の右腕の皮膚がずるっと剝《む》ける。新城は直接朴の肉を摑んで、悲鳴をあげる朴をコンクリートの塊のうしろに引きずってきた。

朴をコンクリートの上に仰向けに寝かせ、

「俺が誰だか分かるな？」

と、吐きだすように言った。

「勘弁してくれ……天下国家のためには、漁師が一人二人死のうと仕方なかったんだ」

口から血と泡を吐きながら朴は喘いだ。

「なぶり殺しにしてやる。俺はこの時をどれだけ待ったことか」

新城は朴の右腕を肘からへし折った。

絶叫をあげた朴は、

「助けてくれ！……天下国家なんて口実だ……俺には祖国なんて無い……金《かね》だけが俺の祖国のようなもんだ……その大事な金を十億払う。だから助けてくれ！」

と、もがく。

「貴様を殺す」

新城は朴の左腕をへし折った。炭化しかかった男根を千切り、口のなかに突っ込んでやる。それを吐きだした朴は命乞いを続けた。新城は手刀を朴の腹に突き刺してハラワタを引きずりだした。

そいつを朴の顔に叩きつけたとき、やっと朴は死んだ。生と金銭と権力への執念の表情を、血と粘液にまみれた原色のハラワタの下の顔に刻んで……。

第三部　死闘への驀進

ハーケン

1

大東会の朴会長を惨殺してから二時間後、新城彰は奥多摩に向けて走るアルミ・パネルの大型トラックの荷台に、放心したようになって坐りこんでいた。

その大型トラックは、無論、山野組のものだ。

新城が朴の屋敷を襲う時にもぐりこんだ下水道のマンホール近くに駐《と》めてあった下水道工事用の小型トラックは、その大型トラックの荷台に、ウインチを使って引きこまれていた。小型トラックは滑らないように、四輪を大型トラックの荷台に、固定されている。

荷台に坐った新城は、フォーム・ラバーのクッションの上に腰を落とし、膝《ひざ》のあいだにM十六自動ライフルを抱えていた。

新城は煤《すす》と泥と血にまみれている。ウールのシャツの胸ポケットから、くしゃくしゃになったタバコを抜き、習慣的に口にくわえると、ジッポーのガソリン・ライターで火をつける。

うまくもなかった。大型トラックは中央高速を八王子で降り、今は曲がりくねった登り坂にかかっているらしい。ディーゼル・エンジンが震え、運転手は頻繁《ひんぱん》にギア・シフトを行なっている。

新城は大東会の会長朴に復讐《ふくしゅう》をとげた時のことを想い出していた。

重い火傷《やけど》を負わせた朴の腕をへし折り、男根を千切って口のなかに突っこみ、ハラワタを引きずり出して、悲鳴を漏らし続ける顔に叩《たた》きつけてやった。

物欲と権力欲と肉欲の塊であったあの朴が、絶望的な命乞いをやっていたさまが瞼《まぶた》に浮かぶ。

だが、新城の心は満たされなかった。

まだまだ復讐は終わらないのだ。なぶり殺しにしてやる連中が何人も残っている。

大型トラックの荷台に積みこまれた下水道工事車の運転台と荷台には、新城が朴の屋敷に忍びこむのを手伝ってくれた平松たちが乗っていた。

その車から黒井と平松が降りた。大型トラックのアルミ・パネルについた覗《のぞ》き窓から外を見て、平松が、

「もう大丈夫だ。ここまで来たら、非常線に引っかかることはないだろう」

と、新城に言った。

「どのあたりだ？」

新城は嗄《しわが》れた声で尋ねた。

「もう五日市に近づいている。どうだ、飲むかい？」

平松は小型トラックのグローヴ・ボックスから衝撃よけのゴム袋に入ったものを取出した。ゴム袋からバランタインの十七年物のスコッチを出す。

「有難う……先にやってくれ。俺はまだ酔えない」

新城は答えた。

「じゃあ、遠慮なしに……もう、あれで大東会は完全に叩き潰《つぶ》せた。これからは、俺たち山野組の天下だ。みんな揃《そろ》っての乾杯が待ちきれねえや」

平松はスコッチをラッパ飲みし、その壜を黒井に渡した。黒井もラッパ飲みして、小型トラックの荷台の仲間に廻した。平松はもう一本のスコッチをグローヴ・ボックスから取出した。

新城はタバコをチェーン・スモークした。

今に、山野組は新城を必要としなくなる時が来るのは分かっている。そのとき、山野組が新城の敵に廻るか、それとも新城を放っといてくれるか、が問題だ。

新城は山野組も敵とせざるをえなくなった時のことを考える。政府の庇護《ひご》で生《なま》っ白《ちろ》くなっていた大東会とちがって、山野組の実戦力は手ごわい。

新城は自分が山野組に狩りたてられた時のことを考えてみた。

そのとき新城の頭に突如、数カ月前に読んだ新聞や週刊誌の記事が浮かんだ。

確か、〝大山鳴動してヘビ数匹〟とタイトルがついた記事があったと思う。それは、晴海埠《はるみふ》頭《とう》からわずか五百メーターの沖にある第七台場を、警視庁が大部隊をもって捜索したことが書かれてあった。

台場とは、江戸幕府が黒船を追っ払うために作った砲台だ。東京湾内にも幾つもの台場が作られ、そのための人工島も築かれた。

しかし、幕府が潰れると、大砲や砲弾は撤去され、人工島は放置された。

その後、ほとんどの台場は埋立て地と陸続きになったのに、第七台場だけは東京湾内の孤島となったまま放ったらかしにされている。

第七台場は、面積わずかに四平方キロだが、長い年月のうちに樹木や雑草がジャングルのように発生した。

無論、住んでいる者は誰もいない。釣人がその島を相手にしないのは、島のまわりの石垣が満潮時でも海面上から五メーターも上に突きだしている上に、石垣の石と石のあいだにほとんど隙間《すきま》が無く、登山用具でも用意していかないと上陸出来ないからだ。

それに、もう一つの理由は、東京港に外国から運ばれてくる木材や鉱石のあいだにまぎれこんだ南方の猛毒蛇が船から逃げだして、第七台場にはびこっている、という噂《うわさ》がたったためだ。

そんなわけで、晴海埠頭からすぐ前に見える第七台場は、今にいたっても無人島なのだ。

しかし、警視庁は、その第七台場が、過激派学生たちの爆弾作りの秘密工場や、密輸団の麻薬や拳銃《けんじゅう》の陸揚げ基地として利用されているのではないか、という疑いを抱いた。

そこで、ヘリや上陸用舟艇、それに架橋船までくりだしての第七台場捜索作戦が実行に移されたのだ。

防虫ネットに毒蛇よけの紺染め手っ甲や脚絆《きゃはん》をつけた大部隊は、林を六百平方メーターほど切り倒して作られた作戦本部と、トランシーヴァーで連絡をとりながらジャングルのなかに踏みこんでいった。

拳銃のほかに、藪払《やぶはら》いのナタ、それに蛇を捕獲するための三叉《みつまた》の槍《やり》を携帯してだ。

しかし、毒蛇も発見されず、爆弾製造工場も、密輸基地らしいものも発見されなかった。蛇は数匹捕獲されたが、いずれも青大将や縞蛇《しまへび》などの無害なやつであったという。

大捜索が行なわれ、何も危険なものが発見されなかった以上、あと数年は再捜索が行なわれることはないだろう。新城は、自由になったら、第七台場を調べてみることにする。あそこなら、隠れ家の一つとして充分に利用できるだろう……。

トラックはやがて奥多摩町も抜け、日原《にっぱら》に向かった。その途中で左に折れ、けわしい山のなかを、山野組の広大な秘密キャンプに向かっていた。

平松たちは、緊張感から解放された上にトラックの揺れが加わり、スコッチの酔いが完全に回ったようだ。猥歌《わいか》を歌って大騒ぎしている。

トラックは大牧場に見せかけてある秘密キャンプの柵に近づいた。詰所の建物がある門の一つの前で停まる。

詰所から、銃身を挽《ひ》き切った散弾銃をオーヴァー・コートの下に隠した男たちが十人跳びだしてきた。

トラックの運転台の男たちに、

「成功したようだな」

と、ニヤニヤ笑いながら声を掛ける。

「ああ、大成功だ」

助手席の男が答えた。

「規則だから、悪く思うなよ。荷台のなかを調べさせてもらう」

門衛の一人が言った。

「分かってるとも」

助手席の男が運転台とアルミ・パネルの荷台をつなぐ通話管に、

「着いたぜ。チェックを受けるから、荷台のパネル・ゲートを開いてくれ」

と、伝える。

「分かった」

平松が酔いが回った声で答えた。

荷台のなかの男たちは、みんな念のために拳銃を抜いた。新城はM十六自動ライフルのセレクターをフル・オートに回した。

平松が荷台の後扉を開いた。

拳銃を構えた荷台のなかの男たちと、銃身を短く挽き切った散弾銃を腰だめにした門衛たちは一瞬だけ睨《にら》みあったが、すぐに、はじけるような笑い声を交わした。それぞれ、銃口を上に向ける。

「朴の野郎、くたばったそうだな?」

門衛のチーフが言った。

「ああ、大東会はもう再起不能だろう。これからは、俺たち山野組の天下だ」

平松は再び大笑いした。

2

広大な牧場のなかをトラックは砂塵《さじん》を捲《ま》きあげて走った。

牧場の突き当たりにある山の腹をえぐって、山野組の秘密居住区が作られている。トラックが近づくと、自然の岩に見せかけた洞窟《どうくつ》の一つの扉が開いた。

トラックがヘッド・ライトを消してそのなかに入り一時停止すると、油圧で十数トンの重さの洞窟の扉が閉まった。

閉まると同時に、洞窟のなかの要所要所に嵌《は》めこまれた電灯がついた。

そこは、幅十メーターほどのトンネルであった。ゆるくカーヴしたそのトンネルを百メーターほどトラックが走ると、大型トラックを百台ほど収容出来る車庫になっていた。

壁や天井は洞窟を掘る時に剝《む》きだしにされた岩肌がそのまま残されているが、要所要所に巨大な換気扇が据えられていて、車の排気ガスを地上に追いだせるようになっている。

今も数十台のトラックや四輪駆動車が収容されている車庫に、山野組の中堅幹部たち二十人ほどが待っていた。

アルミ・パネルの荷台の大型トラックから降りた新城に、中堅幹部たちは口々に、

「ご苦労さんでした」

「お芽出とうござんす」

と祝いの言葉を浴びせる。

「あんたたちのヘリのお陰だ。ヘリが加勢してくれなかったら、俺はくたばってたろう。勿論《もちろん》、ここにいる平松さんたちの助けが無かったら、俺が朴の野郎の屋敷にもぐりこむこと自体も不可能だったが」

新城は頭をさげた。

「そうおっしゃられると、痛みいります。お偉方が大広間でお待ちですので、一風呂お浴びになりましたら、お疲れのところ申しわけありませんが、宴席のほうにお越し願いたいと存じまして」

中堅幹部のうちの一人の、金子という男が揉《も》み手《で》しながら言った。

その駐車場から、電動カートで新城は一度、新城のために与えられている三畳ほどの小部屋に移った。棚に自動ライフルや弾倉帯などを置くが、拳銃は手放さない。

その小部屋を出ると、運転係がついて待っていた電動カートに乗せられて、サウナ風呂に行った。

サウナで毛穴から大量の汗といっしょに下水の悪臭を抜いた。サウナを出ると、新しい下着と服が用意されていた。

服をつけた新城は、コルト・パイソン三五七マグナム・リヴォルヴァーと、ベレッタ・ジャガー二十二口径自動拳銃を調べてみた。弾薬にも銃の作動部にも、細工された形跡はない。

新城はベレッタを尻《しり》ポケットに突っこみ、コルト・パイソンをズボンのベルトに差しこんだ。

ドアを開いてトンネルに出ると、また電動カートが待っていた。新城はそれに乗せられ、大広間に移った。

大広間では、大東会の密輸武器を強奪するのに成功した祝いの時のように、仔牛や豚の丸焼きがコークスの炎に炙《あぶ》られて香ばしい煙をあげていた。

山野組関東各支部の支部長たちや大幹部たちが集まり、すでにかなりのアルコールを摂取しているようだ。

新城が入っていくと、みんな立上って拍手で迎えた。

千葉支部長の安本が、満面に愛想笑いを浮かべ、

「皆を代表して、お芽出とうを言わせてもらおう。朴の野郎がくたばった時の様子を話してくれ」

と新城に言った。

新城は朴の死にざまをざっと語ってから、

「ヘリに助けられた。ヘリが爆撃してくれなかったら俺は今ごろ地獄にいる」

と、付け加えた。

「うちの組としては、当然の手助けをやっただけだ。朴の野郎がくたばったのを知って、組長《おやじ》さんは大喜びしてくれている」

安本が言った。

それから乾杯が続いた。新城は朴のくたばるときの様子をくわしくしゃべった……。

それから一と月ほどが過ぎた。

新城は山野組の秘密キャンプで、体がなまらないように、牧場の仕事を手伝ったり、けわしい山を駆け登ったりして過ごしていた。

山野組は、あれから半月ほどはホトボリが冷めるのを待ち、それから関東各地に大進出を企てた。

だが、大東会が解散同然になった現在、大東会を親衛隊にしていた江藤首相や沖元首相は、警察力を総動員させて山野組と闘わせようとした。

だが、山野組は、次期首相の座を富田大蔵大臣と争っている保守党の幹事長丸山と手を握っていた。丸山が新首相になったら、山野組は新政府の私兵になる約束が出来ているのだ。

だから丸山は、江藤たちが韓国に対する経済援助で莫大《ばくだい》なリベートを懐ろに入れていることをネタに、警察の山野組弾圧作戦を手控えさせることに成功した。

しかし、江藤たちにとっては、山野組がこれ以上強大になることは大脅威であることに変りはなかった。したがって、山野組を徹底的に追いつめさせることは中止しても、山野組の関東大進出を警察力で潰していくことはやめなかった。

そんなある日、新城は洞窟のなかにある会議室に呼ばれた。

そこには、関東各地の支部長が深刻な顔をして集まっていた。新城が席に着くと、各支部長を代表して、新宿支部長の黒部が、

「実はちょっとばかり……いや……大いに困ったことになった。せっかく大東会を潰したのに、うちの組の計画通りには事が運ばなくなったんだ――」

と、先に書いた政治事情を新城に説明し、

「おまけに、ロクでもないことが起こりつつあるんだ」

と、溜息《ためいき》をつく。

「と、言うと？」

新城はタバコに火をつけた。

「あんた、藪川を知ってるな？ 保守党副総裁の……」

千葉支部長の安本が口をはさんだ。

「藪川？ 九十九里浜開発で荒稼ぎしているあの強欲野郎だな？」

新城は吐きだすように言った。

「そうだ。保守党きっての寝業師《ねわざし》、策士と呼ばれている藪川だ。奴は沖内閣が倒れたあと、池山内閣をまとめ上げた。池山がガンで寝たっきりになると、それまで支持していた河田を裏切って江藤内閣を作りあげ、自分は副総裁におさまった。そして、四選までされた江藤内閣でち

やっかりと利権を確保してやがる。数年前まで丸山先生をバック・アップしてたんだが、今は沖や江藤の直系の富田の野郎を次の首相にしようと工作している。丸山先生が新首相になったら、藪川が握っている利権を先生に取りあげられるのでないかと心配しているんだ」

黒部が言った。

「丸山は強引だそうだからな。新首相になったら、すべての利権を一度自分の手許に集めないと気が済まないだろう」

新城は言った。

「我々は現実主義者だ。国士を気取る積りは無い。だから、君が丸山先生にどんな評価をくだそうと、無礼だと咎《とが》める気は毛頭ない」

黒部が言った。

「藪川の野郎には恨みがある。俺のオヤジが小野徳《おのとく》にインチキ・バクチで漁業補償金を捲きあげられ、家族を捲きぞえにして猟銃自殺をとげたとき、小野徳が漁師たちを食いものにするのを見て見ぬ振りをしていた当時の千葉県警本部長は山部だった。山部は千葉の暴力団に買収されてたからな。その山部は藪川の子分だった。藪川は山部をそのあと、千葉県の副知事にさせ、さらには参議院議員にさせた。もっとも、山部は今は江藤に身売りしたがな」

新城の瞳は怒りに冷たく燃えた。

「そうか……あんたが藪川に恨みを持っているんなら話がしやすい。うちの組としては、あんたに藪川を殺《や》ってもらいたいんだ」

安本が言った。

「と、言うと？」

新城は眉《まゆ》を吊りあげた。

「藪川は、関東の極道《ごくどう》組織を一つにまとめて、うちの組に対抗させる大組織を作ろうと動きまわっているんだ。名称は東日本会ということになるらしい。ふざけやがって……勿論、その計画には右翼の大ボスの桜田秀夫と森山大吉が噛《か》んでいる」

「………」

「一枚噛んでいるなんてもんじゃない。東日本会の名誉会長には桜田がなるということだ」

黒部が憎々しげに言った。

「ふざけやがって」

新城も吐きだすように言った。

「藪川は、沖や江藤に頼まれたんだ。藪川の地盤の九十九里浜の開発計画に、今後十年間に五百億円の追加予算を国費から出してやるから、と言われて」

「国民の血税を何だと思ってやがるんだ、奴等は？」

新城は歯を剝《む》きだした。

「そうなんだ。俺たちだって立派なことを言えるガラじゃねえが、アタマにきてるんだ」

安本が言った。

「俺は喜んで藪川の奴をなぶり殺しにしてやる」

新城は言った。

「頼む……君にはこれまでのお礼も一緒にして一億円を払う。少ないと思うだろうが、うちの組が天下を取った時には、もっともっと払うから」

安本が新城の顔色をうかがった。

「一億円か。くれると言うんなら、有難く頂戴《ちょうだい》する」

「オーケイしてくれるんだな？　藪川を片付けてくれたあと、現ナマで払う」

3

「いいとも。だけど、俺には条件がある」

新城は言った。

「と、言うと？」

「藪川を片付けたら、しばらく俺を自由にさせてくれ」

「そんなことか？　こっちには、君をまるで人質のように扱っている気は毛頭ない。こっちは、君に安全な隠れ場を提供している積りでここに引きとめているんだから、誤解しないでくれ」

安本が言った。

「分かった。藪川を殺《や》ってから、俺はしばらくここでホトボリを冷まし、それから一人で出ていく。俺のあとを尾行《つけ》るような真似はしないと約束してくれるか？」

「勿論だ」

山野組関東各支部の支部長たちは口々に答えた。

「じゃあ、話は決まったな?」

「ああ。ところで、こっちにも条件があるんだが……」

「言ってくれ」

「君が藪川を殺る件は、絶対に山野組には関係なく、君自身の意思でやったのだ、ということにしてくれ」

安本が言った。

「お安い御用だ。それに、俺はサツに捕まるぐらいなら玉砕するから」

「その心意気を高く買うぜ」

「約束は守る」

「有難う。君の藪川襲撃の段取りはこっちでつけるから、大船に乗ったような気でいてくれ」

安本は言った。

「信用してるよ」

新城は答えた。

それから半時間ほどして、新城は彼のためにあてがわれている洞窟のなかの小部屋に戻った。

簡易ベッドの上に敷いたエディ・バウワーのヘヴィ・デューティ・スリーピング・バッグの上に転がり、タバコを続けざまに三本吸った。

それから、のろのろと起上り、素っ裸になった。物凄《ものすご》い筋肉だ。網シャツと網パンツを体につける。それから、ウールの分厚いスポーツ・シャツとズボンをつけ、フィルスンのキャンヴァス地の猟用チョッキをつけた。木綿とウールのソックスを足につけ、ブローニング・ハイランド・フェザーウエイトのブーツをつけた。

背中のも合わせて七つもポケットがついているチョッキのポケットに、エディ・バウワーの野生ヤギ皮の手袋、ハーター製のゴム・パチンコと金属製の玉数個、タバコとグリーン・ライトの防水マッチ、シュレード・ウオールデンの大型折畳みナイフなどを突っこんで通路に出る。洞窟の通路の要所要所には、武装した見張りが椅子《いす》に腰を降ろしていた。新城を見て立上り、挙手の礼をする。

新城は洞窟を出た。洞窟が掘られてある山の横を駆け足で走る。それから、けわしい山の登りも駆けた。

次の山に行くと、薮こぎしながら登る。日課のトレーニングだ。灌木《かんぼく》をへし折りながら強引に登っていく。枯葉が砕けて凄《すご》い埃《ほこり》になる。

はじめのブッシュを抜けるとカヤ場であった。バンダーナのハンカチで埃と汗を拭《ぬぐ》った新城は、十歩ほど歩くたびにわざと立止まる。ゴム・パチンコに金属製の玉をはさんでいる。

果して、発見されたと錯覚したオスキジがガタガタッ……と羽音も高く飛びあがった。一直線に逃げていく。

新城はパチンコの強力なゴムを引いて放した。早いスピードで飛んだ玉は、わずかなところで飛鳥から外れた。

しかし、翼をかすめたパチンコ玉に驚いたオスキジは左にコースを変えた。新城は全速力でそれを追った。

いかに新城の鍛えられた脚力が優れているからといって、飛び去るキジに追いつけるわけはない。

だが、獲物がどこに降りるかは分かるかも知れない。新城は必死に走った。谷の上の崖《がけ》っぷちで急停止する。

オスキジは黒っぽい点となって谷の向うのスロープの先の小松林に突っこんだ。姿を隠し、嘴《くちばし》を開いて喘《あえ》いでいるのであろう。新城から七百メーターほど向うだ。

新城はカモシカのようにバランスを保って崖を降りた。岩が崩れるが、巧みな体重の移動で転落を避ける。

谷に降りると、流れに顔を覗《のぞ》かせている滑りやすい岩を跳び渡り、向う側の低い崖を一気に這《は》い登った。

スロープは、足にからみつく葛《くず》の原であった。新城は膝を胸まで上げてジャンプするようにしながら、オスキジが消えた小松林に走り寄る。

そこに近づくと、ポケットから細いロープを取出し、その先に畳んだままのナイフを結びつけた。

それを鞭《むち》のように振りまわす。ヒュー、ヒューと、鷲《わし》か鷹《たか》の羽音のような音が起こった。オスキジは、飛び上ったら猛禽《もうきん》に襲われると思ってすくんでいる筈《はず》だ。新城は地面を睨《にら》みながら、ときどき猛禽の羽音に似せた音をたてる。

松の落葉が敷きつめられた地面に、オスキジの爪が残した新しい痕跡《こんせき》が続いていた。尻尾《しっぽ》を引きずった跡もある。

新城は追った。

オスキジの跡は、カヤがわずか半坪ほど密生しているところで消えていた。だが、オスキジがもぐりこんだと思われるところのカヤの茎に、綿毛がくっついている。

新城はナイフを先につけたロープを振りまわしながら、そのカヤのまわりを一周した。キジ科の鳥がブッシュに隠れたら、人間の目で見えるものではない。

新城はロープとナイフをチョッキのポケットに仕舞い、スナップを閉じてポケットの中身がこぼれないようにした。

チョッキを脱いで両手を拡げる。チョッキを網がわりに、体ごとカヤの上に倒れこんだ。

ニワトリが驚いた時のような叫びが聞こえ、チョッキが猛烈に下から突きあげられた。新城はチョッキの脇《わき》から逃れようとするオスキジの首を摑《つか》んだ。

暴れるそいつをぶらさげて立上る。首をひねって殺し、チョッキをつけた。キジをぶらさげて小松林を抜ける。

そこに別の谷川があった。新城はナイフでキジの腸を抜き、手袋を脱がすようにして皮ごと毛を外した。

枯れた松を折って薪《まき》の小山を作り、ナイフで削った油が多い松の根を焚《た》き付けにして火を起こす。

焚き火が熾火《おきび》になるまで、新城は谷川で顔や首や手の埃と汗を洗ったり、先が二叉になった枝を捜したり、タバコをふかしたりして過ごす。

熾火が出来ると、裸にしたキジの体を、先端をナイフで尖《とが》らせた木で貫いた。火の左右の砂にY字型の木を一本ずつ刺し、キジを貫いた木を掛ける。

ときどき、キジの火に炙られた面を変えながら、新城はたくましい逸物をズボンから出してオナニーにふけった。

谷川の流れに勢いよく放出すると、男根と手をよく洗う。熾火のそばに戻るとキジの丸焼きは充分に出来あがっていた。

左手に手袋をつけ、新城はキジの丸焼きの両足を握った。右手で棒を抜いて捨て、コダックのフィルムのアルミの小罐の蓋《ふた》を右手と口を使って外した。小罐のなかには塩とコショウを混ぜたものが入っている。

塩コショウをつけて新城はキジの丸焼きをむさぼり食った。食い残した骨を捨て、谷川の水を飲む。

崖を登って雑草の斜面に横になり、タバコを二本ゆっくり吸ってから立上った。山の奥に奥にと進む。

新城は体力が充実しているのを充分に自覚していた。二十キロほど登ったり降りたりをくり返してから、今度は来た時と別のコースを通って帰途につく。

新城の戻り道はイノシシが専用道路にしているケモノ道だ。薄暗いところが多い。その要所要所に、新城はワイヤー・ロープでイノシシのククリ罠《わな》を仕掛けてあった。

洞窟から七キロほどのところで、ククリ罠に百キロほどの若い牡イノシシが胴体を締めつけられていた。

ナイフの刃を起こして近づく新城を見て、キー、キー……と悲鳴をあげながら、逃れようともがく。ロープの端を結びつけた立木が激しく揺れた。

だが逃れられないと悟ったイノシシは、口から泡を噴きながら牙《きば》を鳴らした。真っ赤に充血した目を憎悪に燃やし、新城に突っかかろうと試みる。

新城はニヤリと笑った。素早くイノシシのうしろに廻りこもうとする。イノシシは新城を追おうと体の向きを変えた。

右に廻っていた新城は急に左に廻りながらイノシシのうしろ脚を摑んで持上げた。同時に、心臓にナイフを刺して抉《えぐ》り、パッと跳びのいた。

うしろ足が地面についたイノシシは、再び新城の股間《こかん》を牙でさくりあげようと試みた。

だが、口の泡に血が混じってくる。目が曇りはじめ、あっけなく横転すると、激しく四肢を突っぱらせる。

イノシシの虚空を蹴る動きがとまると、新城は獲物の腹にくいこんでいるワイヤー・ロープをゆるめた。舌を出して死んでいる獲物を横に移す。

ククリ罠をもと通りにしてから、泥がこびりついたイノシシを、ちょっとばかり苦労してかつぎあげた。

谷川に運び、内臓を抜く。内臓は内出血しているので捨てた。熱い獲物を谷川でよく洗いながら冷やす。

流れから引きあげると、二本の前脚の膝関節の下の橈骨《とうこつ》と尺骨のあいだにナイフを入れた。二本のうしろ脚の臑骨《どうこつ》と腓骨《ひこつ》のあいだにもナイフを入れた。

そして、ナイフで切り裂いたそれらの四肢の膝下の隙間にロープを通して縛った。ワタ抜きしてあるその獲物を背中にかつぐと、縛った四肢を首の前に廻す。これで、必要な時には新城の両手は自由になるのだ。山を降りていく新城の足どりはしっかりしていた。

4

それから二週間がたった。

新城の姿は九十九里浜の外れで銚子《ちょうし》寄りにある風蓮《ふうれん》岬の、沖合四キロほどのところでスピードをゆるめた百トン級の漁船の甲板上にあった。

夜だ。月が雲間に隠れたり、顔を覗かせたりしている。

漁船は北洋の漁場に向かう、山野組静岡支部のものであった。山野組は、いわゆる正業も色々と持っている。

そして、松杯のあいだからかすかに灯《あか》りが見える風蓮岬は、岬自体が保守党副総裁藪川の別荘地だ。藪川は銚子の出身なのだ。

幅五百メーター、長さ八百メーターほどの岬は、三方が断崖《だんがい》になっていた。断崖の高さは五十メーターほどもある。

断崖には海に降りる石段は、どこにも設けられてなかった。海からの侵入者を防ぐためだ。岬の付け根は十メーターもの高さのコンクリート塀で県道とへだてられている。塀についた五つの鉄扉にはモニターTVのカメラが嵌《は》めこまれ、それぞれの扉の斜め内側には四人ずつが交代で詰めている門衛小屋がある。

鬱蒼《うっそう》と松が茂った岬ではあるが、塀の内側は三十メーター幅で木が取りのけられ、そのあとの平らな地面は常夜灯でくまなく照らされているから、たとえ高い塀を越えて侵入してきた者がいたとしても、武装した門衛たちにたちまち発見されて狙い射ちされる仕組みになっている。門衛たちは、藪川のボディ・ガードたちと同様に、公安委員会から火器の特別所持許可証をもらっている。

だから、藪川の岬の別荘地は、治外法権地区だと言ってもいい。

漁船の甲板上の新城は、ゴム引きのカッパとレイン・ズボンをつけていた。足には、硬いモンタグナ・ブロックのヴァイブラム底のヘンケ・モンブランの登山靴をはいている。

波は荒かった。太平洋の荒波が灰色の牙を剝いている。

新城の足許には、山野組が用意してくれた国産のパック・フレーム、つまりジュラルミン・フレーム付きのザックが置かれている。

パックの上側には、銃身が機関部の外側にテフロン加工をして、錆止《さびど》めと反射光どめの役をさせたM十六A1自動カービンの三十連弾倉付きが縛りつけられている。

船長が新城に合図した。漁船はすでに停止寸前だ。

ロープをつけたゴム・ボートが船員たちの手で海に投げ落とされた。縄バシゴが舷側《げんそく》に垂れる。

新城はパック・フレームをかついだ。

縄バシゴを伝って降りていく。激しく波に揉《も》まれるゴム・ボートに跳び移った。漁船とゴム・ボートをつないでいるロープを外す。五人乗り用の小型ゴム・ボートの底に縛りつけてあった二本の櫂《オール》を外す。

漁船はゆっくりとゴム・ボートから離れていった。波がゴム・ボートにぶつかり、雨ガッパのフードをかぶった新城はシブキを浴びる。

新城は岬に向けて漕《こ》ぎはじめた。

波は陸地に向けて打ち寄せている。しかし、潮がゴム・ボートを南房側に強く押し流そうとする。

だから新城は力一杯漕いだ。

スナメリという小型のクジラがゴム・ボートの底に背中をぶっつけ、仰天して空中に跳びあがった時には新城も仰天した。

だが、一時間後、新城は岬の南側の下の岩場に上陸していた。襲撃が失敗し、海を使って脱出する場合にそなえ、ゴム・ボートは岩と岩のあいだの水たまりに引きあげておく。

ゴム・ボートから空気を抜いておいたほうが目立たないし、再びふくらませる時にはゴム・ボートに積んである圧縮空気のボンベを使えばいい。

だが、空気を抜く時にはかなりの音が発生する。今は月が雲にずっと隠れているから、岬の上からゴム・ボートは見えないだろう。

一度パック・フレームを背中から降ろした新城は、雨ガッパとレイン・ズボンを脱いだ。

新城は出来るだけ音をたてないように、厚手のウールのハンティング・コートとズボンをつけていた。腰にM十六A1自動カービン用の弾倉帯を捲き、そこにコルト・パイソン三五七マグナム拳銃を入れたホルスターやロープやガーバー・マグナム・ハンターを差した鞘《さや》などを吊っている。

新城は八十五度近い角度の険しい断崖を仰ぎ見た。険しいが、ところどころに足がかりになる小さな岩が突きだしていたり、ハーケンを打ちこめる割れ目があることは、山野組が海上から撮影した精密写真で分かっている。

大きく息を吸いこんだ新城は、パック・フレームをかついだ。断崖を這い登りはじめる。

素手で必死に三メーターほど登ったが、その上はハーケンを使わぬと無理だ。新城は左手で断崖から突きだした小さな岩を掴み、右手をうしろに廻した。

かついでいるフレーム・パックのサイド・ポケットを手さぐりで開き、ハーケンを一本取りだした。

そいつを、自分の右脇腹のあたりにあいている岩肌の小さな割れ目に押しこんだ。先端しか入らない。ハンマーで打ちこみたいところだが、新城は金属音が上に聞こえるのを警戒し、掌で叩きこんだ。

掌はひどく痛む。だがハーケンは深く割れ目にくいこんでいった。新城はそこに右足を掛けて体をずりあげる。

二十五メーターほど登るのに半時間以上を要した。すでにハーケン十数本とロープを三十メーター以上消費している。

ハーケンとダクロンのザイル・ロープで体を固定した新城は一休みした。

下はなるべく見ないようにしているが気持がいいものではない。風が出てきて、激しく断崖の下に叩きつける波の音も高まっている。

十五分ほど休むうちに、傷だらけになった新城の指や掌の痛みもおさまってきた。新城は再びよじ登りはじめる。

四十分後、新城は断崖の上に無理やりに体を引きずりあげた。松林に這いこむと、そのまま俯《うつぶ》せに倒れこんで動かない。

今になって恐怖感が強まってきた。断崖から落ちたら、確実に命を失っていただろう。心臓が早鐘を打っている。

毎日鍛えていたので、筋肉の引きつりはほとんどなかった。しかし、掌と指だけはひどく痛む。爪と肉のあいだから血がにじんでいた。

強風にさらされながらも十分間ほど倒れていた新城はのろのろと起上った。パック・フレームを背中から降ろす。

その上に縛りつけてあったM十六A1自動カービンを外した。奥多摩の山野組の秘密訓練所でたびたび試射を行なった銃だから、腰だめで射っても三十メーター以内の距離の人間になら当てることが出来るほど慣れている。

新城は遊底を一杯に引いた。そこで力をゆるめる。弾倉上端の〇・二二三レミントン実包を引っかけて勢いよく戻ろうとした遊底は、新城がコッキング・レヴァーから手を放さないので、ゆっくりしか戻っていけない。

そのかわり、実包を薬室に送りこんでも、ガシャンと大きな音はたてなかった。だが、遊底は充分に閉じきらずに止まる。

新城は尾筒《レシーヴァー》のうしろについた補助装塡桿《そうてんかん》を掌ではたいた。遊底を充分に閉じてロックした。

新城はそのM十六カービン――M十六ライフルの銃身を短くし、折畳み式の軽金属製スケルトン銃床をつけた落下傘部隊用のモデルであった――を左手に持ち、ウールの短コートの下のショールダー・ホルスターから大きな消音器付きのベレッタ・ジャガー自動拳銃を抜く。

藪川に近づくまでは、出来るだけ音をたてたくない。

二十二口径ベレッタ・ジャガーは径五センチ、長さ十五センチはある大きな消音器のせいで銃弾のエネルギーを三分の一以上殺されてしまうが、消音効果は大きい。

それでも完全に音が消えるというわけにはいかない。だから新城は、M十六自動カービンをスリングを使って首に掛けて胸の前に吊り、腰のガーバー・マグナム・ハンターの猟用ナイフをいつでも抜けるようにした。

別荘の建物は、斜め右の三百メーターほど奥にあった。岬の突端寄りだ。新城は、林のなかを、松の幹を掩護物《えんごぶつ》にして建物に近づいていった。

今夜の藪川は、家族を東京の本宅に置いている。この別荘には、三人の若い男を連れてきている……という山野組の話であった。藪川はホモ・セクシュアリストなのだ。

5

新城は別荘の建物に百メーターほどの近さに近づいた。

建物は鉄筋二階建てだ。二階は窓を大きくとってあるが、今はどの窓もブラインドとカーテンが降りている。

その母屋から五十メーターほど離れたところに大きなガレージがある。その地下室は、使用人や門衛たちの宿泊所になっているということだ。

新城がさらに前進しようとした時、母屋から二人の男が出てきた。二人ともアノラックをつけ、銃身を短く挽き切った水平二連の散弾銃を胸に抱えている。

藪川が連れてきた四人のボディ・ガードのうちの二人にちがいない。新城は、太い松の木のうしろに張りついた。

右側のボディ・ガードは、歩きながら尻ポケットから小型のトランシーヴァーを出した。アンテナをのばして何か言う。ちょっとのあいだ交信してから、アンテナを縮めてトランシーヴァーを尻ポケットに仕舞った。

門衛たちとでも連絡をとったのであろう。二人のボディ・ガードは、岬の突端部の右側のほうに向けて歩きはじめた。

新城はかなりの間隔を置いて彼等を追った。雲が薄くなっているから、淡い月明りで、断崖の下の岩場の水たまりに置いてある、ゴム・ボートをボディ・ガードたちに発見されないとはかぎらない。

二人が断崖の上に立った時、新城は音もなく二十メーターほど近くに接近していた。別荘の建物とは百五十メーターほど離れている。

新城はベレッタの撃鉄を起こした。

右側のボディ・ガードの後頭部を狙って射つ。一瞬後には左側のボディ・ガードの頭も狙い射ちした。銃声は風と波の音にまぎれてごく小さい。

二人のボディ・ガードは、断崖の上から上体を空間に突きだした格好になった。次の瞬間、散弾銃を放りだすと、五十メーターほど下の岩場に向けて落下していく。一人が絶叫をあげた。

ちょっとの間を置いて、岩に散弾銃がぶつかって暴発する音と、二つの人体がぐしゃぐしゃになる衝撃音が聞こえてきた。

死にゆく男の絶叫と散弾銃の暴発音は、誰かに聞かれたにちがいない……新城は、出来るだけ足音を殺して母屋のほうに走りはじめた。

そのとき新城は、母屋から、

「どうしたんだ？」

「何かあったのか？」

と、わめきながら、二人のボディ・ガードが走り出た声と音を聞いた。四人のボディ・ガードのうちの残り二人であろう。

新城は咄嗟《とっさ》に、ベレッタに撃鉄安全を掛けるとショールダー・ホルスターに仕舞った。近くの大きな松の木に這い登っていく。

松の太い枝の上に立ったとき、二人のボディ・ガードが走り寄ってきた。

散弾銃を腰だめにしているが、視線は木の上の新城のほうにでなく、左右にいそがしく走らせている。

二人は新城が隠れている木の十五、六メーター横を通って断崖のほうに向かった。

すでに再びベレッタ・ジャガーを抜いていた新城は、撃鉄を起こし、右側の男の頭に四発を続けざまに射ちこんだ。

「……！」

恐怖に駆られた左側のボディ・ガードは、絶叫をあげながら新城に銃口を振り向けかけた。

新城はその男の顔にも四発を射ちこんでやった。たちまち弾倉も薬室も空《から》になる。

男の散弾銃が暴発して赤い火を舌なめずりした。新城の足許近くの幹に大粒散弾が命中する。木片を吹きあげた。

そして、パターンを外れた三、四粒が新城の足に当たった。パターンから外れて勢いが弱まっているとはいえ、一粒が新城の脚の肉にくいこむ。あとは、ヘンケの登山靴の硬い革によってくいとめられたようだ。

新城は左のフクラハギに焼け火箸《ひばし》を突っこまれたような苦痛を覚えながらも、ポケットから二十二口径弾の弾薬サックを取りだした。

ベレッタから弾倉を抜き、素早く十発をつめる。弾倉を銃把《じゅうは》の弾倉室に叩きこみ、スライド・ストップを下に押すと、さっき全弾を射ち尽したとき開いたまま止まっていた遊底が、薬室に弾倉上端の実包を送りこみながら前進した。

そのとき、ガレージの地下室から、わめき声をあげながら二十人ほどの男が走り出した音が聞こえた。

交代して休んでいた門衛たちであろう。

新城は舌打ちした。静かに行動しようとしていたのに失敗したのだ。

ナイフで音もなく敵を沈黙させるどころでなく、M十六自動カービンを使わざるをえないようだ。

拳銃に撃鉄安全を掛けてホルスターに仕舞った新城は、足の痛みをこらえて木から滑り降りた。

三十メーターほど離れた松——さっきの松から五、六本目だ——の幹をよじ登る。その松は枝が多い。

枝が重なるようになっているあたりの一本の枝の上に立った新城は、ロープで自分の体と幹をゆるく結んだ。

すぐに予備弾倉を抜けるように、新城は弾倉帯に十個ついている弾倉ポウチのうちの二つのホックを外した。

二十人ほどの門衛の交代要員は、恐怖で血迷っていた。一列に並ぶと、拳銃を乱射しながら近づいてくる。

新城が木の上に隠れていることはまだ彼等には分からぬようだが、何しろ盲射するのだから、気まぐれな銃弾が新城の近くをかすめることもあった。

かなり接近してきた彼等の一人が、地面に倒れている二人のボディ・ガードを発見した。しかし、血迷っているので、

「あそこだ！」

と、わめきながら、両手で握った拳銃を、倒れているボディ・ガードたちのほうに向けてツルベ射ちした。

たちまち弾倉が尽きる。その男は、射ち返される恐怖で悲鳴をあげながら、あわてて弾倉にタマを詰めようとし、地面にこぼしてしまう。

ほかの男たちも、倒れている二人のボディ・ガードを侵入者だと思ったらしい。出来るかぎりの早さで射たないと射ち返されるという怯《おび》えで、次々に引金をガク引きした。

新城は松の木の上で、M十六カービンのセレクターをフル・オートにした。プラスチックの銃身覆いを左手で上から押えながら、右手で引金を絞り続ける。

フル・オートの怒濤《どとう》のような反動に銃口が跳ねあがろうとするごとに、新城は引金をゆるめ、再び引金を絞る。

空薬莢《からやつきよう》が金色の雨のように排莢孔から流れる。三十連弾倉を射ち尽したとき、男たちのうち五、六人が被弾していた。

あとの男たちで射ち返してくる者は少なかった。射ち返してくる者も、泡をくらっているのでろくろく狙いもしない。

ほかの男たちは腰を抜かして尻餅《しりもち》をついて逃げようとするか、すでに空になった弾倉に必死になって装填《そうてん》しようとあせっている。

はじめの弾倉から消費された空薬莢の数個がまだ空中にあるうちに、新城は弾倉を取替えた。

再びフル・オートで射ちまくる。

三本目の弾倉の中身を半分も使いきらないうちに、追ってきた男たちはすべて死体になるか重傷を負って呻《うめ》いていた。

新城は枝の一本に長いロープを一本結びつけた。地面に垂らす。そいつをゴート・スキンの手袋をつけた左手で摑《つか》み、松の幹を足で踏んばるようにしながら降りていく。顔とM十六の銃口は倒れている男たちに向けながらだ。

地面に降りた新城は、M十六のセレクターをセミ・オートに切替えた。

左膝をつくと、左の端の男から順番に、頭に一発ずつ射ちこんでいった。頭蓋骨《ずがいこつ》や脳が吹っ飛ぶ。

死んだ振りをしている者がいるかも知れないから、要心のために順番に射っていっているのだ。それを知った生き残りの重傷者四、五人が、

「射つな！」

「助けてくれ！」

と、悲鳴と共にわめいた。なかには、声を出そうとしても口が動くだけの者もいる。

「助かりたかったら、仰向けになって、両手を頭の下に差しこむんだ」

新城は命じた。

生き残りの男たちは、悲鳴を漏らしながら必死に身をねじって仰向けになる。すでにその体力も失っている者もいた。

新城は途中で弾倉を替え、仰向けになった者以外の頭をすべて吹っ飛ばした。

仰向けになっている三人の男の足を掴んで引きずり、一カ所にまとめる。

「助けてくれ……助けてくれたら何でもする」

「死にたくない……苦しい」

「水をくれ」

三人の男は喘《あえ》いだ。射たれたために高熱を発し、いずれも唇の皮が剝《む》けている。

「この岬から藪川が逃げる秘密のトンネルのようなものはあるのか？　国道に面した門を通らずに藪川が逃げる路は？」

新城は尋ねた。

「無い」

「知らん」

「あるかも知らないが、先生だけしか知らないだろう」

男たちは口々に叫んだ。

「本当のことを、言わぬと殺す」

新城は、わざと音をたてて、M十六の安全装置を掛けたり外したりした。

「知らん、本当だ」

「知らねえ、助けてくれ」

男たちは呻いた。

「今の銃声で、県警がここに押しかけてくると思うか？」

新城は尋ねた。

「来ない」

「ここは治外法権だ」

「ここで射撃練習をやってもパトカーは聞こえないふりをする。夜、海に向けてブッ放したことも何回かあるが……」

男たちは答えた。

「だけど、もし藪川が電話で警察を呼んだら？」

「そしたら来るだろう」

「藪川は寝室にいるんだな？」

「そうだろう」

「俺たちは知らん」

「母屋に警報装置はついているのか？」

「五つの門の詰所と母屋は、非常ベルと直通電話で結ばれている。俺たちが泊まっている地下ガレージともだ」

「貴様たちは門衛だな？　今は休憩時間なんで、ガレージの下の宿泊所で休んでいたというわけだな？」

新城は尋ねた。

「そうなんだ」

「先生はいつもここに泊まられるというわけじゃない。月に二、三回しか泊まられないから、俺たちは昼と夜の二交代でも体が保《も》つんだ」

「ガレージの下に、貴様ら門衛は残っているのか？　交代要員の？」

「みんな跳びだしてきた。残っているのは、コックや女中や運転手だけだ」

男たちの一人が喘ぎながら答えた。

「詰所にいる、いま立哨《りっしょう》中の門衛たちはどうしている？」

新城は尋ねた。

「詰所の近くから離れたらいかん規則になっている。俺たちがどうなったか気を揉《も》んでるだろう」

「よし、分かった」

新城はいきなりM十六を速射し生き残っていた三人を死体に変えた。

母屋もガレージも灯が消されていることが分かった。新城は、一番近くの門が見える位置まで、松林のなかを這っていく。

空挺《くうてい》部隊用のM十六カービンの軽合金製折畳み銃床はのばし、負い革《スリング》は伏射の時に一番いい長さに調節してある。

松林の縁《へり》と塀までのあいだは幅三十メーターにわたって木が取りのぞかれた上に芝生になり、そこが幾つもの常夜灯で照らされているので、門から二百メーターほどまで這ったときには、目ざす詰所の様子がはっきりと見えた。

詰所は木造の四畳半ぐらいの広さで、塀に一方を接して建てられている。

あと三方は、人間が立って腰ぐらいの高さの位置から上が大きなガラス窓になっている。したがって、そのなかの連中は、椅子《いす》に腰を降ろしたままで三方を見張ることが出来るわけだ。

いま、その詰所のなかでは、三人の門衛が、三方に散弾銃を向けて立っていた。一人の門衛は机に向かって腰を降ろし、電話を耳に当てている。

散弾銃には、大粒のバック・ショットが詰められているのであろう。五十メーターぐらいの近距離だと、大きくパターンがひろがるバック・ショットの気まぐれな粒をくらったら、新城だって重傷を負う。

だから、新城は二百メーターほど離れたこの位置からその詰所の門衛を片付けることにする。その詰所と新城のあいだにかなりの数の松が立っているので、新城は松の幹と幹のあいだをM十六の口径〇・二二三高速弾が通っていく位置に移った。

スリングを左腕に捲き、伏射のスタンスをとる。その銃は、大体二十五メーターと二百メーターの二点で、照準線と弾道が交差するように照準合《サイト・イン》わせしてあるから、いま詰所を狙うには正照準でいい。

新城はM十六のフロントの棒照星《ポスト・サイト》を、リアの孔照門《ピープ・アパーチュア》の真ん中に合わせた。その照準線を崩さずに、詰所の電話係の男の胸を狙って引金を絞った。

窓ガラスが飛び散り、電話係は吹っ飛んだ。

泡をくらった三人の男は、散弾銃を暴発させ、ほかの窓ガラスも微塵《みじん》に砕けた。新城の方角にも、直径七ミリほどのバック・ショットが数粒飛んできたが、いずれも途中の松の幹に吸いこまれた。

新城は半秒に一発の割りで発射し、三人の門衛を片付けた。横に移動し、もう一つの詰所を狙う。

五、六分後、新城はすべての詰所の門衛たちを片付け終えた。

立上り、スリングを左腕から外すと、灯が消えている母屋の建物に向けて走る。

玄関のドアに数発射ちこみ、弾倉を替えると、裏口に向けて走った。裏口のドアの横に蹲《うずくま》り、パック・フレームを背中から降ろした。

パックのメイン・ザックから照明弾を二十発ほど出し、ハーケンやロープをかなり消費したために空いた、パックの数個のサイド・ポケットに移した。

手榴弾《しゅりゅうだん》も取出し、上着のポケットに移す。これもパックから取出したM十六用の弾倉を六本、弾倉帯の空になったポウチに差し込み、再びパック・フレームをかついだ。

ドアのノブを試してみた。ロックされている。強引にドアを引き開けたが、チェーン・ロックが掛かっている。

新城はそのロックをM十六で射ち砕いた。

パックのサイド・ポケットから照明弾を手さぐりで取りだし、それについている紐《ひも》を強く引いた。室内に投げこむ。

照明弾は暗い室内でプラスチックの本体から発射され、天井に当たって落ちると、眩《まばゆ》い炎を噴きあげる。

そこは台所であった。

新城は台所に跳びこみ、壁のスウィッチをオンにした。だが、電灯はつかなかった。反対側の壁にヒューズ・ボックスが嵌《は》めこまれているので、その蓋《ふた》を開いた。

メイン・スウィッチも、数十個あるヒューズも切られてなかった。二階に、別のメイン・スウィッチがあるのだろう。

新城は、二階に上がる前に、一階の各部屋を調べた。各部屋に照明弾を投げこむ。照明弾の煙で喉《のど》と目が痛い。

一階には誰もいなかった。

二階に威嚇《いかく》射撃しながら上がった新城は、各部屋を調べ終えてから、東側の端の大きな寝室に照明弾を投げこんでから跳びこむ。だが、その寝室にも藪川の姿はなかった。

裏切り

1

照明弾の煙で咳《せ》きこみながらも、新城は寝室とドアでつながっている浴室のドアにM十六自動カービンから、十数発を射ちこんだ。

引金を絞りながら、ダブル・ベッドを二つ合わせたほどの巨大なベッドを横目で見た。そいつのシーツはくしゃくしゃになり、ワセリンやザーメンがこびりついて、明らかに使用された形跡があった。

浴室のドアは樫《かし》で出来ていた。そいつがM十六の高速弾で孔だらけになり、飛び散った木片が乱舞している。

新城は浴室のドアを開いてみた。

浴室の灯りも消えている。だが、寝室に放りこんであった照明弾のせいで、浴室の内部の様子はよく見えた。

浴室と言っても、温泉旅館の大浴場ほどあり、岩風呂から湯があふれている。

そこにも人影は無かった。新城は岩風呂のまわりを廻って調べたが、誰も隠れてなかった。

新城は寝室に戻った。寝室にどこか、秘密の脱出口がある筈《はず》だ。新城は調べはじめる。

脱出口のカモフラージュされた扉は簡単に見つかった。洋服戸棚の壁だ。

だが、それは電動か油圧で動くらしく、押しても横に引いてみようとしても動かない。

新城はM十六からそのコンクリート壁に十数発射ちこんだ。分厚いコンクリートに、人間の頭ほどの大穴があく。

上着のポケットから手榴弾《しゆりゆうだん》を取りだした新城は、安全ピンを引き抜き、強く握っていたレヴァーを放して、撃針を働かせた。

ヒューズに発火したその手榴弾を、M十六の銃弾であけた穴に突っこみ、新城は廊下に退《さが》った。

やがて、爆発の激しいショックが建物をゆるがせた。寝室のドアまで吹っ飛ぶ。

寝室にこもった爆煙とコンクリートの粉末は、爆風で吹っ飛ばされた窓から吹きこむ風に追いやられた。

巨大なベッドも引っくり返っている寝室に新城は戻った。洋服戸棚の扉も無論、バラバラに砕けて吹っ飛んでいる。

洋服戸棚のコンクリート壁も砕けていた。新城は、懐中電灯を出して照らしてみる。

壁があった向うに小部屋があった。そこから、コンクリート製の階段が天井裏にのびている。

階段の突き当たりにドアがあった。そいつは、爆風と叩《たた》きつけてきた壁のコンクリートの塊を受けて倒れている。

懐中電灯を消して階段を登った新城は、照明弾の紐《ひも》を強く引き、天井裏に放りこんだ。天井裏が明るく照明され、数人の悲鳴が起こった。男の声だ。

「出てこい。ネズミのように隠れてないで」

階段に伏せた新城は叫んだ。

「寄るな！　近寄ったら、人質を皆殺しにする！」

嗄《しわが》れた老人の声が、悲鳴のような響きを帯びて叫び返した。ラジオやＴＶの国会中継の番組のときに新城が聞いたことがある、保守党副総裁の藪川の声だ。

「何を血迷ってるんだ？　人質がどうした？　貴様の人質が死んだところで、俺には何の関係もない」

新城は嘲笑《あざわら》った。

「畜生！」

藪川が叫んだ。

ほとんど同時に、拳銃《けんじゆう》の銃声がした。藪川の稚児《ちご》たちが、

「射たないで！」

「救《たす》けて！」

と、絶叫をあげた。

「いいか、藪川。よく聞くんだ。俺は貴様に尋《き》くことがあってここに来たんだ。殺すためでない。だから、銃を捨てて出てくるんだ。そのまま、そこに頑張っていると、貴様は蒸し焼きになる。一階はもう火の海なんだ」

新城は言った。稚児たちが絶望的な叫びをあげた。

「だまされるもんか、儂《わし》を甘く見るな！」

藪川は叫んだ。拳銃を乱射してくる。

無論、天井裏には頭の一部も出してない新城には一発も当たるわけはなかった。

藪川の拳銃の撃針が虚空を打つ音をたてた。

ながら、体を起こした新城は、階段を二、三段駆け登った。M十六自動カービンを顔の前に突きだしながら、天井裏を覗《のぞ》きこむ。

そこは広い屋根裏部屋になっていた。棚には、一人なら五、六年間生きられるほどの食料や飲料の罐詰《かんづめ》が並んでいた。簡易ベッドやポータブル・トイレもある。

藪川は、屋根裏部屋の突き当たりに立っていた。七十七、八の痩身《そうしん》の男だ。白髪だ。出目金のように恐怖で目をとびださせ、はだけたガウンの胸に老人性のシミを浮かべ、あわただしく拳銃の弾倉を嵌《は》め替えようとしている。

その藪川の前に、パンツ一枚の若い男たちが三人、俯《うつぶ》せになっていた。一人の体の下は血の池だ。あとの二人は、両手で頭を抱えこんでいる。

M十六のセレクターをセミ・オートにした新城は、その銃を肩付けして引金を絞った。

〇・二二三の高速弾は、藪川の右の二の腕の骨を破壊した。

けものじみた絶叫をあげて拳銃と弾倉を落とした藪川は、右腕を左手で押えて転げまわった。

新城は照明弾がコンクリートの床を焦がしている屋根裏部屋に身を移した。左側の壁にサブ・スウィッチのボックスが見える。

新城は藪川が落とした拳銃にM十六の狙《ねら》いをつけた。その拳銃は、平べったく小さなブローニング〇・二五口径オートマチックだ。

慎重に引金を絞った。

命中だ。激しい金属音と共に火花が散り、拳銃は大きく歪《ゆが》んで使用不可能になった。新城は、左側の壁のサブ・スウィッチのボックスに近づく。

その箱の蓋《ふた》を開き、スウィッチを入れる。

電線はまだ焼き切れてないらしく、屋根裏部屋の電灯がついた。

新城は、震えながら脱糞《だっぷん》している十七、八歳の二人の稚児の頭を蹴《け》って意識を失わせた。もう一人の稚児は藪川に射たれて虫の息だから放っておく。

藪川は新城を見上げた。老醜の顔が発狂しそうな表情を刻んでいる。転げまわった拍子にローブのサッシュがほどけ、フンドシの脇《わき》から、塗りたくったワセリンが光るしなびたものを覗《のぞ》かせている。

「助けてくれ！　儂《わし》に何の恨みがある？　助けてくれたら山野組の取締りをやめさせる」

と、喘《あえ》ぐ。

「俺は情報が欲しい。素直にしゃべってくれたら命は助けてやる」

新城は言った。

「貴様……あんたは誰なんだ？」

藪川は呻《うめ》いた。

「あとで教えてやる。まず、俺の質問に答えろ。貴様は、関東のヤクザ組織を一本にまとめあげて東日本会とかいうのを作ろうと動きまわっているそうだな？」

新城は尋ねた。

「関西の山野組に関東を制覇されないようにするためには、どうしても東日本会が必要だ。関東のヤクザがいがみ合っているんでは、山野組に簡単に潰《つぶ》されてしまう。特に、大東会があんなことになったからには……」

「東日本会には、右翼の大ボスの桜田秀夫と森山大吉が嚙《か》んでるそうだな？」

新城は尋ねた。

「そうだ。桜田が名誉会長になる予定だ。森山は名誉副会長だ……なあ、頼む。飛びっきりの情報を教えてやるから命だけは助けてくれ。儂は国家のために、まだまだ死ぬことは出来ぬ人間なんだ」

藪川は哀願した。

「その情報とは？」

「小野寺……小野寺武夫も東日本会の結成工作に一枚嚙んでるんだ」

藪川は苦痛に耐えながら新城の表情をうかがった。

「小野寺？　聞いた名だな……だけど、そいつはちょっとおかしいんじゃないか？」

新城は呟《つぶや》いた。

「そう思うだろう？　何しろ、小野寺は丸山幹事長と持ちつ持たれつの仲だからな。丸山が首相の椅子《いす》に坐ったら、山野組を私兵にするという密約を信じている連中が知ったらショックだろうが……勿論《もちろん》、山野組もそのことを知ったら怒り狂うだろう」

藪川は言った。

2

「本当に、小野寺は東日本会の結成に一枚嚙んでるのか？」

新城は藪川の瞳を覗きこんだ。

次期首相の椅子を富田大蔵大臣と争っている保守党幹事長丸山と同郷の小野寺は、持っている個人財産の額では日本一ではないかと言われている。

飲んだくれの馬喰《ばくろう》の息子として生まれ、そのオヤジのバクチの借金のカタとして十五歳の時に道路工事現場に連れていかれた丸山が十七歳の時にタコ部屋から脱走し、上京してから土建業者として成功したように――、小野寺も十四歳の時に東京の風呂屋に売り飛ばされて釜《かま》たきをやっていたのにかかわらず、二十三歳にしてタクシー会社の経営者に成上った秘密は誰にも公表されてない。

ともかく、小野寺はそのタクシー会社を足がかりにして、運輸関係に次々に手をひろげていった。軍と密着してガソリンを横流ししてもらったのが成功の決め手であった。

そして小野寺は、儲《もう》けの半分で必ず、東京をはじめとする大都市の土地を買占めていった。

敗戦後の混乱時代には、自分が持っている路線バスや軍用車を改造した観光バスも動員して、旧軍の隠匿《いんとく》物資や闇《やみ》物資を動かしてボロ儲けし、その金で、焼土となって二束三文になっていた東京の土地を買い漁《あさ》った。

日本が経済成長期を迎え、大都市の土地が無茶苦茶な値上りを見せはじめると、小野寺は大都市に持っている二千万坪の土地を年十万坪ぐらいずつ処分し、その金で運輸業を飛躍的に発展させただけでなく、ホテル業界にも破竹の勢いで進出した。土建の世界にも進出した。

敗戦の頃はチンピラ代議士であったために追放をまぬがれ、本業であった大きな土建会社の稼ぎの何分の一かをバラまいて保守党内で地位を固めてきた丸山と、義兄弟の盃を交したのはその頃だ。

丸山は、小野寺の金で幹事長になり、保守党の財布を握ることになった。

その丸山は、数えきれないほどの疑獄事件を起こし、利権で得た金の半分を保守党に廻したが、あとの金は小野寺と分けあった。事件が表沙汰《ざた》になっても、保守党の財政をうるおすためだったと主張して検察庁を黙らせた。

今の小野寺は、関東のタクシーやハイヤーや観光バス業界を牛耳っているどころか、日本に五百を越すマンモス・ホテルやレジャー・ランド、海外にも五十近いホテルを持っている。土建業界でも関東一だ。丸山との持ちつ持たれつの関係はますます深まっている……。

「生死の瀬戸際に嘘《うそ》はつかん！　丸山だって江藤―富田派が対韓援助のリベートで甘い汁を吸いっ放しにしているのを、指をくわえて見ているわけにいかんかった。丸山も対韓利権にがっちりくいこんだ。無論、小野寺もだ」

藪川は言った。

「………」

「小野寺は韓国にバクチ場《カジノ》と妓生《キーセン》付きのホテルを十五以上も建てて荒稼ぎしているだけでない……あんたは、十億ドルを越す日本からの援助で韓国に建てられた大工場が、次々に経営が悪化して倒産していることを知っているだろうな？」

「読んだことがある。実が生《な》らぬことから不実企業と言うそうだな。工場建設に貸しつけられた金のうち半分以上を、朴政権と日本の貴様らのようなブタどもと仲介した日本の大商社がリベートで吸いあげているんだから当然の結果だ。対韓援助は俺たち国民の血税だということに対して、何と考えてやがるんだ？」

新城の髪の毛が逆立った。

「射つな！　儂《わし》がリベートを取ったのは、セマウル運動……新しい村運動への援助金からだけだと誓う。信じてくれ」

藪川は下痢便を脱糞しながら震えた。

「セマウル運動というと、韓国の荒廃した農村を立て直すというインチキ運動か？　何でも、韓国では前借金と税金に苦しめられながら農業を続けて飢え死にしそうになるよりはソウルかどっかの都会に逃げこんで、チューインガムを売って歩くほうが生活がまだ楽だというじゃないか。そんな農民に渡るべき金をピンハネするとはな」

新城は藪川にM十六の銃口を向けた。

「ま、待ってくれ。丸山はソウルの地下鉄工事を小野寺の会社に請負わせた。もともと、その地下鉄工事に廻される筈の対韓援助金のうちの三分の二を朴政権と江藤派がリベートで捲《ま》きあげたから、残り三分の一を、丸山は小野寺を通して吸いあげたわけだ」

「…………」

「さっきの不実企業の話になるが、倒産した不実企業の工場は、ほとんどを小野寺が二束三文で買収した。土地代の五分の一ぐらいの金額でな。だから、不実企業で、一度倒産してから業績が上向いてきているところは、みんな小野寺のものだ」

藪川は口からヨダレを垂らしながらしゃべった。

「それで？」

「右翼の大ボスの桜田や森山も、利権でがっちりと韓国にくいついていることは知っているだろう？　だから、小野寺と桜田たちは、しばしば利権争いで衝突した。だけど、争うよりも分けあうほうが得だということになって、平和協定が結ばれたんだ」

「ハゲ鷹《たか》とハイエナとジャッカルの協定か？」

「桜田と森山と小野寺は、だから、極秘のうちに義兄弟の盃を交わした……そのとき桜田と森山は、丸山が将来新首相になったときに山野組を丸山が私兵にする計画について、小野寺に抗議したわけだ。小野寺の口から、丸山に考え直してくれと迫ったんだ」

「………」

「小野寺はどう答えたと思う？　小野寺は、〝丸山が山野組に与えた約束は空手形だ。山野組のような反体制の暴力団は、利用するだけ利用したら、あとは全国の警察を動員して大壊滅作戦を行なわせる手筈になっているから安心してくれ、だけど今は、暴力の力《パワー》のバランスを保つためには潰せない〟と答えたんだ」

藪川は言った。

「そいつは、丸山の本心か？」

「小野寺の回答があってから、江藤派だけでなく儂たちも必死に丸山の本心をさぐった。やっぱり、丸山は山野組を利用して身の安全を計り、新首相になって警察や検察権力を思うがままに動かせるようになったら、山野組の壊滅作戦を行なう気だということがはっきりした。もっとも、全滅させると、ほかの暴力団で飛びきり巨大化するところが出てきて、そいつが富田と組んで丸山の安全を脅かす危険性があるから、山野組にも生きる道は残させる、ということだが……」

「なるほど」

「ともかく、小野寺が東日本会の結成に、ひそかに一枚嚙んで、資金を提供していることで分かるだろう？　丸山は、かつての大東会が江藤派の庇護《ひご》を受けて好き勝手なことをやりすぎたのを見ているから、特定の一つの暴力団だけがマンモス化することを怖れているんだ。東日本会にしても、丸山が政権を握ったら解散させるかも知れない。この頃は、警察権力が巨大になったし、保守党べったりになったから、何も暴力団を私兵にしなくてもいいんだ。警察を私兵にしたらいいんだから」

藪川は言った。

「話はよく分かった。よくしゃべってくれて礼を言うぜ……ところで、あんたはどんな死にかたをしたい？」

新城は薄く笑った。

「な、何を言うんだ！　どういう意味だ？」

藪川はまた下痢便を漏らした。

「俺が誰なのか知ってるか？　まあ、知ってはいまいがな」

新城は吐きだすように言った。

「山野組の殺し屋だろう？　射つのは待ってくれ。儂のこのガウンの裏に、四億円で売れるダイアが縫いつけてある。こいつをやるから助けてくれ。あんたは、そいつを金に替えて外国に高飛びしたらいいんだ。決してインターポールに追いかけさせないと約束する」

藪川はわめいた。

「宝石は頂戴《ちょうだい》しよう」

「じゃあ、命は助けてくれるんだな？」

「俺の名は新城……新城彰だ。オヤジとオフクロと妹たちの恨みをここで晴らしてやる」

新城は暗く燃える瞳で藪川を睨《にら》みつけた。

「ま、待ってくれ！　儂には身に覚えがないことだ！」

藪川は絶叫した。

「天下国家の大事の前には、漁師の一家の運命なんかにかまっていられない……などというセリフは聞き飽《あ》きた。沖元首相の腹心たちを血祭りにあげ、I・O・Tのエルフェルドを発狂させてI・O・Tを破産させ、沖の莫大《ばくだい》な隠し金をただの紙切れにさせたのは俺だ。千葉の漁師を食いものにして代議士に成上った小野徳をブッ殺したのも俺だ。大東会の朴会長をなぶり殺しにしたのも俺だ」

新城は歯を剝《む》きだした。

「殺人鬼！　助けてくれ」

藪川は嘔吐《おうと》しはじめた。下痢だけでなく小便のほうも漏らす。

「どこを射たれたい？　お望みのところに射ちこんでやるぜ――」

新城は言い、意識を取戻し、倒れて頭を抱えこんでいる稚児《ちご》たちに、

「立て、オカマ野郎」

と、命じた。

二人の稚児は、文字通り、ヒーッと悲鳴を漏らした。動かない。

新城は右側の稚児の左耳を射ち抜いた。耳朶《じだ》を貫通した〇・二二三の高速弾は、横に倒れている藪川のすぐ近くのコンクリートの床に孔《あな》をあけた。

射たれた稚児も、もう一人の稚児も、絶叫をあげて跳ね起きた。縮みあがった男根は薄いジャングルのなかに隠れてしまっている。

新城は耳から血を垂らしている稚児の腹に射ちこんだ。パンクした内臓をはみださせながら、その男は藪川の上に倒れる。

藪川は意識を失った。

新城はもう一人の稚児の頭を吹っ飛ばしておき、藪川に近づいた。

藪川の上に倒れている稚児と、藪川に射たれて虫の息になっている稚児の心臓に射ちこんでトドメを刺す。

気絶している藪川をまだ燃えている照明弾の近くに引きずってきた。

その藪川の頭を照明弾の炎で炙《あぶ》った。絶叫と共に、藪川は意識を取戻した。転がる。

新城は白髪が燃えて縮れた藪川の男根に、ガーバー・マグナム・ハンターのナイフを近づけた。

ナイフをくいこませると、藪川は異様な呻《うめ》き声を漏らして全身を激しく痙攣《けいれん》させた。見開いた目玉が、たちまち濁って柔らかくなってくる。

心臓に手を触れてみると、鼓動はとまっていた。恐怖のあまりショック死したのだ。

「あっさり、くたばりやがって」

新城は罵《ののし》った。

藪川の男根を切断し、開いた口に突っこんだ。念のために心臓を抉《えぐ》る。ガウンを脱がせて調べると、表地と裏地のあいだに、三カラットから五カラットほどのダイアを二十個ほど縫いこんであった。新城はそれを遠慮なく頂戴することにした。

3

今は大火事になっている母屋から脱出した新城は、藪川のボディ・ガードの車のうちの一台を使って県道に出た。

藪川の別荘は治外法権になっていて、どんなことがあっても藪川からの要請が無いかぎり県警は近づけないから、県道にパトカーや警察トラックの姿は見当たらなかった。

新城は山野組の秘密基地に戻って一億円の報酬《ほうしゆう》をもらう前に、自分のアジトの一つである千倉《ちくら》の隠れ家に寄ることに決めた。そこにダイアを隠すと共に、藪川襲撃のホトボリをさまさねばならぬ。

銚子の外れの風蓮岬にある藪川の別荘と、南房千倉の新城の隠れ家との距離は、大体百五十キロといったところだ。

屏風《びようぶ》ケ浦《うら》の断崖《だんがい》を抜け、九十九里浜に沿って新城は無断借用のギャランＧＴＯ・ＭＲを飛ばしたが、非常線さえ張られてないのには一驚した。

だが新城は要心深く、九十九里町で右折して海を離れ、東金《とうがね》町に廻った。

その町外れの空地に駐まっている十数台の車のうちから、目立たぬカローラ一四〇〇を選んで盗んだ。

新城は、埼玉の志木に買ってある隠れ家の工作室で、国産自動車メーカーの主な車種に合うマスター・キーの鍵束《かぎたば》を製作してあったから、今はカローラのマスター・キーを使ったわけだ。

荷物をカローラに移した新城は、茂原《もばら》に向けて、国道一二六号の内陸道を飛ばした。その道でも検問にぶつからなかった。

安心した新城は、一宮の海のほうに車を向けた。一宮、大原、御宿《おんじゆく》、勝浦、鴨川《かもがわ》と海沿いの道を南下し、三原に来る。

そこから国道一二八号の房総街道を左にそれると、南房州フラワー・ラインの有料道路だ。千倉に行くにはその有料道路を通ったほうが早いが、新城は房総街道を腰越まで行き、斜めに引返す形で千倉に入った。

岩礁が多い海岸に近い松林のなかの小さな一軒家が、新城が千倉の外れで借りているアジトの一つであった。

母屋の横のガレージは幅が広く、すでにそのなかにワゴン型のジープが入っていたが、カローラを入れる余裕は充分にあった。

ガレージに突っこんだカローラから降りた新城は、消音器を付けたベレッタ・ジャガーを腰だめにして、母屋のなかに調べに入った。

荒された形跡は無かった。

新城は、カローラからM十六カービンや弾倉帯などを取りだした。ガレージの扉を閉じ再び母屋に戻る。

カーテンとブラインドを厳重に閉じてから台所の食器棚をずらし、床についた揚《あ》げ蓋《ぶた》を開く。揚げ蓋を開いた下に、コンクリート製の隠し物入れが現われた。そこには、かつて大東会から奪った覚醒剤《かくせいざい》三百キロほどと、車の偽造ナンバーが十数枚入っている。

新城はそこに、M十六や弾倉帯などを隠し食器棚をもと通りの位置にした。二丁の拳銃とナイフは身につけておく。

台所の横にある食堂兼居間に入ると、ステレオ・セットに組みこまれたFMラジオに偽装した警察無線の傍受装置のスウィッチを入れる。

千葉県警本部とパトカーとの交信が聞こえた。

藪川の別荘の母屋が全焼したために、県警は別荘内に踏みこみ、林に転がっている死体を発見して、あわてて主要道路に検問所をもうけることになったようだ。

新城は冷蔵庫からインディアン・トニック・ウォーターの缶とビーフィーターのジン、それにレモンと氷を持ってきてソファに腰を降ろした。

ジン・トニックを作って飲む。レモンを大量に入れてクラッシャーで潰すと、ヨーロッパで夜のガイドの稼業をしていた頃、アムステルダムに滞在していた時はよく食前酒を引っかけに行ったホテル・クナスポルスキーのバーを想い出した。

あのバーのバーテンが作るジン・トニックは、実にすっきりとした味をしていた。新城は食後のアイスクリームが運ばれる時には、いつもそこに刺された日本製の花火が派手にはじけて客を喜ばせるアムスのレストラン〝五匹の蠅《はえ》〟で、オードゥブルによく食ったスモークド・サーモンの味を想い出した。

大きなグラスに作った一杯目のジン・トニックを飲み干した新城は、台所の冷蔵庫の冷凍室にビニール・パックして放りこんであるアラスカのキング・サーモンの燻製《くんせい》を出し、五百グラムほどを切り分けてスライスした。無論、カチカチに干からびた燻製ではなく、生《なま》に近いやつだ。

そいつに、レモン五個分の果汁をたらし、居間兼食堂に運ぶ。凍ったスモークド・サーモンが柔らかくなってくるのを待ちながら、タバコを吸い、あと二杯のダブルのジン・トニックを味わう。

アラスカのスモークド・サーモンは、ヨーロッパの北海物とちがって濃厚な味がした。トロの刺身を何倍かうまくしたような感じだ。新城はそれを、バランタインの十七年物のスコッチの水割りと共に味わう。

夜明け近くまで警察無線を聴いていてから新城は眠りに落ちた。夢のなかに、ヨーロッパで情を交わした女たちが次々に現われる……。

昼近く、新城はおびただしい夢精のあとで目を覚ました。

シャワーを浴び、新しいパンツをつけた新城は、ＴＶのスウィッチを入れ、コーヒーを飲んだ。

ニュースの時間になると、藪川の死が大きく報道された。殺されたとは発表されてない。

藪川はゼンソクの発作で急死したということになっていた。保守党丸山幹事長だけでなく野党の各党首たちが、藪川の死については哀悼《あいとう》の言葉をつらね、これまでの藪川の業績について心にもない讃辞を並べていた。

それから五日後、レイバン・ディコット・タイプのグリーンのレンズの眼鏡を掛けた新城は、偽造したナンバー・プレートを付けたカローラで千倉の隠れ家を出た。

南房の昼は、春といっても暑いほどであった。だが、スモッグの京葉工業地帯までくると、まだ底冷えしていた。

千葉にも山野組の支部がある。弁天町にある支部長安本の広い屋敷に、かつて新城はかくまわれたことがある。

だが新城は、山野組千葉支部には寄らなかった。藪川殺しは、あくまでも山野組と無関係だと見せかけてくれ、と山野組に頼まれているからだ。

だから新城は、奥多摩にある山野組の秘密基地に車を向けた。

もっとも、その秘密基地に直行したわけでなく、習志野《ならしの》の隠れ家に一度寄って、千倉のアジトから出してきたM十六自動カービンや弾倉帯やダイアなどを隠した。

日原川と奥多摩湖と山梨県境にはさまれた山のなかにある、千五百万坪の牧場に見せかけた山野組の秘密基地にたどり着いた新城は、何度も首実検をされた上、山腹の洞窟《どうくつ》にある居住区に通された。夕方だ。

新城に与えられている居室のベッドでうとうとしていると、警備要員たちが呼びにきた。山野組関東各支部の支部長たちが大広間に集まったから、と言う。

その地下大広間では、例によって大宴会の用意がされていた。

新城の席の前には、小型のジュラルミンのトランクが置かれてあった。

すでにアルコールのグラスを手にしている各支部長たちが、新城に笑顔を向ける。千葉支部長の安本が、

「お芽出とう。約束の一億円はそのトランクのなかだ。中身を改めてみてくれ」

と、言った。

「どうも」

新城はジュラルミンのトランクを開き、札束をざっと調べた。偽札ではないようだ。

トランクを閉じた新城は、スコッチの水割りのグラスを手にし、

「山野組が段取りをつけてくれたお陰で、藪川に対する俺の恨みを晴らすことが出来た。礼を言う」

と、グラスを差しあげた。

それからあとは無礼講となり、支部長たちは、新城の藪川襲撃の模様について質問を浴びせた。

新城は出来るだけ愛想よく答えたが、ダイアについてはしゃべらなかった。

丸山幹事長が新首相の椅子を獲得したら山野組を裏切る気でいることも、小野寺が東日本会を結成させるための蔭のスポンサーになっていることも、新城は安本たちにしゃべらなかった。

もし、山野組が新城を消そうとしたら、山野組を待っている運命を知らせてやる。そうすれば、山野組は新城にはもっと利用する価値があることを悟って、新城を抹殺しようとする考えを変えるだろう。

4

新城は仔牛のアバラ肉にかぶりつき、スコッチを痛飲しながら、

「ところで、藪川がくたばってから、東日本会結成の動きはどうなったんです?」

と、尋ねてみた。

「奴等は怯気《おじけ》づきやがった。それは確かだ。桜田や森山が説得に出かけていっても居留守を使う組長も出てきたし、うちにひそかに降伏を申しこんできた組もある……だけど、残念ながら、そういった組織は小さなところだ。東日本会に入る予定のうちで大きな組織は必死になってやがる。団結しねえと、俺たち山野組に一つずつひねり潰《つぶ》されていくのが目に見えてるからな……まあ、心配することはない。奴等の動きがますます派手になってきたら、桜田や森山を殺《や》るさ」

安本は言った。

「殺るとしたら、まず森山だ。森山の生首でも桜田のところに届けてやったら、桜田の野郎はぶるってしまって、東日本会結成工作から降りるだろう」

山野組神奈川支部長三宅が言った。

「桜田に恐怖心を植えつけてやる、というわけですな?」

新城は笑った。

「そういうわけだ。今だって奴は怯《おび》えてやがるが、恐怖のどん底に叩きつけてやるんだ」

安本は言った。

それから一週間後、背広姿の新城は、山野組の秘密基地を出た。基地に入る時に使った盗品のカローラに乗っている。

新城は約束通りに、しばらくのあいだ自由行動をとることになったのだ。山野組に、どうしても新城の助けがいる用が出来たときには、新聞に毎日続けて暗号広告が出ることになっている。

山野組は、新城を尾行しないという約束であった。だが、新城のカローラが青梅《おうめ》まで降りてくると、そこで待ち伏せていたらしい二台の車が、新城のカローラを適当な間隔を置いて尾行《つけ》ている。

二台の車は、スカイラインGTRとギャランGTO・MRであった。加速力もロード・ホールディングもカローラ一四〇〇とはケタちがいだから楽々とついてくる。

二台の車には二人ずつ乗っていた。その男たちの顔に新城は見覚えはないが、殺気を放っていないところを見ると、山野組と敵対している組織の者ではない筈だ。

新城は薄く笑い、尾行に気づかない振りをした。

青梅を抜けたカローラは奥多摩街道を横田のほうに走り続けた。

やがて、桑畑の先に切り通しが見える。そこに、青梅線の鉄道の踏切りが見えた。新城は桑畑のかなり手前で一度車を停めた。

車から降りて小便をする。尾行してきた二台の車は、百五十メーターほどうしろで停まった。男たちはロード・マップを見るポーズをとった。

新城は軽い柔軟体操を行なって時間を潰した。やがて、踏切りの警報器が鳴り、竹製のポールの遮断機が降りはじめた。

車に戻った新城は発進させた。勢いよく発車させる。車窓のガラスは青梅を過ぎたあたりから降ろしてあった。

二台の車も、あわてて発進した。

踏切りの十メーターほど手前で一時停止した新城は、下りの列車が、五十メーターほど近くに迫ったのを耳で聞いた。

ギアをローにぶちこんだ新城は、クラッチを滑らせながら猛然とカローラを発進させた。

ギアはローに入れたまま、遮断機に車をぶつける。遮断機のポールをへし折ったカローラは、踏切りを越えた。

追っかけてきたスカイラインGTRが踏切りのすぐ手前で急ブレーキを掛け、危いところで列車の横腹に激突するのをまぬかれたのが、新城には音で分かった。

踏切りを抜けたカローラは、ヘッド・ライトのレンズが砕けただけであった。列車は急ブレーキの効果がやっとあらわれて、最後尾が踏切りをふさぐ格好で停まっている。だから、尾行のスカイラインGTRも、ギャランGTOも、列車の最後尾が邪魔になって踏切りを渡ることが出来ない。

新城はバック・ミラーに投げキスし、福生《ふっさ》の街に車を乗り入れた。

半時間後、新城は旧型のブルーバードSSSを中央道八王子インターに向けて走らせていた。無論、マスター・キーを使って盗み、カローラから乗り替えたものだ。

そして、その日の夕暮、埼玉県志木の、荒川土手に近い隠れ家に新城はたどり着いた。

その隠れ家は、街道筋の工場に客を取られて廃業した自動車修理工場の跡だ。町工場だから、ガレージには七、八台しか車を入れられないが、コンクリート塀に三方を囲まれた庭には五台以上置ける。

都心から少し離れすぎていた与野のアジトを引払ってここに移したのだ。ガレージの二階が、かつては工場の住込み従業員が寝泊まりしていた住居だ。地下には、車の部品だけでなく、銃の部品を作れる機械や、偽造書類用の印刷機械を新城は据えつけてある。

新城はその隠れ家で三日を過ごした。

夕方が近づいてから隠れ家を出たときの新城は、付け髭《ひげ》を外し、素通しの安物の眼鏡を掛けていた。作業服をつけている。車は、数カ月前から用意してあったダットサン一六〇〇のピックアップであった。荷台にはキャンヴァス・カヴァーを掛けてある。

その車の偽造ナンバー・プレートも完璧《かんぺき》なものであった。

無論、刻印されてあるエンジン・ナンバーも打ち替えてあった。

そして、運転席のベンチ・シートの助手席側の下には、隠し物入れを作ってある。そこに新城は武器弾薬を入れてあった。

新城が向かったのは、東京の環状八号に面し、第三京浜の入口に近い、マリーン・スポーツの店〝ドルフィン〟であった。

その店は、ヨット、モーター・ボート、スキューバ・ダイヴィング、トローリング、カヌー、サーフィンなどの本体や装備を売っている。第三京浜を通って湘南《しょうなん》の海に向かう若者たちではやっているから、営業資金の回転率がよく、したがって商品も豊富だ。

新城はその店のことを、埼玉の隠れ家に逃げこむ途中で五十冊ほど買った、各種の海洋関係のレジャー雑誌のバック・ナンバーによって知った。

環七を通って都内に入った新城は、立体交差の大原交差点で右折して甲州街道を多摩側に走った。

上高井戸の立体交差で左折し、環状八号を多摩川のほうに向けて走る。

東名入口の近くと玉川通りの交差点ではひどく車が混んだが、まわりの車に乗っている者で新城に不審の目を向けた者はなかった。

マリーン・スポーツの店〝ドルフィン〞はすぐに見つかった。

小さいが五階建てのビルだ。一階の正面はガラス張りで、モーター・ボートやマストを倒した三十六フィート級のクルージング・ヨット、それにトレーラーや潜水具などが展示されている。店員が一人、それらにワックスをかけていた。

ビルの左手と前に、三十台ぐらいの車を収容できる空地があり、派手な米車やヨーロッパや日本のスポーツ・タイプの車が十数台駐《と》まっていた。

その店の前をゆっくりと車で通りすぎた新城は、裏通りの住宅街に車を廻した。車を長い大谷石の塀に寄せて駐める。

人通りは滅多にないほどであった。人通りが絶えてしばらくして、新城は作業服とズボンを脱いだ。

ヴァイキング・デザインのラフなトックリ首のスウェーターと、ダンガリーのスラックス姿が作業服の上下を脱いだあとに現われる。靴は、ブローニングのキャンピンボートだ。ヨットのデッキで滑らぬようにネオプレーンの靴底に刻み目が入っているやつだ。

新城は安物の眼鏡を外し、ジュラルミン製の平べったいツルのついたメタル・フレームのサン・グラスを掛けた。そのキザなサン・グラスのレンズはブルーだ。

作業服の上下をバッグに突っこんで助手席の床に置いた新城は、車から降り、歩いて〝ドルフィン〞に向かった。

店の正面には、横にスライドする幅広い自動ドアがついていた。新城が一階のショー・ルー

ムに入ると、ワックスでグラス・ファイバーのモーター・ボートを磨いていたネイヴィ・ブルーのブレザー姿の若い店員が、

「いらっしゃいませ。何をお捜しで？」

と、愛想よく言った。突き当たりにエレヴェーターと階段が見える。

「色々とな。この店ははじめてなんだ」

新城は言った。

「今後ともご贔屓《ひいき》に願います。エレヴェーターのところに、各階の案内板がございますので」

店員は言って、ワックス掛けの作業に戻った。

新城はエレヴェーターの横の太い四角な柱に貼られている案内板に近づいた。

二階がヨット関係、三階がモーター・ボートとトローリング関係、四階は潜水《ダイヴィング》とサーフィン関係の商品を主に置いてあることが分かった。

五階は倉庫とだけしか書かれてないが、夜警の宿直室もあるのだろう。

5

新城はエレヴェーターの左奥の裏口のドア、展示室自体の左側のコンクリート壁にもドアがついているのを見た。

いずれも、ドアを開くと鳴り響くタイプの警報装置がついている。簡単な電池式のやつだ。

今はスウィッチは切られているのも見えた。スウィッチは警報器から横に突きだしたスティンレス製の棒状のもので、下にさげるとスウィッチ・オン、上にあげると、スウィッチ・オフになる。

ドアは金属製でなく、頑丈そうな合板製だ。店を閉じたあと、夜警が内側から警報器のスウィッチを入れるのであろう。

新城は階段を使って二階に登った。

階段の先にはドアが無かった。デパートのように、いきなり売り場になっている。客が入りやすいように、そう設計しているのであろう。

ヨット関係のおびただしい商品が並んだ売り場の奥に、洒落《しゃれ》た小サロンのようなスペースがあり、なじみの客らしい連中が、ソファや肘掛《ひじか》け椅子《いす》に腰を降ろし、だべったりコーヒーや紅茶のカップやコーラのグラスを片手に、マリーン・スポーツ関係の海外雑誌をめくったりしている。

店員たちは、ネイヴィ・ブルーのブレザーの胸に名札をつけているので、すぐ見分けられた。この階にいる店員は三人だ。一人は初老で名札に第一課主任と肩書きを書いてある。あとの二人は若い。

三人とも、くつろいだ様子で椅子に腰を降ろしていた。

小サロンの左手にトイレと上に掛けたヤカンが湯気を噴いているガス・レンジ、右手には店員の私物入れのロッカーとソフト・ドリンクの自動販売機がある。

新城を見て、なじみの客たちは値踏みするような視線を送ってきたが、店員たちは柔らかな笑顔を浮かべて、ゆっくりと立上った。

「いらっしゃいませ」

と、声を揃《そろ》えていう。

「バリエントのウインチある？　一トン用の手廻しの……」

新城はもっともらしく言った。

「今は在庫がございませんが、ぜひにとおっしゃられるなら、アメリカから空輸で取り寄せますが……」

主任は微笑を崩さずに答えた。

「残念だな。三日後に出航するんで間にあわない。ここにあるやつ、ちょっと見てもいい？」

新城はセールやクリートや風力計などが並んだ棚に顎《あご》をしゃくった。

「どうぞ、ごゆっくり」

主任は答え、椅子に腰を降ろした。

新城は、顎《あご》で示した棚だけでなく、ほかの棚も見てまわった。

「また、来るよ」

と、言って、三階に続く階段を登る。

「キザな田舎《カッ》ぺだな」

「あいつ、どのフリートに船をつないでるんだろう？」

「俺は見たことない」

などと客たちが嘲《あざけ》る声が聞こえる。

三階も四階も、陳列されてある品は二階のとちがっても、売り場や小サロンの構えは似たようなものであった。

五階に続く階段の前には、チェーンが張ってあった。簡単にまたぎ越えられる高さだから、客たちにそこから上には登ってくれるな、という店側の意思を表示したものであろう。

四階の売り場で、新城は折畳み式のキャンヴァス・カヌーを買った。櫂《かい》と一緒でも重さは二十キロに満たない。

四万円ほどであった。現金で払うとき、新城はごく薄い絹手袋をつけ、紙幣に指紋を残さぬようにした。

「紅茶になさいますか？　それともコーヒー？……」

と勧める女店員に、新城は、もっともらしく腕時計を覗き見て、友達と待合わせている時間に間にあわなくなるから、と断わった。

蛇腹式に畳んでサーヴィス品の収容バッグにキャンヴァス・カヌーを入れた新城は、そいつを提《さ》げ、エレヴェーターを使って一階に降りた。

一階から四階まで見てまわったのに何も買わないで出たのではあやしまれるから、そのカヌーだけは金を出して買ったのだ。今の新城には四万円ははした金であった。

一階の展示場でアクア・ラングのボンベをシリコン・クロースで磨いていた店員は、

「有難うございました。またどうぞ」

と、陽気に新城に声を掛ける。

店を出た新城は、店の近くの様子をよく頭に刻みこみながら、住宅街に駐めてあったダットサン・ピックアップに戻った。

荷台のカヴァーをはぐり、買ってきた折畳み式カヌーを入れたバッグを乗せた。別のバッグを出してから、カヴァーをもと通りにする。

運転席に戻った新城は、荷台から出したバッグを開き、大人《おとな》しいサラリーマン風の背広やワイシャツやネクタイ、それにバリーの短靴を取りだした。素通しレンズのロイド眼鏡も出す。

二十分後、一流会社の中堅サラリーマンといったスタイルの新城は、〝ドルフィン〟と通りをへだてた喫茶店に入った。

その喫茶店の表に面した側は総ガラス張りになり、〝ドルフィン〟がよく見えた。

新城は総ガラスに近い席につき、コーヒーとサンドウィッチを頼んだ。夕暮になってきて、〝ドルフィン〟の展示室の灯が明るい。

コーヒーを三杯お代りして、新城はその喫茶店でねばった。途中、もっともらしく、店内の赤電話で、待合わせに遅れている架空の友人を責める。

六時を少し過ぎた頃、新城が顔を覚えた〝ドルフィン〟の若い店員たちがみんな帰路についた。

七時頃、警備会社のマークが入ったステーション・ワゴンが〝ドルフィン〟の駐車場に駐まり、警官に似た制服をつけた二十七、八歳のガードマンが店内に入った。

そして、八時に〝ドルフィン〟のビル内の照明がぐっと弱められ、ビル正面のガラスの前にシャッターが降りた。

しばらくしてから、主任クラスや経営者や経理らしい連中が、ビルの脇のドアから出てきた。車や徒歩で帰路についた。

それから十分ほど待って、新城は喫茶店を出た。

車に戻り、作業服とブローニング・キャンピンボートの靴に替えた新城は、ショールダー・ホルスターを作業服の上衣の下につけた。そのホルスターには、消音器を付けたベレッタ・ジャガーの拳銃が収めてあるが、よほどのことがないかぎり使わない積りだ。

新城は作業服のズボンのポケットに、牛乳瓶ほどの大きさのブラック・ジャックを突っこんだ。

鉛の芯《しん》と砂と革で包んだ殴打用の凶器だ。握りには、手首に捲《ま》きつける紐がついている。これで殴られると、外傷はあまり受けぬが、内出血がひどくなる。

新城は、ダットサン・ピックアップを、東名入口に近い砧《きぬた》公園内の世田谷体育館の駐車場に移した。

無論、駐車料は必要ない。トイレや洗面所も付属しているから、そこにはよく長距離出張のセールスマンやアヴェックの車が駐《と》まっている。

新城がその駐車場に車を突っこんだ時も二十台ほどの車が駐まっていたが、新城の車を置くスペースは充分にあった。

新城はエンジンを切ると、掌で覆《おお》ってタバコに火をつける。駐車場の向うの噴水のまわりを数組のアヴェックが腕をからませて歩いていた。

新城は着替えの服を入れたバッグから毛布を出し、運転台のシートに横になって毛布を体に掛けた。

午前零時を過ぎるとパトカーがしばしば廻ってくるようになったので、新城は再び車をスタートさせた。

今度は、世田谷街道寄りにあるトラックやタクシーの運転手相手のドライブ・インで、ハンバーガーとコーヒーの軽い夜食をとり、車の運転席で午前三時が近づくのを待った。

三時十分前、新城はまた車を動かし、〝ドルフィン〟のほうに戻っていった。さっきの喫茶店も、近くの飲食店も、みんなシャッターを閉じている。

環八を通る車も、この時間だと滅多になかった。

新城は〝ドルフィン〟のビルの前の駐車場に向けてハンドルを切った。後輪が歩道に上ると、ギアをニュートラルにしてエンジンを切る。

惰性で動くために、車は静かにビルの脇の駐車スペースに入り、自然に停車した。

新城はしばらく様子をうかがっていたが、絹手袋をつけ、助手席の下の隠し物入れから鉛製の大きな箱を取りだした。

それを持って車から降りる。静かに車のドアを閉じ、ビルの裏手に廻った。裏庭は幅二メーターほどだ。

鉛の箱を開くと、大きな磁石が出てきた。新城はそれを裏口のドアの警報装置の外側に寄せた。

合板のドア越しに磁力は警報装置に働いて引き寄せられる。新城が磁石を上にずらすと、スティンレス製の警報器のスウィッチ・レヴァーがカチッと音をたててオフになる音が聞こえた。

芝浦岸壁

1

ドアの内側の警報器のスウィッチ・レヴァーがオフの位置に上ったのを耳で確かめた新城は、手にしている強力な磁石をさらに上に持ちあげ気味にしながら、ドアから遠ざけていった。五、六歩退《さが》ると、磁石を降ろし、鉛の箱に戻した。そいつを駐《と》めてあるダットサン・ピックアップの荷台のキャンヴァス・カヴァーの下に仕舞う。

ドアのところに戻ってきた新城は、先端を潰《つぶ》して鉤形《かぎがた》に曲げた二本の針金でドアのシリンダー錠を外した。

ラテックスの手袋をつけ、ドアを開く。警報ベルは鳴らなかった。

そのマリーン・スポーツの店〝ドルフィン〟の一階に身を滑りこませた新城は、静かにドアを閉じ、シリンダー錠のロック・ボタンを押した。

一階のボートやヨットの展示場には、鈍い灯がついている。階段も同様だ。

新城は、はいていたブローニング・キャンピンボートの靴を脱いだ。左右の靴のブレイデッド・タクランの靴紐《くつひも》を結び合わせ、左右の靴を振り分け荷物のように左肩から吊る。ウールの靴下は床に触れても、まったく物音をたてなかった。階段を登りながら新城は、女物のナイロン・ストッキングを頭からかぶって覆面した。尻《しり》ポケットから、殴打用の凶器ブラック・ジャックを抜き、その革紐を手首に捲《ま》きつける。

新城はビルの五階まで登った。

廊下の左側に幾つかのドアがある。そのうちの一つについた窓から、明るい灯が漏れていた。新城は音もなくそのドアの前に近づいた。ドアの窓は磨《す》りガラスなので内側は見えない。

新城はドアに耳を寄せた。イビキが聞こえてくる。覆面の下でニヤリと笑った新城は、左手でそっとドアのノブを回した。

ドアに鍵《かぎ》は掛かってなかった。ドアを細目に開いた新城は、ガードマンの制服をつけた若い男が、リクライニング式の椅子《いす》に仰向けになり、足をデスクに投げだして眠っているのを見た。体に掛けた毛布が半分ほどずり落ちている。

そのガードマンは、何か楽しい夢を見ているらしく、イビキの合間に、ヨダレが垂れる口で笑っていた。

忍び寄った新城は、ブラック・ジャックでガードマンの額を強打した。ガードマンは、朝まで夢から醒《さ》めないだろう。

床に降ろしたガードマンを、毛布を裂《さ》いて作ったロープで厳重に縛り、猿グツワを嚙《か》ませた新城は廊下に出た。吊っていたネオプレーン底のブローニングの靴をつける。

靴紐を結び終えた時、ガードマンのいる部屋からベルの音が鳴り響いた。

大して激しい音ではなかったが、新城には耳を聾《ろう》する轟音《ごうおん》に聞こえた。跳びあがった新城はその部屋に駆け戻った。

ベルの音が、デスクの上に置かれた目覚まし時計のものと分かった時には新城は苦笑いした。ベルを止める。

再び部屋を出た新城は、四階から下の売り場に飾られているマリーン用品を持ち出す前に、五階の倉庫室のなかを一応調べた。

だが、倉庫には空箱が多く、商品は少なかった。四階の潜水とサーフィン関係の売り場に降りた新城は、スキューバ・ダイヴィングの一式を三セットと素潜りのシュノーケル五本を、これも売り物のキャンヴァス・シートに包んだ。

スキューバ・ダイヴィングの用具一式というと、マスク、発泡ネオ・プレーンのウエット・スーツ、非常時にふくらませる方式のライフ・ヴェスト、コンパス、水深計、鉛のウエイトとウエイト・ベルト、フィン、ステインレスのダイヴァー・ナイフ、レギュレーター、それに圧縮空気のボンベ等だ。

新城は十八リッター・ボンベの高圧空気が百五十気圧をゲージが示していることを確かめてからキャンヴァス・シートに包む。ウエット・スーツは、いずれも自分の体に合ったやつだ。水中銃のセットも十組ほど包む。

三階のモーター・ボートとトローリング関係の売り場では、重量四十五キロのヤンマーR二二〇Sのシングル・ロータリー二十馬力の船外機《アウトボード》エンジンとドライヴィング・トレーン・アッセンブリー、重量二十七キロのホンダ七五ツウィンの七・五馬力船外機、それに重量わずか九キロのヤマハ・ミニP四五の一・五馬力二サイクル船外機を頂戴《ちょうだい》することにした。予備の燃料タンクやスクリューや数ダースのスクリュー・ピンやプラグも頂戴することにする。

それに、三種類のゴム・ボートや足踏み式と圧縮ボンベの空気入れや、様々な釣具もだ。

二階のヨット関係の売り場では、三百ヤードほどのロープ、ローラー・ベアリング滑車《ブロック》、ウインチ、救命具がわりになる防寒服、数種の碇《いかり》、精密なコンパスや六分儀《セクスタント》などを頂戴することにする。

それらの品をダットサン・ピックアップに積み終えるまでに、新城がこのビルに侵入してから一時間ほどかかった。

新城は荷台に頂戴した品々を満載してキャンヴァス・カヴァーで覆《おお》った車を、制限速度を守って埼玉県志木にあるアジトの一つに向けて走らせた。

かつては自動車修理工場であったそのアジトに着いた時には夜明けが近かった。

一と眠りしてから、新城は三基のアウトボード・エンジンをベンチに据え、大型の金ダライに冷却水を入れ、一基ずつ試運転してみた。燃料のガソリンや潤滑のオイルは、このアジトに大量にストックしてある。

三基とも正常に回転した。新城はそのうちで一番大型のヤンマー・ロータリーと、盗んできたうちで一番大きなゴム・ボートなどを房総千倉のアジトに車で運んだ。

翌々日の夜、新城の姿は中央区の晴海埠頭《ふとう》にあった。

車は長いあいだ駐《と》めていても警察から駐車違反の呼び出しをくわずに済む晴海公団アパート群の近くの道に置き、超大型のフレーム・パックを背負っている。

国際貿易センターのあたりにはアヴェックの車が多かったが、豊洲寄りの工業埠頭の倉庫群に人影は見えなかった。

新城は、海に降りる石段があるあたりで、背中からフレーム・パックを降ろした。そのパックから空気を抜いたゴム・ボートと圧縮空気の小さなボンベ、それにホンダ七五ツウィンの船外機を出したが、パックにはまだ半分ほど残っているものがある。

ボンベを使って、隔壁が多いゴム・ボートの二十個ほどの空気注入孔から、ボートをふくらませていく。

長さ四メーター、幅二・五メーターほどのゴム・ボートがふくらむと、その後部のステイに船外機をつけた。パックの大きなサイド・ポケットから、ギア・オイルの二リッター罐《かん》を利用して作った小さなガソリン・タンクを取り出し、ゴム・ボートに乗せて船外機とホースで結ぶ。

再びフレーム・パックを背負った新城は、船外機をボートの内側に倒してスクリューが石段に当たらないようにした。

石段を降りながらゴム・ボートを引きずり降ろす。石段とこすれたぐらいではボートは裂けなかった。それに、隔壁が多いから、少々破れたところで全体に水が入ることはない。海に浮いたゴム・ボートに移った新城は、燃料コックを開き、フライホイールの紐を数度引っぱった。

エンジンが掛かった。新城はスロットル・バーをゆっくり開く。スロットル・バーのスティは、船外機を左右に動かして舵《かじ》がわりとして使う役を兼ねている。

そこから海上の第七台場までは、わずかに六百メーターほどだ。湾内にあるから波は大したことはなく、ほとんど新城を濡《ぬ》らさずにゴム・ボートは静かに進んだ。銀座のネオンの照り返しで、第七台場は深夜でも肉眼で輪郭が見える。

スロットルを一杯に開けばたちまち着くことだろうが、そのかわり、騒音と波しぶきが激しくなる。

だから新城は、船外機エンジンの回転を押えていた。それでも、三分もかからずに、第七台場の石垣に接近した。

新城は面積わずか四平方キロの第七台場の高い石垣に沿ってゴム・ボートをゆっくり走らせた。石垣の高さは、満潮時と干潮時の中間にある今でも、海面から八メーターほどある。

空港の灯がよく見えるあたりに来たとき、新城は太い松の枝が海の上に張り出しているのを見つけた。

新城はその近くで船外機をとめ、フレーム・パックから出してロープをつないであった、碇《いかり》を降ろした。

フレーム・パックをかついだまま、石垣に取りついた。石垣のあいだに隙間《すきま》が多いから、ヘンケ・モンブランの登山靴をはいている上に抜群の体力がある新城にとって、その石垣をよじ登ることなど簡単であった。

台場に登ってみると、枯れた雑草の下から青草がはえはじめている。枯草と灌木《かんぼく》のあいだを、警視庁の大捜索隊が鎌やナタを使ってつけたらしい通路が走っていた。

2

フレーム・パックを草の上に降ろした新城は、そのパックのサイド・ポケットから、ローラー・ベアリングの滑車とロープを取りだした。

登山靴も二重ソックスも脱いで素足になると、滑車を腰に吊り、何重にも輪に丸めたロープを肩から吊った。

海上に太い枝を張りだしている松の巨木をよじ登る。枝に移り、その上に腹這《はらば》いになって滑車のステイを固定させると滑車にロープを通した。その滑車に軽くブレーキを掛けておく。

ロープの一端をゴム・ボートに垂らす。もう一端はたるみを持たせた松の木の根元近くの幹に結びつけた。

ボートのほうに垂らしたロープにぶらさがる。

新城の体重で急激に引っぱられようとしたロープだが、滑車のベアリングに軽くブレーキが掛けられているので、ゆっくりと垂れさがっていった。したがって、新城の足は、ショックを感じるほどのことなくゴム・ボートの船底に接した。

ロープから一度手を放した新城は、ゴム・ボートから船外機を外した。船外機エンジンから燃料タンクを外す。

ロープを船外機に結びつけ、そのロープを強く引っぱる。ロープは滑車を通じてゆっくり引き寄せられたが、もう一方の端が松の幹に結びつけられているので、ある限度までくると動かなくなった。

燃料タンクに栓をしてクルーザー・コートの背中のポケットに仕舞った新城は、ロープを伝って石垣の上に登った。

松の幹に結びつけてある側のロープに体重を掛けて、引っぱる。

その滑車のブレーキは、ゴム・ボート側のみの一方向にしか効かないように設計されているタイプだから、今は全然ブレーキは働かない。

したがって、ロープに結びつけられた船外機は軽々と上ってきた。新城の目の高さに船外機がきたとき、新城は引っぱっていたロープから手を離した。

今度は船外機の重みで、船外機は垂れさがっていくが、その方向には滑車のブレーキが効くので、ゆっくりとしかさがっていかない。

石垣の縁《ふち》に立ち、手をのばして船外機を摑《つか》んだ新城は、そいつを引き寄せた。ブレーキが軽く効いているから、力が要《い》った。

そうやって船外機を台場の上に移した新城は、今度はゴム・ボートも滑車で吊り上げた。充分に海水を落としておいてからゴム・ボートを台場の枯草の上に置いて空気を抜く。ロープを滑車から外したが、滑車は松の枝につけたままにしておいた。灌木の茂みのあいだに空気を抜いたゴム・ボートを敷いてマットがわりにし、そこに仰向けになると、パックから出した米軍用の毛布をかぶった。登山靴を枕にして目を閉じる。

よく眠った。

朝の光が眩《まぶ》しくて目を覚ます。横になってタバコを吸っていると、灌木の隙間から東京湾を通る外国船が間近に見えた。

大小便を済ませてから新城は、巨大なフレーム・パックから、コールマンのガソリン・コンロを取出してコーヒーを沸かした。それとチーズとクラッカーで朝食をとる。

朝食後、一と休みしてから、登山靴をはいた新城は台場を調べて歩いた。警視庁の捜索隊が残した跡がいたるところに見受けられる。野鳥や野良猫は多かったが、野良猫のせいかネズミの糞《ふん》は見当たらぬ。

昼近く、新城は台場の南側にジャングルのようにおい茂っている雑木林の中心部に、折畳み式スコップで穴を掘りはじめた。

夕食は干肉とレモンと紅茶で済ませた。夜も掘り続ける。

翌日の夕方、四メーターの深さの縦穴と、その底からのばした五メーターの長さの横穴が掘りあげられた。

縦穴の直径は約一・五メーターだが、横穴の高さは約二メーター、幅は三メーターほどある。

夕食は、組立て式の仕掛け竿《ざお》を並べて釣っておいたウミタナゴやイシモチやキスをベーコンと共にフライパンで炙《あぶ》って食った。ヘドロ臭いが、何年も食い続けるわけでないから、中毒することはないだろう。

次の日は、リング・ソウというワイヤー状のノコギリの両端にリングがつき、若木を曲げてリングを引っ掛けると弓状の柄がついたノコになるもので木を挽《ひ》いた。

挽いた木とロープで、縦穴の梯子《はしご》、横穴の支柱、それに縦穴にかぶせる格子の覆いなどを作った。

さらに新城は、横穴に木とキャンヴァスで作った簡易ベッドを置いた。その上に、猫に食われない穀物の袋、折り畳んだゴム・ボート、ホンダの船外機、それに船外機の正規の燃料タンク、炊事具、組立て式釣り具、散弾銃と実包、水の浄化剤などを置いた。

台場の三カ所に、三畳ほどの溜《たま》り水があるのだ。だから、野鳥や野良猫などが生きていけるわけだ。水洗便所の浄化槽などにブチこむ弗素《ふっそ》や塩素系のハロゲンや沃素《ようそ》系の薬品を、一リットルの汚水について一滴たらしてしばらく置き、上澄みを使えば、米軍や自衛隊が使っている浄水薬《ウオーター・ピュリファイア》の錠剤がわりになる。

これで、本州のアジトをすべて敵に突きとめられたとしても、この台場でひそんで生きていけるわけだ。

縦穴にかぶせた格子蓋に枯枝や落葉を差しこんだり乗せたりしてカモフラージュした新城は、

夜になると超大型のフレーム・パックに入れてあった小型の折畳み式カヌーとヤマハ・ミニの超小型船外機を使って晴海に戻った。

カヌーや船外機をバック・フレームに仕舞って、晴海団地のそばに駐めておいた自分の車に近づく。

その車は誰かにいじられた形跡はなかった。新城は安堵《あんど》の溜息《ためいき》をつき、トランク・ルームにフレーム・パックを仕舞うと、車に乗りこんで、埼玉の志木のアジトに向けて走らせる。

翌々日から一週間、北海道に飛んだ新城は、札幌グランド・ホテルに腰を据えながら、夜になると薄野《すすきの》界隈《かいわい》のバーやクラブを飲み歩き、気にいった女が見つかると札束の威力で有無を言わさずに温泉マークに連れこんで濃厚なサーヴィスを行なわせて命の洗濯をした。

札幌から志木のアジトに戻った新城は、それから三日間、ぶらぶらしながら腰のだるさを直した。

四日目、志木の駅で新聞を買った新城は、ソバ屋で朝食をとりながら新聞にざっと目を通しているうちに、別荘地の広告欄に、山野組の暗号伝文が載っているのを見た。

その広告は、山中湖畔の別荘地の分譲ということだが、法外な値段がつけられている。その値段が、山野組の秘密連絡事務所の電話番号になっているのだ。

天プラそばを食い終えた新城は、店の電話を借りた。山野組の秘密連絡所にダイアルを回す。

はじめて聞く男の声が、

「こちら野崎不動産ですが」

と、合言葉を言った。

「山中湖畔の土地のことで会いたい」

新城も合言葉を言った。

「分かりました。新宿のこの番号に掛け直してください」

男はある電話番号を何度も言った。

「分かった」

新城は答えた。

「では」

電話は切れた。

新城は新宿に電話した。

「誰だ？」

電話から聞こえてきたのは、山野組新宿支部長の黒部の声であった。

「山中湖畔の土地の件で……」

新城は言った。

「君か！　よく連絡してくれた。紀尾井町のホテル・ニュー・オータカの一〇二五号室をとってある。黒田一郎という名でな。君が黒田だ。そこに来てくれ。フロントで予約を入れてある黒田だと言えばキーを渡してくれる」

「二時間以上かかりますがね、着くまでには」

「いいとも。一刻を争うというわけではないから」

「じゃあ」

新城は電話を切った。

ソバ屋の亭主に千円札を出し、釣りは要《い》らない、電話代に受取ってくれ、と言う。

新城がダイアルを回すのを横目で睨《にら》んで、都内の局番であったことを知っている亭主は愛想よく新城を送り出した。志木は、東京都と隣接している。

アジトに戻った新城は、濃い付け髭《ひげ》とレイバン・グリーンのシューティング・グラスという、山野組の幹部たちに知られている顔になった。

スポーツ・シャツを付け、ショールダー・ホルスターを左の腋《わき》の下に吊るすと、コルト・パイソン三五七マグナム・リヴォルヴァーを収めた。

ズボンのベルトの腰の脇側には、消音器を付けたベレッタ・ジャガーの口径二十二オートマチックを突っこむ。背広やズボンのポケットには二丁の拳銃《けんじゅう》の弾薬を入れた革サック、それにシュレード・ウオールデンの二枚刃の大型折畳みナイフであるフォールディング・ボウィーなどと共に、二個の米軍用手榴弾《しゅりゅうだん》まで突っこんだ。

タクシーで池袋に出て、別のタクシーに乗り替える。マンモス・ホテルのニュー・オータカの正面玄関にそのタクシーが着いたのは、ソバ屋で黒部に電話してから二時間半ほどのちのことであった。

そのホテルの正面玄関とその奥の大ロビーは二階に位置していた。新城はロビーのフロント

に近づき、クラークに、

「予約を入れてある黒田一郎だが」

と、言った。

「いらっしゃいませ。一〇二五号のお客様でございますね」

クラークは職業的な愛想笑いと共に答えた。

「そう」

「ただ今、案内させます」

クラークはボーイを指で呼んだ。

十階にある一〇二五号室にボーイは新城を案内し、キーでドアを開けた。迎賓館や東宮御所などを囲む森を見下ろす続き部屋になっていた。

お付きの者の控えの間まで付いているインペリアル・ルームではないが、居間兼客間と寝室が分かれている。

3

バス・ルームや衣裳戸棚やエア・コンの調整スウィッチなどの説明をし、ボーイは五百円のチップをもらって引きさがった。

居間のカーテンを閉じた新城は寝室に入り、これもボーイが開いたカーテンを閉じて、ベッドに引っくり返った。タバコに火をつける。

五分もたたないうちに、ドアにノックが聞こえた。起上った新城は、二本目のタバコを灰皿に揉《も》み消し、ベレッタ・ジャガーを抜いた。

居間兼客間に移り、入口のドアの脇に立って、

「誰?」

と、声を掛ける。

「私だ」

黒部の声が聞こえた。

まだ拳銃をベルトに戻さぬまま新城は、壁に身を寄せた位置から左手をのばしてドアのロックを解いた。

ドアを開いて入ってきた黒部は一瞬きょろきょろし、新城を認めると、

「要心深いんだな」

と、苦笑する。

「一人か?」

新城は尋ねた。

「用心棒は廊下のソファで待たせておいた」

黒部はうしろ手にドアを閉じた。

「あんたが、どこかの人質にとられた場合を考えたんだ」

新城はベレッタをベルトに戻した。

「要心深いことに越したことはない。だが、まず坐ろう」

黒部は肥った体を安楽椅子に沈めた。

新城も向かいのソファに腰を降ろした。黒部がくわえた葉巻に火をつけてやる。

黒部はダッチ・マスターズの葉巻をぐちゃぐちゃ嚙《か》みながら二分ほど煙を吐いていたが、

「君を呼んだ理由は分かっているだろう？」

と、言う。

「森山大吉を殺《や》ってくれ……と、いうわけですな？」

新城はニヤリと笑った。

「そういうわけだ」

黒部も笑い、

「殺ってから、奴の生首を桜田の屋敷に放りこんでもらいたい。報酬は五千万だ」

と、言う。

「五千万か……」

「桜田がそれでも東日本会の結成を諦《あきら》めないなら、桜田も殺ってもらう。桜田の警戒は森山よりずっと厳重だから、桜田の時は二億を払う」

「支払い方法は？」

「勿論《もちろん》現ナマだ。引受けてくれたら、仕事にかかる前に二千万、仕事を済ませたら三千万を払う」

「仕事のお膳立《ぜんだ》ては、山野組がやってくれるんでしょうな？」

新城は言った。

「勿論」

黒部は潰《つぶ》れた葉巻の吸い口を噛み切り、ぺっと絨鍛《じゅうたん》の上に吐いた。

「じゃあ、引受けましょう」

新城は言った。

「そいつは有難い。君はいつも頼りになる男だ」

黒部は握手の手をのばした。新城は握り返し、

「そうすると、森山や桜田は、山野組に対抗する東日本会の結成を諦めるどころか、ますます熱を入れているというわけですか？」

と、尋ねた。

「残念ながらな。藪川が殺《や》られて怖気《おじけ》づいたまではこっちにとって都合がいいが、あんまり怖気づいて、一刻も早く東日本会を結成してうちの組織と闘わないことには、関東の極道《ごくどう》組織はたちまち、うちに潰されてしまう、と思いこんでしまった。だから、奴等はあせっているんだ」

黒部は吐きだすように言った。

「なるほど」

「奴等は、東日本会に加わった極道組織に資金援助までしてやろうと言っている。勿論、それに警察の取締りも東日本会にはゆるやかになるだろう、と匂《にお》わせてな」

「…………」

「ともかく、俺たち山野組にとっては、東日本会なんてものが出来たら非常にまずい、君だって困る筈《はず》だ……ところで、前金の二千万だが、どこで払ったらいい？」

「どこだっていいが、今度は俺を尾行《つけ》させないでもらいたいですな」

新城は笑った。

「君を尾行る？　そんな馬鹿な真似は……」

黒部は大袈裟《おおげさ》な驚きの表情で言った。

「まあ、いいでしょう。ところで、俺たちがここで会っていることを桜田たちに知られてない確証はありますか？」

新城は尋ねた。

「確証はない。だけど、大丈夫だ。最近、うちの組織は徹底的なスパイ狩りをやった。スパイ容疑をかけられた連中は、ほかのスパイの名を漏らさぬかぎり殺す、ということにした。その方法はうまくいって、スパイは続々といぶり出された。スパイはみんな死の粛清《しゆくせい》を受けた。勿論、スパイ仲間のことをしゃべった者もな」

黒部は二本目の葉巻をくわえた。吸い口を嚙み切る。

「じゃあ、二千万はここに持ってきてもらいましょうか？　その前金を俺が安全な場所に運んでから三日後にでも、森山を片付けることにしましょう」

新城は言った。

「分かった。今夜二千万をここに届ける。明日から三日後の午後六時頃に、東京港の芝浦岸壁にある栄光郵船の第七倉庫に来てくれ。栄光郵船は山野組の子会社だ。あんたは、そこで待機してもらうことになる」

「その倉庫の大体の位置は？」

新城は尋ねた。

「芝浦の埠頭公園から、ほぼ真っすぐ岸壁のほうに向かえばいい」

黒部は答えた。

「分かった。約束は守る」

「ぜひとも守ってもらいたい。俺の顔を潰すようなことはしないと信じている」

黒部は立上った。

黒部が去ってしばらくして、新城はホテルを出た。電車とタクシーを乗り替えて荒川堤に近い志木のアジトに戻った。

そのアジトに用意してあった目立たぬコロナ二〇〇〇ＳＬに乗って再びアジトを出る。

その車は無論、盗んだものだ。ナンバー・プレートも車検証も偽造品だ。合鍵も作ってある。

その車を雑司ヶ谷の墓地近くに駐《と》め、また電車とタクシーを使ってホテル・ニュー・オータカに戻った。

部屋に入り、シャワーを浴びてから安楽椅子に腰を降ろすと、ちょうど逢魔《おうま》が時であった。新城は軽く食前酒を引っかけたいという誘惑に耐えきれず、電話でルーム・サーヴィスを呼び、

「ビーフィーターのジンとインディアン・トニックを使ったジン・トニックを頼む。ダブルで三杯。それにトニック・ウォーターをあと一本と氷を沢山……」

と注文した。

テーブルの上にチップの五百円札を置いておき、バス・タオルを浴室から持ってきた。タバコを吸いながら待つ。

しばらくしてドアにノックの音がした。新城はベレッタを抜き、バス・タオルで包むようにしてドアを開いた。

飲み物や氷を乗せた大きな盆を持ったルーム・サーヴィスのボーイが入ってきた。刺客の殺気はまったく感じられない。

チップをもらったボーイが引きさがると、新城は窓ぎわに椅子を寄せた。カーテンを細目に開き、またたきはじめた大都会のネオンや車のライトの流れなどを眺めながら、ジン・アンド・トニックを口に運ぶ。

夕食も部屋に運ばせた。松露《トリュフ》入りのフォア・グラのペーストをオードゥブルとし、メイン・ディッシュは一キロのステーキだ。メドックの赤で舌を洗いながら平らげる。

4

黒部が革カバンを提《さ》げた秘書を連れて入ってきたのは、午後九時頃であった。

「待たせたな。数えてみるかね？」

と、革カバンを示す。

「いや、その必要はないでしょう」

「じゃあ……それから、これだけあれば、このホテルの払いに足りるだろう」

黒部は十万円をポケットから出した。

黒部と秘書が再び去ってから、半時間ほどして新城は革カバンを提げてロビーに降りた。フロントにチェック・アウトする旨《むね》を言う。

勘定はインフレ時代ではあっても十万円で釣りがきた。新城はホテルの前に列をなしているタクシーの一台に乗りこみ、まず池袋に行くように命じた。

車が多いので、尾行車は分からなかった。新城は池袋駅のビルを出鱈目《でたらめ》に歩きまわってから、目白駅に電車で行き、そこで降りると、あまりにも近距離なために嫌がるタクシーの運転手に千円のチップを払って雑司ヶ谷の墓地に行かせた。

タクシーを降り、墓地のなかを、コロナを駐めてあるほうに抜けていく。尾行者がいないことが確認できた。

志木のアジトで三日を過ごした新城は、山野組に知られているカローラに乗って芝浦に向かった。首都高速道路を使う。

新城の服装は、ホテル・ニュー・オータカで黒部と会った時と同じものであった。身につけている武器も同じだ。そのほか、フィルスンのクルーザー・コートやズボン、ハンティング・ブーツやM十六カービンなどを車に積みこんでいる。

芝浦ランプで高速道路を降りた新城は、左折を二度くり返して、埠頭公園の前に出た。五時半であった。陽《ひ》が長くなっているので、まだ夕暮という感じでない。公園の前で右折すると、すぐに栄光郵船の倉庫群が見えてきた。みんな三階建てぐらいの高さを持ち、倉庫と倉庫のあいだにトラックが駐まり、その向うに鉄道の引込線や汚れた海が見えていた。

新城のカローラが第七倉庫に近づくと、その鉄扉が開いた。倉庫のなかは薄暗い。

新城と顔見知りの、奥多摩の山野組秘密基地で雑用をやっていた男が、倉庫から出て来た。新城を手招きする。

新城はその男に誘導されて、車ごと倉庫に入った。倉庫のなかは天井がひどく高く、大きな梱包《こんぽう》が積まれ、数台のフォーク・リフト車が見える。

新城が車のエンジンを切ると、倉庫の鉄扉の電動スウィッチを押えていたさっきの男――名前は佐々木だと新城は覚えていた――が、ハイヤーの運転手のように慇懃《いんぎん》な態度でカローラの運転席のドアを開いた。

「いらっしゃい。お元気ですか?」

と、愛想笑いを深める。

「ありがとう、佐々木君」

新城は答えた。

「名前を覚えていてくださったとは光栄です。さあ、お降りください。上が居住区になっています」

佐々木は天井を示した。

車から降りた新城は、荒い仕事に耐えられる服を入れたフィールド・バッグを車から降ろした。

佐々木が、鉄のラセン階段に案内する。その階段を登ると、普通のビルでいうと三階の高さに、廊下をはさんで左右約十室ずつが並んでいるのが見える。

佐々木は、公園側の一番大きな部屋のドアをノックした。

「入ってくれ」

室内から黒部の声が応《こた》えた。

その部屋は、倉庫のなかにあるには似つかわしくないほどの酒落《しやれ》たサロンになっていた。暖炉はただの飾りではなく、寒い時には本当に使えるものだ。一隅には、巨大な冷蔵庫と酒棚がついたバーがある。

分厚いクッションの安楽椅子や寝椅子が十五ほど置かれ、その一つに黒部が腰を降ろしていた。黒部の隣に秘書の姿も見える。

新城をそのサロンに案内した佐々木は、バーのカウンターのうしろで上着を白いメス・ジャケットに替えてバーテン姿になった。

新城は黒部と向かいあった安楽椅子に腰を降ろした。

「約束は守ったでしょう?」

と、言う。

「君が約束を破るなどとは、ちっとも考えてなかった……まあ、くつろいでくれ。今日はまだ仕事をはじめなくともいい……何を飲む?」

黒部は尋ねた。

「ジン・ライム……まだ明るいから、シングルで」

新城は言った。

「私はマンハッタン」

黒部は言った。

「では、私はカンパーリ・ソーダを頂きましょうか」

三十二、三歳のロイド眼鏡を掛けた秘書が言った。

佐々木が鮮やかな身のこなしで三人のカクテルを作った。運んでくる。三人はそれぞれのグラスを手にし、互いに軽く触れ合わせた。

新城が二杯目のグラスの中身を半分ほど飲んだ時、黒部が、

「東日本会は、来月一日に結成会を行なう。会場は九段の殉国会館を借りきるという。江藤首

相をはじめ政界のボスたちや財界の古ダヌキども……それに御用評論家どもが大勢やってきて、オベンチャラを並べるそうだ」

と、吐きだすように言う。

「来月の一日というと、あと三週間とちょっとですな。丸山幹事長もその結成会に出席するんですか？」

新城は尋ねた。

「丸山先生から、うちの組長《おやじ》さんのところに挨拶《あいさつ》があった。儀礼的なものだから、出席を拒んで角《かど》を立てたくないのでよろしく、ということだった。それに、敵状視察という意味もあって出席するそうだ」

黒部は答えた。

「丸山の資金パイプの小野寺も出席するんですか？」

新城は当たってみた。

「小野寺？　まさか……奴はうちの組の顔を潰《つぶ》すような真似はせんよ。だがどうして？」

「丸山が出席するというんで、ちょっと尋《き》いてみただけですよ」

新城は答えた。山野組だけがあまりにも巨大化して自分の手におえなくなるのを怖れている丸山の意を受け、小野寺が東日本会結成のためにひそかに資金援助していることを、山野組はまだ知らないらしい。

「丸山先生が首相の椅子についたら、警察も我々山野組の味方になる。東日本会は我々が手を出さなくても、警察の取締りで壊滅するだろう……だけど、丸山先生が江藤や富田を蹴落《けお》として新しい首相になるまでには、ちょっと間があるしな」

黒部は暢気《のんき》なことを言った。

新城がジン・ライムをダブルにした時、黒部は、

「森山の本宅はあんたも知っての通り、千葉市内にあるが、そこには月に五日ほどしか寄りつかない。東京都内に五軒ある妾宅《しょうたく》を転々としてたんだが、この頃は、うちの組に狙われていると薄々感づきやがったのか、上京してきた時には桜田の屋敷に泊まる。桜田は右翼のボス中のボスだけあって、奴の屋敷の警戒は厳重だからな」

「…………」

「千葉にいる時の最近の森山は、印旛《いんば》郡の四街道と佐倉のあいだに持っている、でっかい牧場に住んでいる。その牧場は、成田の新空港と京葉道路を結ぶ高速道路のインターに近いから、東京に出る時でも、あんまり時間はかからないんだ」

黒部は言った。

「これが牧場の位置です」

黒部の秘書の原田が足許に置いていたアタッシェ・ケースを膝《ひざ》の上に乗せた。ケースを開き千葉県の五万分の一の地図と、印旛郡の一万分の一の地図を取出して新城に渡した。二枚の地図には、森山の牧場の位置がマークされている。

新城はその二枚の地図をしばらく眺めていたが、

「この地図を見ても、牧場はかなり広いようだな」

と、呟《つぶや》く。

「そう。長さ約六キロ、幅約四キロの、ほぼ長方形をしている。かなり起伏がある土地だ。林や小川もあるしな。森山が住んでいる建物は牧場の中心部から北側に寄ったところにあり、厩舎《きゅうしゃ》はその母屋から一キロほど離れた東側にある。森山はその牧場でサラブレッドを百頭ほど育てているんだ。馬だけでなく、五十頭ほどの牛も飼ってるが、それは商売用というより、森山や調教師や馬手たちが牛乳や肉を利用するためだ」

黒部は言った。

「調教師や馬手たちはどこに住んでいる？」

「厩舎や母屋から二キロほど西側にある牛舎の裏に鉄筋のマンション風の建物があってな。そこに住んでいる」

「写真を見ていただいたほうがよく分かるでしょう」

秘書の原田が、アタッシェ・ケースから数十枚の航空写真を取出し、

「これは高空から撮《と》ったもので、牧場の全景です。建物の配置がよく分かるでしょう？」

と、まず一枚を示す。

牧場の全景を見おろした原稿用紙大の航空写真には、建物ごとに、その説明文がマジック・インクで書きこんである。表門や裏門、それに林の主な樹木の種類も書きこんであった。

「表門にも裏門にも、門衛の詰所があります。この写真でも見えますが、あとで拡大写真を見

ていただければはっきり分かるでしょう。でも、門など使わなくとも、柵を簡単に破って侵入することが出来ます。柵は鉄柱と金網ですが、サラブレッドが感電死しないように、電流は通してません。今までの調べでは、電流を通す装置も無いということです」

原田が説明した。

「なるほど。ところで、この牧場で森山を警備している連中は？　この写真を見ただけでも、森山が住んでいる母屋はかなりでっかいようだが」

新城は言った。

「母屋は延べ三百坪もある鉄筋三階建てです。地下室もあります」

原田が言った。

「そうなんだ！」

黒部が口をはさみ、

「森山を襲って仕止めるのは簡単だと私は言ったが、それは、君だから簡単だろう、という意味だ……実はな、森山は壊滅した大東会の残党のなかで腕の立つ連中を十人雇って、その母屋に住まわせているんだ。そのほか、桜田から廻してもらったボディ・ガード二人を、いつも身のまわりにはべらせている」

黒部は言った。

高速弾

1

翌日の昼過ぎ、一台のシヴォレー・カマロSSが、京葉道路から分かれて、成田に向かう高速道路を走っていた。

そのグリーンのカマロのハンドルを握っているのは、ボルサリーノの中折れ帽をかぶり、フォックス型の伊達《だて》眼鏡を光らせ、鼻下にチョビ髭《ひげ》をつけた土建屋風の男であった。派手な背広に身を包んでいる。

その男は、変装した新城であった。

成田に向かう高速道路は、まだ全線が完成してないので空いていた。

新城が乗っているカマロは、山野組が用意してくれたもので、当然のことながら盗難車だ。ナンバー・プレートと車検証は偽造品であった。

新しいアスファルトに反射する陽光が眩《まぶ》しかった。道路のまわりの田畠や丘陵風景は、いたるところ開発の醜い爪跡に犯されている。

八千代のインターで高速道路から降りた新城のカマロは、下市場で左折して成田街道を印旛《いんば》沼や佐倉のほうに向かった。

昔の新城は、よくこのあたりでタシギを射ったものだ。

ジャッと鳴きながら飛びあがるタシギが稲妻形の飛行に移る前にショット・ガンのスナップ・ショットで射ち落とすのが新城の得意であった。

脂《あぶら》が乗ったタシギの付け焼きをオヤジが晩酌の肴《さかな》に相好《そうごう》を崩してかぶりつくのを見ていると、ぬかるタンボやクリークの泥がこびりついたバカ長靴を冷たい水で洗う手間も、新城には苦にならなかったものだ。

だが、酒好きでバクチ好きだったとはいえ好人物であったオヤジはもうこの世にはいない。働き者で優しかったオフクロも、可憐《かれん》だった妹もこの世にいない。

そしていま新城は、父母や妹を死に追いやった連中のうちの一人の森山大吉の死刑を執行するために、森山の別荘である牧場に向かっているのだ。

観光客目当ての売店やドライヴ・インが並ぶ印旛沼にぶつかったあたりで、新城はカマロのパワー・ハンドルを右に切った。

落花生畠のなかの道を四街道の方に向かう。

印旛沼から五、六キロ離れた頃、道の右側の雑木林の奥に、牧場の鉄柱と金網の柵が見えてきた。

東西に約六キロ、南北に約四キロの長方形をした森山の牧場のすぐ近くまで新城はやってきたわけだ。

新城は、陽が落ちるまでの時間を、牧場の偵察に当てることにしている。森山が昨日からこの牧場のなかにある別荘に三人の女と一緒に入って、桜田の屋敷に戻るのは明日の夜の予定になっていることは山野組が調べあげてある。

新城は牧場のまわりにほぼ沿って、二度車を走らせた。牧場は、どこも直接には公道に面していない。

北側の表門と南側の裏門に公道から雑木林のなかを私道が引きこまれ、公道と私道の境いには侵入禁止の立札が置かれてある。

しかし、牧場はかなり起伏に富んだ地形をしているので、公道のところどころからでも、牧場内のいくらかの部分は見えた。

新城は牧場の西側三百メーターほどの雑木林のなかにカマロを突っこんだ。

車を駐《と》めると、助手席のバッグにボルサリーノのソフトや鼻下の付け髭、それにフォックス型のキザな眼鏡を仕舞った。

派手な背広やワイシャツやカルダンのネクタイ、それに短靴なども脱いで仕舞う。コルト・パイソンの三五七マグナム・リヴォルヴァーや消音器を付けたベレッタ・ジャガーの二十二口径自動拳銃《けんじゅう》などは、一時的に助手席に置いておく。

新城は助手席のフロアに置いてあった別のバッグから、グリーンのシャモア・クロースのスポーツ・シャツ、フィルスン・クルーザーのフォレスト・グリーン色のコートとズボン、それにネオ・プレーン底のブローニングのチャッカー・ブーツを取出し、それらを身につけた。

拳銃も身につけてから、濃い付け髭とレイバン・グリーンのシューティング・グラスをつける。頭には、オリーヴ色のキャンヴァスのウェスターン・ハットをかぶるが、そのハットの縁《ブリム》は、左右で大きく反《そ》り返らせてクラウン部にスナップで留めてある。

クルーザー・コートのポケットからタスコ・サファリⅢのルーフ・プリズム式のコンパクトな八倍率の双眼鏡を出した。薄くしなやかな茶色の革手袋も出す。

車から降りた新城は、雑木林のなかを歩いて、牧場の柵に近づいた。

わざわざ地面に穴を掘ってぐらなくても柵は簡単によじ登って越えられることが分かった。飼育しているサラブレッドが傷つかないように、有刺鉄線は使われていないからだ。

柵にほぼ沿って歩いた新城は、一時間ほどのち、双眼鏡に森山大吉の姿をとらえた。

頭が半分ほど禿《は》げあがった短躯《たんく》の森山は、乗馬服に固太りの体を包んで栗毛のサラブレッドにまたがっている。

そのまわりに、これも乗馬服と革の乗馬靴をつけた三人の娘が、おっかなびっくりといった感じで馬にまたがっていた。

娘たちは、みんな整形美人であった。三人とも顔かたちはちがっても、森山が惚《ほ》れている混血歌手の白柳リタにどこか似ている。

その森山と愛人たちの脇《わき》や後方に、これも馬に乗った五人の男たちの姿が見えた。

みんなテキサスかアリゾナのカウ・ボーイに似せた格好をしていた。テン・ガロン・ハットにコットンのバンダーナを首に捲《ま》き、ダンガリーのシャツと皮のチョッキをつけ、ブーツ・カットのジーパンの上からは生皮《ロウハイド》のチャップスをつけているというイキがりようだ。

無論、彼等は鞍《くら》のホーンから投げ縄を吊るし、腰にはガン・ベルトを捲いている。

新城と彼等の距離は四百メーターほど離れていたが、双眼鏡に写る彼等のガン・ベルトの弾薬もホルスターのシングル・アクションのリヴォルヴァーも本物であることは確かなようだ。

彼等は森山のボディ・ガード十二人のうちの五人にちがいない。

森山の女たちがへっぴり腰だから、森山たちはゆっくりとしか乗馬を歩かせてなかった。だから新城は、彼等が丘の蔭に消えるまでに、森山のボディ・ガードたちの顔をよく覚えることが出来た。

陽が落ちてから、新城はシヴォレー・カマロに戻った。

トランク・ルームを開いて、そこに隠してあるM十六自動カービンや弾倉帯などがいじられてないことを確かめる。

それから車内に戻り、うしろのシートに横になり、毛布をかぶって脚を縮めた。ときどき、ジュラルミンのフラスコに入れてきたジュースで喉《のど》を湿らせるが、腹を射たれたときに腹膜炎を併発するのを怖れて、食いものはとらなかった。

午前零時、新城は車から降りて柔軟体操をした。眼鏡は外している。

トランク・ルームを開くと、M十六自動カービンを首から吊り、腰に一本の弾倉帯を捲いた。

二本の弾倉帯を左右の肩から腋《わき》の下にタスキ掛けにする。背中には、十五本の弾倉帯や錨《いかり》形《がた》の大きな釣針を入れたプラスチックの箱や手榴弾《しゅりゅうだん》などを入れたフレーム・パックを背負う。柵の鉄柱と金網に薄い革の手袋をつけた手とチャッカ・ブーツの靴先を掛けて身軽によじ登った。

柵の内側に静かに降りた新城は、まず北側の表門に向けて忍び寄っていった。いま新城がいるあたりは暗いが、表門や門衛の詰所のあたりは強い光を放つ常夜灯で照らされている。

一キロほど東側に歩いた新城は表門の詰所から百メーターほどのところにある灌木《かんぼく》の茂みの蔭に蹲《うずくま》った。

それ以上は、常夜灯の光の範囲に入ってしまうので容易には近づけない。

門の内側に建っている詰所は、鉄筋コンクリート製の四坪ほどのものであった。四角なその建物の四面に防弾ガラス製の窓がついている。

詰所から母屋のほうに、ところどころコンクリート製の電柱に支えられて、電線や電話線が走っている。

新城は双眼鏡を詰所の窓に向けた。

門衛は二人であった。

二人とも若かった。血の気が多いチンピラ・ヤクザの顔をしている。デスクのうしろからときどき立上って窓に顔を寄せて外を見張るとき、カービン銃を手にする。

新城とすれば、M十六自動カービンをブッ放せば二人を片付けることは簡単であった。防弾ガラスは、弱い拳銃弾は防げても、高速ライフル弾は防げない。

だが、M十六を発射したら、その鋭い銃声は母屋にまで届くことであろう。

消音器を付けた二十二口径のベレッタ・ジャガーを使えば、銃声が母屋に聞こえる心配はない。そのかわり、消音器でエネルギーを弱められた二十二口径リム・ファイア弾に防弾ガラスを貫くだけの力は無い。拳銃の銃身は短いから弾速はもともと落ちているし、百メーターの距離を飛ぶあいだにさらに落ちるからなおさらだ。

2

新城は蹲ったまま考えあぐんだ。

そのとき、新城にチャンスが訪れた。

カービンを腰だめにした詰所の二人が、揃《そろ》って外に出てきたのだ。

はじめは自分が発見されたのかとM十六自動カービンを伏せたまま肩付けした新城は、二人の門衛が詰所から二十メーターほど離れたところで、新城に背を向けて立ち小便をはじめたのを見てニヤリとする。

新城はM十六自動カービンを体の横に置き、背中のフレーム・パックをそっと外して体の前に置いた。

消音器付きのベレッタ二十二口径を抜き、撃鉄を起こすと、フレーム・パックの上に銃把《じゆうは》をレストさせた。

両手で銃把を握り、シズクを切っている右側の男の頭のかなり上を狙《ねら》って慎重に引金を絞った。

銃声はごく小さかった。

狙われた男は、高圧電流に触れたように棒立ちになった。

左側の男はまだ小便を流出させながら驚愕《きょうがく》の表情で仲間のほうを振り向こうとした。

そのとき、新城のベレッタから第二弾が放たれた。

その男も直立した。二人の男は、ほとんど同時にカービンを放りだして倒れた。

フレーム・パックを背負い、M十六を首から吊った新城は、ベレッタを右手に握って静かに光の輪のなかに足を踏み入れた。

倒れた二人に近づく。

二人は死の痙攣《けいれん》を続けていた。

二人とも、延髄を射たれている。距離が拳銃にとってはひどく遠かったので、頭の上に狙いをつけたタマが、計算通りにかなりドロップして頭と首の境いの延髄に着弾したのだ。風が無くて、軽い二十二口径弾が横に流されなかったことが幸運であった。

新城は二人の門衛を詰所のなかに運んだ。二人のカービンも運びこむ。

それから、シュレード・ウオールデンの二枚刃の大きなフォールディング・ナイフをクルーザー・コートのポケットから出し、細刃のほうを起こした。

その刃の切っ先を、二人の延髄の銃創に差しこんで抉《えぐ》った。二人は死の痙攣をやめた。生き返る可能性はゼロになった。

ナイフの刃を拭《ぬぐ》って畳んだ新城は、詰所のなかを見廻した。デスクの上と、簡易ベッドの上に電話の受話器がある。

新城は二つの電話のコードを強引に千切った。

詰所を出た新城は、表門から東側一キロほどのところに建つ母屋を直接襲う前に、まず電柱に登って、外部からきている電話線をナイフで切断した。

次いで、大廻りして、母屋の東側一キロほどのところに建つ厩舎《きゆうしや》に忍び寄る。

途中、母屋と表門から西側二キロほどのところに建つ調教師や馬手たちの宿舎とを結ぶ電話線を切断する。

母屋は鉄筋三階建ての堂々たるものであった。三階の窓の隙間《すきま》から灯が漏れている。

新城は母屋と厩舎を結ぶ電話線も切断した。

厩舎は百頭のサラブレッドを収容できるだけあって、屋上に給水塔がついた平屋のコンクリート造りだが、ひどく広い。内部《なか》には幾つもの通路があるらしく、樫《かし》の扉が多かった。

窓も多いが、厩舎のことであるから、カーテンやブラインドがついている窓はほとんどない。

新城は、一つ一つの窓から厩舎のなかを覗《のぞ》きこんでいった。

厩舎のなかは、馬たちに安心感を与えるように、淡く薄暗い間接照明がつけられている。一頭ずつ横とうしろが仕切られ、通路に面した前側は一メーターほどの高さの横木《ビーム》だけにさえぎられたサラブレッドたちは、敷藁《しきわら》の上で、思い思いの格好で眠っていた。

立ったまま眠っているのもいるし、横になっているのもいる。なかには、人間のように仰向けになって眠っているサラブレッドもいて新城を苦笑させた。

厩舎の宿直の馬手たちは、飼料置き場の横の小部屋のコンクリートの床に藁を積み、ジーンズの上下を着たまま眠っていた。二人だ。まだ二十歳前だ。

新城は宿直の連中の小部屋に近い樫のドアのノブを試してみた。

厩舎のなかに侵入した新城は、眠りこけている二人の宿直の馬手に忍び寄った。横になっていても馬たちを見張ることが出来るように、その小部屋と通路のあいだには、壁もドアもついてない。

新城は二人の宿直の頭を、壁に掛かっていたシャベルの腹で強打して意識を失わせた。

サラブレッドのうちで神経質らしい数頭が目を覚まして騒ぎだした。その騒ぎが、厩舎じゅうにひろがっていく。

新城は七つほどある通路に面した南側と北側の扉をすべて開け放した。馬たちは、暴れまわっているが、膝《ひざ》を曲げて歩くようには作られていないから、横木《ビーム》をくぐり抜けることが出来ない。また、助走距離が足りないので、横木を跳び越えることも出来ない。

鼻息荒く暴れる馬たちに蹴《け》とばされた羽目板が割れそうになった。

新城は背中のフレーム・パックを降ろし、そのなかから、錨形の大きな釣針を入れたプラスチックの大箱を取りだした。

フレーム・パックを再びかつぎ、プラスチックの箱から大きな釣針を一つ一つ取りだしては、一頭ずつの首や背中や腹に投げつけながら通路を走る。

釣針はサラブレッドたちにくいこんだ。

苦痛と恐怖で、サラブレッドたちは狂乱の度を加えた。羽目板が割れはじめる。

新城は宿直部屋に戻ると、先端にフックがついた長い棒を取りあげた。天井板がない梁桁《はりげた》の上によじ登った。

梁桁の上を走りながら、フックがついた棒で、横木を一つ一つ外していく。

自由になった馬たちは、通路を駆け抜け、厩舎から次々と跳び出して暴走をはじめた。地面に転がって体に突き刺さったギャング鉤《ばり》を落とそうとする。

だが、そうやると、釣針はますます深く肉にくいこむ。悲鳴をあげながらサラブレッドたちは走り狂った。

新城は、サラブレッドの暴走に捲きこまれそうになったら、よじ登って逃れる積りで、北側の柵に沿って母屋のほうに走った。

新城が母屋に三百メーターほどに近づいたとき、母屋では馬たちの暴走に気づいたらしい。

母屋のすべての窓々のカーテンやブラインドは開かれ、そこから光があふれ出る。興奮した声に続いてガラス窓も開かれた。

走っていた新城は、身を伏せた。

左手でM十六自動カービンを持ち、這《は》いながら、母屋の東側百メーターほどのところに建つ広いガレージに近づく。

母屋からは叫び声が聞こえるだけで、まだ誰も出てこない。新城は土地の起伏や雑草や灌木《かんぼく》の茂みなどを利用して這い続けた。

肘《ひじ》が少々痛み、首が少々くたびれてきた頃、新城はガレージにたどり着いた。

そのガレージは、コンクリートの柱と梁に石綿の屋根を乗せたものだから、壁は無い。なかには、七、八台の乗用車がおさまっていた。

新城は車と車のあいだに立膝をついた。様子をうかがう。

そのとき、南側のほうの闇《やみ》のなかから、暴走する百頭近いサラブレッドのヒヅメの響きが、大地を揺るがしながら母屋のほうに近づいてきた。

その時になって、母屋からやっと、十五、六人の男たちが跳びだした。空に向けて、カービンや拳銃を乱射し、暴走してくる馬群の向きを変えようとする。

それが新城の待っていたチャンスであった。立上った新城は、M十六自動カービンのセレクターをフル・オートにして射ちまくった。

怒濤《どとう》のようなフル・オート射撃の続けざまの反動に耐えるために大きく両足を開き、前かがみに体重を掛けている。

特製三十連の弾倉はたちまち空になった。新城は空薬莢《からやつきよう》がまだ空中にあるうちに、空になった弾倉を抜き捨て、弾倉ベルトから抜いた予備弾倉のうちの一本を装塡《そうてん》し、速射を再開する。

森山のボディ・ガードたちは、次々に射ち倒された。

彼等のうちでショックから立直って射ち返してくる者もいたが、泡をくっているので、大きく新城を外れる。せいぜいが、新城が楯《たて》にしている自動車に当たる程度だ。

新城が四本目の弾倉をM十六自動カービンの弾倉室に叩《たた》きこんだとき、母屋から跳びだしていた男たちで死体や重傷者とならなかった者はいなくなった。

右手を背中の上に廻した新城は、フレーム・パックに入っていた予備の弾倉帯を取りだした。

その弾倉帯から三本の弾倉を抜いて、腰に捲いている弾倉帯の空になったポウチに差しこむ。

コンクリートの床に捨ててあった空の弾倉三本は、さっきパックから出した弾倉帯と一緒に、フレーム・パックのなかに仕舞った。

3

轟《とどろ》いた銃声によって、暴走するサラブレッドの群れは向きを変えていた。

新城はM十六自動ライフルを腰だめにして、倒れている男たちに走り寄った。

腹を射たれてのたうっているボディ・ガードの一人の襟《えり》を摑《つか》んで、ガレージに引きずっていく。

ガレージまであと二十メーターほどのところに来たとき、母屋の三階の窓から銃火が閃《ひらめ》いた。

銃弾が新城をかすめた。

新城は引きずっていた男を放りだすと、銃声がした窓に向けてM十六自動カービンから十二、三発を射ちこんだ。

銃弾が肉体を貫く反響と絶叫が聞こえた。新城は再びボディ・ガードの体を引きずってガレージの車のあいだに戻った。

引きずられながら悲鳴を漏らし続けていたボディ・ガードは、コンクリートの床に放りだされると、

「助けてくれ！　助けてくれるなら何でもする」

と、哀願した。

「貴様、大東会の残党なのか？」

新城は尋ねた。

「貴様は……山野組に傭《やと》われたという殺し屋だな？」

「尋ねているのは俺のほうだ。貴様の名前は？」

「吉村だ……助けてくれ」

「よし、吉村。母屋のなかに残っているのは誰と誰だ？」

新城は尋ねた。

「森山先生と三人の女と、先生が女を可愛がるときでも先生のそばから離れないように命令されているボディ・ガードが二人だ」

苦しさに痙攣《けいれん》しながら吉村は答えた。

「その二人は、桜田から森山が廻してもらったという連中なのか？」

「どうしてそのことを知っている……頼む、助けてくれ……助けてくれたら、森山先生の寝室にたどり着くまでに仕掛けられている罠《わな》のことを教える」

吉村は喘《あえ》いだ。

「助けてやるとも。俺がここを出るとき、車に乗せて救急病院まで運んでやる。だから、その罠というのを教えてくれ」

新城は、重傷の熱のために唇の皮が剝《は》がれはじめた吉村に言った。

「約束してくれるか？」

吉村は苦痛と熱で朦朧《もうろう》となった目を新城に向けた。

「ああ、きっと楽にさせてやると約束する」

新城は真剣な表情で言った。

「先生の寝室は三階だ。三階の突き当たりの広い部屋だ……苦しい……水をくれ」

吉村は弱々しい声で言った。

新城はフレーム・パックのサイド・ポケットから、ジュラルミン製の水筒を出した。栓を開き、

「ちょっとずつ飲むんだぜ。そうでないと、かえって苦しくなる」

と、吉村の唇に水筒を近づけた。

水筒を摑《つか》もうとする吉村の血まみれの手から水筒を遠ざけ、ちょっとずつ吉村の口のなかに

水を垂らしてやった。

コップ一杯分ぐらい飲ませてやったところで新城は、

「さあ、これでしゃべりやすくなっただろう？　罠というのは何のことだ？」

と、尋ねた。

「階段を通って三階に登ると、先生の寝室に行くまでには、長い廊下を歩く必要があるんだ……水、水をもっと……」

「しゃべり終わったら、たっぷり飲ませてやる」

「廊下の天井には、色んな彫刻がしてあるが、そこに単発式の散弾銃の銃口が幾つも隠されてるんだ。テレビ・カメラもある。侵入者がいたら、寝室のモニター・テレビに写るんだ。寝室で発射ボタンを押すと、天井じゅうから大粒の散弾のバック・ショットが射ち出されるんだ……廊下の床に向けて……侵入者はグシャグシャになる……水、水……」

吉村は呻《うめ》いた。

「エレヴェーターは無いんだな？」

「もしあったところで、廊下に出たら蜂《はち》の巣になる。五十センチ四方に一丁の割りで天井裏に散弾銃が仕掛けられているんだから……一発のバック・ショットは九粒だ。ネズミだって逃げられないだろう」

「天井裏に登るにはどうしたらいい？」

また少し水をやってから新城は尋ねた。

「………」

「電気の配線などの都合で、どの部屋からも天井裏に登ることができると思うが」

新城は言った。

「それは出来る……だけど、廊下の天井裏と先生の寝室の天井裏は太いT字形に分厚いコンクリート壁で囲まれていて、ほかの部屋から天井裏に登っても、コンクリートの囲いのなかに入れないんだ」

「三階の天井に仕掛けられた散弾銃は、階段を登ったすぐのところからはじまってるのか？」

新城は尋ねた。

「階段を登って三階の廊下に立ってから、二メーターのところからはじまっている」

「本当か？」

「嘘《うそ》じゃねえ……俺は嘘をつかなかった。だから、あんたも約束を守ってくれ」

「いいとも……ところで、調教師や馬手たちが住んでいる建物に、警備の連中は泊まってるのか？」

「いや……先生の命を守るのがボディ・ガードの役目だから……頼む、水をくれ」

吉村の口は、唇の皮が剝《む》けて血まみれになっていた。

「よし、好きなだけ飲め」

新城は吉村に水筒を渡した。

血が乾いた両手で水筒を受けとった吉村は、水筒からあふれさせながら喉《のど》を鳴らしてガブ飲みした。

水筒が空になったところで、吉村は大きく痙攣をはじめた。ショック症状が出たのだ。新城はナイフで吉村の延髄を抉《えぐ》って、約束通りに楽にさせてやった。

ナイフを折り畳んでポケットに仕舞い、母屋の三階を睨《にら》みつける。

さっき三階の一人をやっつけたから、母屋の森山の寝室に残っているボディ・ガードは一人だけの筈だ。

どうやって天井から射ち出される散弾の攻撃をかわそうかと新城は考えこんだ。

そのとき、まだ暴走を続けているサラブレッドの大群が、再びこちらのほうに土地を揺るがして接近してくる音が聞こえた。

新城は吉村の死体をガレージの外に引きずっていき、自分はガレージに戻ると、キャディラックのなかに閉じこもった。

二分後、歯を剝《む》きだした口から泡を噴きながら暴走するサラブレッドの群れが母屋の窓からあふれる光のなかに入ってきた。暴走の途中で多くの落伍者が出たらしく、五十頭ぐらいにへっている。

サラブレッドの群れは、母屋とガレージのあいだを土煙をあげて駆け抜けた。

しかし、一頭が吉村の死体につまずいて横転した。馬という動物は非常に恐怖心が強いから、そのサラブレッドは、しばらくのあいだショックで動けないでいる。

しかし、ショックから立直ると、もがきながら立上った。

新城はそのとき、安全装置を掛けたM十六自動カービンを首から吊ってガレージから走り出ていた。

骨折した様子もなく立上ったサラブレッドに跳び乗り、両手でタテガミを摑んだ。

仰天したそのサラブレッドは、新城を振り落とそうと、暴れまわった。だが新城は、両肘《ひじ》と両足で強くサラブレッドの腹を締めて抵抗する。

馬群のほうは、その間に北側の柵のほうに遠ざかり、柵にぶつかったり向きを変えたりしていた。

新城にしがみつかれたサラブレッドは、新城を振り落とすのを諦《あきら》めて、群れに戻ろうと走りはじめた。

新城はその馬の耳を強く引っぱって走る向きを変えさせた。母屋の玄関に馬を走らせる。

さっき男たちが跳び出してきたとき玄関の大きなドアは開けっ放しにしてあった。玄関ホールは明るい。

耳をねじりあげられた苦痛に半ば盲目となったサラブレッドは、死体を蹴ちらしながら母屋の玄関に突進した。

玄関ホールに跳びこむ。

咄嗟《とっさ》に階段の位置を見つけた新城は、その方向に馬を誘導した。馬は階段を駆け登る。

新城は二階の踊り場に登った馬から跳び降りた。額を蹴り割られないように転がりながら、コルト・パイソンの三五七マグナム拳銃を馬の足許に抜き射ちした。

物凄《ものすご》い銃声に発狂したようになったサラブレッドは、飛ぶように三階に駆け登った。三階の廊下を走る。

新城が計算した通りに、三階の廊下に散弾銃の銃声が次々に響き渡った。少なくとも五十発が響きわたり、サラブレッドの倒れる音と断末魔の痙攣で壁を蹴る音が聞こえる。

4

落馬のせいで腰が痛んだが、新城は素早く立上った。撃鉄安全を掛けたコルト・パイソンをショールダー・ホルスターに仕舞い、首に吊っていたM十六自動カービンを両手に持った。

弾倉帯の十個のポウチのフラップを開き、差しこんである三十連弾倉が素早く抜けるようにする。

それから新城は、目を保護するためにイエローのレンズのレイバンのシューティング・グラスを掛け、三階に向けて足音を殺して登っていく。

三階の床に頭と銃だけ突きだした新城は、廊下の天井のところどころから無煙火薬の薄い煙が流れているのを見た。

数百粒の直径八・六ミリの丸いバック・ショットをくらったサラブレッドは、鼻や耳や肛門《こうもん》からもおびただしい血を流し、突き当たりの寝室のドアから二メーターほどのところで息絶えていた。

新城は突き当たりのドアに向けて、M十六自動カービンの弾倉に残っていた十数発を射ちこんだ。

秒速千メーターを越える高速弾は、スチールのドアを貫いた。

廊下の天井で階段の登り口に一番近いところに隠されていた散弾銃の銃口が数個、火を噴いた。

廊下の床のコンクリートに当たって斜めにはね返ったバック・ショットが数個、新城の頭の上をかすめた。

新城はM十六の空になった弾倉をポウチから出した弾倉と取替えた。

再び階段の上に銃を突きだす。

さっきから、天井の彫刻が発射時に砕かれたり、発射炎が漏れてきていたりするせいで、天井裏に据えられた散弾銃の大体の間隔は分かっていたが、今の発射で、さらに間隔がよく分かった。

新城は、階段の登り口に近い天井にまだ未発射の散弾銃が残っていると思われる位置にM十六から五発ぐらいずつ射ちこんでいった。

天井の彫刻を砕いたM十六の〇・二二三口径高速弾が、隠されている散弾銃の銃身を破壊していく金属音が聞こえる。

階段の登り口から一番近い部屋のドアまでの距離は五メーターほどであった。新城は安全性を見込んで、階段の登り口から七メーターほどまでの天井に残っている未発射の散弾銃をM十六の銃弾で破壊していく。

なかには、破壊されるショックで暴発する散弾銃もあった。そんな時には、銃口近くの銃身が大きく変形しているので、バック・ショットは床に向けて飛び出さず、天井自体に大穴をあける。

腰に捲《ま》いていた弾倉帯をフレーム・パックから出した予備の弾倉帯のうちの一本と替えた新城は、三階の床に登った。

廊下の突き当たりのドアに向かって突進するフェイントを掛ける。五、六歩走ったところで、恐怖の限界に来たらしい森山たちは、天井に残っている散弾銃をリモ・コンで無茶苦茶に発射させた。

新城の頭上に近い散弾銃は、すべて銃身を破壊されているので、天井に大穴をあけるだけだ。階段から七メーター以上奥に残っている散弾銃は、床にバック・ショットを吐き散らすが跳弾は新城に当たらなかった。

走り続けた新城は、一番近い部屋のドアを開いてそのなかに跳びこんだ。その部屋も明るく照明されている。窓も開いていた。

窓から窓へと伝って隣の部屋に移ろうと計算していた新城であったが、隣の部屋との境いの壁にドアがついているのを見てニヤリと笑った。

こいつは手間がはぶける……と、新城は、そのドアのノブを試してみた。鍵《かぎ》が掛かっているので、M十六自動カービンの銃弾で錠を破壊する。

隣の部屋と、その次の部屋との境いにも、また次の部屋との境いにもドアがついていた。各部屋にいるボディ・ガードたちが、侵入者があった場合に、天井からバック・ショットが発射される廊下を通らずに一部屋に集まることが出来るように、そのような設計になっているのであろう。

新城は、森山の寝室の壁の前にたどり着いた。そこにはドアは無い。

だが、M十六の〇・二二三口径高速弾にとって、コンクリート・ブロックを破壊するのは得意の性能だ。

寝室の壁から離れた新城は、腰だめにしたM十六を連射した。

一弾倉を射ち尽したとき、直径五十センチほどの大穴が分厚いコンクリートの壁にあき、ひん曲がった鉄骨が剝きだしになった。

砕け散った、コンクリートの破片が新城にまで届いたが、カリクローム・イエローのシャッター・プルーフのシューティング・グラスを掛けている新城は、目を痛める心配をする必要は無かった。

三弾倉目を射ち尽した時には、壁にあいた穴は直径一メーター半ぐらいになった。銃身は熱くなる。

新城は四弾倉目をセミ・オートにし、剝きだしになった鉄骨を狙い射ちした。

すでにひん曲がったり折れかかっていた鉄骨は、高速弾をくらって焼け切れていく。

新城は、五弾倉目をM十六に装塡《そうてん》して一と息入れた。もう壁の穴は、自由に人間が出入り出来る状態になっている。

森山の寝室の電灯は消えていた。

寝室のなかからは物音はしない。だが、廊下の天井裏から漏れる女の悲鳴がかすかに聞こえてくる。

森山たちは、廊下の天井裏に逃れているのであろう。新城はパック・フレームの水筒を入れていたのと反対側のサイド・ポケットから、殺傷用の破片型手榴弾を二個と、焼夷《しようい》手榴弾を三個取りだした。

壁の大穴の横に立った新城は、まず破片型手榴弾を一個右手で持つ。安全レヴァーを手榴弾本体と共に握りしめ、リングがついた安全ピンを左手で抜いた。

安全レヴァーから親指を放す。

安全レヴァーははじけ飛び、そのとき手榴弾の撃鉄は火管を強打した。点火した火管は、手榴弾のなかを貫いている導火信管に火を移した。

その手榴弾は無音無煙型のものであった。導火信管のなかの火薬が燃える時に、シューシューという音も煙も発しない。

新城は三秒間待った。

導火信管を伝わった火が、その先の雷管を爆発させ、その爆発が手榴弾本体のなかに詰められているTNT爆薬を一挙に爆発させるまでに四秒から五秒かかるのだ。

三つ数えてから新城は、左手の手榴弾を、壁の大穴の向う側にアンダー・スローで投げこんだ。

自分は素早く横にさがる。

一秒半ぐらいたってから森山の寝室で大爆発が起こった。

建物が揺らぐ。壁の大穴から閃光《せんこう》と手榴弾の破片と爆風が吹き出し、穴のまわりはさらに大きく崩れる。

少し待ってから新城は、焼夷手榴弾を放りこんだ。

そいつは信管の延遅時間が二秒と短いので、安全ピンを抜くと同時に投げこむ。安全レヴァーは空中で吹っ飛んだ。

寝室のなかで焼夷手榴弾が炸裂《さくれつ》すると、寝室は炎に包まれた。飛散した焼夷薬テルミットが凄《すさ》まじい高熱を発しながら燃える。

「出てこい、森山！　そうでないと、貴様は蒸し焼きになるんだ」

炎の音のなかで新城は声をかぎりに叫んだ。

「助けてくれ！　抵抗はしない。だけど、降りたら焼けて死んでしまう」

聞き覚えがある森山の声が廊下の天井裏から聞こえた。恐怖に顫《ふる》える声だ。

「俺はまだまだ何十発も手榴弾を持ってるんだ。寝室の炎が少しおさまったら降りてこい。そうでないと、天井裏に手榴弾を放りあげる」

新城は叫んだ。

女たちが甲高い悲鳴をあげた。森山も泣き声をたてる。

酸化鉄とアルミ粉末の混合で、点火すると、鋼の溶接に使えるほど高熱を発するテルミットは燃え尽きたが、その熱で、寝室の床や家具などが燃えはじめた。

「早く降りるんだ。部屋が火事になってきたぜ」

新城は叫んだ。

「う、動けない……」

森山は泣き叫んだ。

「ボディ・ガードにかつぎ降ろしてもらえ」

新城は命じた。

そのとき、別の声が森山の近くから聞こえた。ときどき咳きこみながら、

「頼む、俺の言うことを聞いてくれ。俺たちの負けだ。俺の相棒もやられた。生き残ったのは俺と森山と森山の女たちだけだ。俺は桜田先生の命令で森山を護《まも》っているだけで、森山には何の恩義もない。俺を助けてくれると約束してくれるなら、森山をあんたに引渡す！」

と、叫ぶ。

「裏切者！」

森山がわめいた。

「どうなんだ？」

ボディ・ガードは叫んだ。

「分かった。森山を降ろして、こっちに連れてこい。あんたの命は助ける。俺の目的は森山だ

けだからな」

新城は叫び返した。

「約束だぞ」

と叫ぶボディ・ガードの声と共に、争う音が廊下の天井裏で聞こえた。

すぐにそれは鎮まり、ボディ・ガードの声が、

「いま、森山をかついで降りる。俺を射つなよ！」

と、叫んだ。

やがて、火災を起こしている寝室に気絶したらしい森山をかついでボディ・ガードが降りてくる音がした。

咳きこんだり炎に炙《あぶ》られて悲鳴をあげたりしながら、ボディ・ガードが壁の大穴に走り寄るのが新城に見えた。

髪も眉《まゆ》も焦《こ》げたそのボディ・ガードは、悲鳴をあげ続けながら、ぐったりした森山をかついで壁の大穴から跳びだしてきた。

新城は足払いをかけた。

森山を投げ飛ばしてボディ・ガードは突んのめり、床に顔面を激しくぶち当てる。

新城はそのボディ・ガードの右脚と右の腕をM十六で射ち砕いた。床に放りだされたショックで意識を取戻した森山に、M十六の銃口を向ける。森山は、残った髪は燃え、眉も無くなっていた。瞼《まぶた》が火傷《やけど》で腫《は》れあがっている。

生首

1

新城は、火傷《やけど》を負った上に意識が朦朧《もうろう》としている森山からM十六自動カービンの銃口を外し、床に残っていた手榴弾《しゅりゅうだん》三個を、背負っているフレーム・パックのサイド・ポケットに仕舞った。

右脚と右肘《みぎひじ》を射たれてのたうっているボディ・ガードの頭を鋭く蹴《け》って気絶させる。そのボディ・ガードと森山を、火事の熱気がまだそれほど強くない別室に引きずっていった。

焼夷《しょうい》型手榴弾を放りこまれて火の海になっている森山の寝室から吹き抜けになっている天井裏では、森山の女たちが焼き殺される際の悲惨な絶叫をあげていた。

新城は階段に近い部屋に森山とボディ・ガードを引きずりこむと、自分のズボンの尻《しり》ポケットからプラスチックのフラスコを取出した。

そこに入っているウオツカを、森山の火傷で腫《は》れあがった口のなかに無理やりに注ぎこむ。

ウオツカにむせた森山は、意識がはっきりしてきたようだ。

「俺が誰だか分かるか？」

新城は、瞼《まぶた》が火傷で腫れあがって真っ赤に充血した目が裂け目のようになった森山を見つめながら尋ねた。

「知らん……だが大体の見当はつく……藪川をなぶり殺しにしたのも貴様……あんただろう？……頼む、何でも言うことを聞く。だから、これ以上痛めつけないでくれ……金なら差しあげる。儂《わし》が持っている何百億という財産を提供する……だから、何とか……」

森山は哀願した。

「貴様の約束なんて当てになるものか。もっとも、いま貴様がここに現ナマを持っていると言うなら、遠慮なく頂戴《ちょうだい》するが……」

新城は不敵に笑った。

「現ナマは無い。だけど、銀行の貸金庫に、あんたが一生贅沢《ぜいたく》に遊び暮しても使いきれぬほどのスウィス・フランを仕舞っている」

「ここに置いてない金《かね》は、今の俺には何の役にもたたん……それよりも、貴様は、自分が大東会の顧問だということを認めるな？」

「顧問だった……大東会は、貴様……あんたに会長の朴を殺《や》られてから、壊滅同然だ」

森山は呻《うめ》いた。

「じゃあ、貴様は、大東会が崩壊したあと、関東のヤクザ組織を一本にまとめあげて東日本会という大組織を結成させるために動き廻ったことを認めるな？　東日本会は来月結成会を行なうそうだが、貴様は東日本会の名誉副会長になる。桜田が名誉会長だ」

新城は言った。

「山野組のような暴力集団に全国を制覇《せいは》されるのを防ぐためには仕方ないんだ」

「ほう？　東日本会は暴力否定の平和団体か？　たまげたな」

新城は唇を歪《ゆが》めた。

「頼む、儂はもう、天下国家のために働いてるなんて大嘘《うそ》はつかん……ただ、ただ、あんたに命乞いをするだけだ」

「次期首相の椅子《いす》が目の前にある丸山幹事長と持ちつ持たれつの関係にある小野寺武夫も東日本会の結成に一枚嚙《か》んでいる。それどころか、結成のために莫大《ばくだい》な金を提供しているというのは本当か？」

新城は尋ねた。

「だ、誰からそんな話を聞いた？」

森山は喘《あえ》いだ。

「藪川だ」

「や、やっぱり、藪川を殺ったのはあんたか。儂も、しゃべらせてから片付けようという気だな？」

森山は全身に電気マッサージを掛けられたように震えはじめた。

「貴様を殺すか生かしておいてやるかは、貴様の返事次第だ」

新城は冷たく言った。

「藪川が言った通りだ。小野寺は、表面では山野組をバック・アップしているが……」

「丸山は将来首相になったときには、山野組との密約をホゴにして、警察を使って山野組を押えつける、というのも本当だな？」

「…………」

森山は激しく震えながら頷《うなず》いた。

「ところで、貴様はまだ、俺の正体を知らないのか？」

新城は尋ねた。

「復讐《ふくしゆう》の鬼だとは聞いている。だけど、どうして儂が復讐されるのか、まったく見当がつかん……教えてくれ……儂に悪いところがあったら、全財産を投げだしてでも謝る」

森山は泣き声を漏らした。

新城は言った。

「貴様の財産よりも、俺が欲しいのは貴様の命だ」

「……！」

森山は、文字通りに、ヒーッ……という悲鳴を漏らして、放尿と脱糞《だつぷん》を同時に行なった。

「だがな……」

新城はニヤリと笑い、

「貴様は、この頃、上京した時は、桜田の屋敷によく泊まるそうじゃないか。あそこなら安全ということでな。したがって、貴様は、あの屋敷の警備状況をよく知ってる筈《はず》だ。どうなんだ？」

と言った。

「確かに儂はこの頃、上京した時には桜田君の屋敷によく泊まらせてもらっていた。ホテルや儂の別宅に泊まったのでは、あんたや山野組に襲われる危険性があるから……だけど、あそこの警備状況について、くわしいことは知らないんだ。その男ならよく知っている。そいつは桜田君から廻してもらった男だから」

森山は、気絶して倒れているボディ・ガードを示した。

「だから俺は奴を生かしているんだ。貴様がしゃべることと、奴がしゃべることに違いはないかと照らしあわせるためにな」

新城は言った。

「畜生……悪魔のように頭が働く……」

「俺が悪魔なら、貴様は何だ？　さあ、しゃべってもらおう。そうでないと、貴様はオカマになるぜ」

新城はシュレード・ウオールデンのフォールディング・ボウィーをポケットから出し、主刃を起こした。そいつで、失禁で濡《ぬ》れた森山のズボンの前を切裂いた。

「やめろ！　しゃべる」

縮みあがったものを両手で隠しながら森山はわめいた。

「じゃあ、ぐずぐずするな。そのうち、この母屋はみんな火に包まれるぜ」

新城は言った。

「桜田の屋敷が杉並の善福寺にあることを知っているだろう?」

「ああ、俺も外からだけ観察させてもらった。善福寺池の上手《かみて》の道路から、練馬区の関町の境いまでの半分以上を占めている。俺は都内の屋敷で、塀に銃眼や望楼があんなについているところは、はじめてお目にかかったぜ」

新城は鼻で笑った。

「塀の高さは五メーターある。銃眼のうしろ、つまり庭側には、カービン銃を持った見張りの小屋がついてるんだ、ちょうど、樹上住居のように……銃眼は三十メーターごとにあるし、塀の四つ角にそれぞれついた望楼には、双眼鏡と機関銃を持った見張りが一日三交代で四人ずつ頑張っている」

森山が言った。

「なるほど……ところで、庭のなかにも、見張りの詰所があるのか?」

「そんな感じだ。だけど、儂はそこまでは知らん。そいつに尋《き》いてくれ」

森山は、気絶しているボディ・ガードを再び示した。

「桜田の屋敷を護っているのは何人だと聞いた?」

新城は尋ねた。

「百五十人以上だと桜田は言っていた。だから、泊まったときは安心して眠ってくれと……」

「そのほかに、桜田はなんと言っていた？」

「母屋からは、色んな秘密のトンネルで屋敷の外に通じているそうだ」

「じゃあ、その秘密のトンネルの屋敷の外の出入口から誰かが襲ってきたら、桜田はお手上げじゃないか。どんなに銃眼や望楼を作ったところで？」

「いや、内側から開けば何ともないが、外側から開いたら、トンネルはたちまち崩れて、忍びこんだ者は生埋めになる仕掛けになっていると桜田君は言っていた」

「さすがに奴は要心深いな。だけど、貴様だって廊下の天井にあんな仕掛けをしてたのに、俺はこの通りに突破した。完璧《かんぺき》な防禦《ぼうぎょ》装置なんてありえないんだ」

新城はふてぶてしく笑った。

「桜田君を襲う気か？」

「まだ決めてない。その前に貴様の生首を桜田の屋敷に投げこむことになっているのさ。奴の肝《きも》っ玉《たま》を冷やしてやるためにな」

新城は笑いを物凄《ものすご》いものに変えた。

「わ、儂の生首を！」

森山の両眼は眼窠《がんか》からとびだしそうになった。

「その通りだ」

「助けてくれ！　死にたくない！」

森山は新城の脚にすがりつこうとした。

2

「よせよ、みっともない」

新城は森山の手を蹴とばして指を折った。

「死にたくない……儂《わし》が死んだら、儂の財産はどうなる……全財産をやるから、助けてくれ！」

森山は嘔吐しながら呻《うめ》いた。

「貴様には、俺が誰なのか、まだ教えてなかったな。貴様が名前まで知るわけはないが、俺は新城健二の息子だ」

瞳に暗い怒りの炎を燃えたたせながら新城は言った。

「し、新城？　知らん、儂には何のことだか見当がつかん」

「政界と財界の汚れたパイプ役である貴様も、九鉄の君津進出に手を貸した。漁場も土地も奪われた俺のオヤジは、オフクロと妹を捲《ま》きぞえにして猟銃自殺した」

新城は吐きだすように言った。

「そ、そんなことを理由に儂を殺すのか？」

森山は悲鳴と共にわめいた。

「儂は、そんな自殺事件があったことも知らなかった。あんたは偏執狂だ。復讐《ふくしゅう》のために復讐を重ねる気狂いだ！」

「そうだ」

森山は喘《あえ》いだ。

「何とでも言え。俺はこうやらないと、俺の気が済まないんだ」

新城はナイフを森山の喉《のど》に当てた。

絶叫をあげた森山が夢中でナイフの刃を摑《つか》む。

新城がナイフを強く引くと、森山の指は切断された。新城は、左耳の下から右耳の下にかけて森山の喉を深く掻《か》き切った。

パックリと開いた喉の切口から血と気泡を噴きだしながら、森山はのたうちまわって苦しんだ。

森山が意識を失うまでに三分ぐらいかかった。その間に新城を呪《のろ》う言葉を口にしようともがいたが、頸《けい》動脈や気管だけでなく、声帯も切断されているので声にならない。

森山が上半身の血をほとんど失うと、新城は森山の頸椎《けいつい》のあいだの軟骨板にナイフをくいこませた。

森山の頭を両手に持ち、左に大きく振っておいてから、急激に右に捩《ねじ》る。快音をたてて森山の首の骨は折れた。

森山の生首を切断した新城は、その部屋にあったベッドのシーツで包んだ。血に染まったそのシーツを一度ベッドに置く。

気絶しているボディ・ガードを素っ裸にさせた。口径〇・二二三の高速弾で射ち砕かれた右脚と右肘の傷が無惨だ。

新城はそれらの傷口の上を別のシーツを裂いて作った止血帯で縛り、その背中に森山の生首を包んだシーツを縛りつけた。

服を脱がせるときに調べた運転免許証から、その男の名前が白木と分かっている。

新城は自分の肩にM十六自動カービンを吊ると、白木を右肩にかつぎあげた。右手に撃鉄を起こしたコルト・パイソンの三五七マグナム・リヴォルヴァーを握り、その部屋から出ると、階段を駆け降りる。

銃弾はどこからも襲ってこなかった。

一階まで降りた新城は、白木をかついだまま外に跳びだした。母屋の東側に建つ東屋《あずまや》風のガレージに向けてジグザグを描いて走った。

ガレージのなかの七、八台の車のうち、西側の三台は被弾してなかった。

新城はそのなかの、ステアリング・ロックがついてない旧型コロナのドアを開いた。白木を助手席に乗せ、エンジンとバッテリーを直結にし、スターターも接触させてエンジンを掛けた。

その車を運転し、広い牧場を表門に向かう。ときどき、今は二、三頭ずつ固まって暴走し続けているサラブレッドの群れにぶつかりそうになったが、追ってくる車は無かった。

表門の門衛たちはすでに片付けてあったから、表門に車を近づけた新城は一度車から降り、詰所に掛かっていた正門の鍵を取りあげた。

その鍵を使って正門を開いた新城は、エンジンを掛けっ放しにしてあるコロナに戻った。

白木は意識を回復しはじめていた。新城は白木の左手首の腱《けん》を切断し、逆襲のチャンスを与えないようにする。

車に乗りこんだ新城は、牧場から出た。

シヴォレー・カマロを隠してある雑木林に旧型コロナを近づける。近づくと、車のライトを消した。

拳銃を腰だめにして車から跳び降りる。カマロに忍び寄ったが、待伏せている者はいなかった。

新城は血で汚れたクルーザー・コートやズボンやシャモア・クロースのスポーツ・シャツなどを素早く脱ぎ、水分を含ませた清浄綿で顔や手などを拭《ぬぐ》い、助手席のバッグに入れてあったワイシャツや背広などを着けた。

旧型コロナのところに戻った新城は、一瞬、心臓がとまる思いがした。

助手席のドアが開かれ、白木の姿がないのだ。

しかし、ドア・ロックが唾液《だえき》で濡《ぬ》れているのを見て、白木が歯を使ってドアを開いたことが分かり、新城は薄笑いを浮かべた。誰かが白木を救出したわけではない。

闇に瞳を凝らすと、白木が這って逃げたルートが、灌木や草の不自然な傾きかたから分かる。

新城は二十メーターほど追ったところで、地面に顔を押しつけて息をころしている白木を発見した。

「無駄なあがきはよせ」

新城は白木の右足首を左手で摑んで引きずった。顔が土や木の根にこすられる白木は悲鳴を漏らす。

新城はその白木をカマロのトランク・ルームに放りこんだ。カマロのエンジンを掛けて発車させる。

それから半時間後、新城のカマロは、成田新空港のパイプライン工事のために空港公団に買収されたまま、ほかの村の反対運動のために放置されている美里という村に着いた。

低い丘陵にはさまれたその村は、戸数はわずかに二十ぐらいだ。みんな、代替地と補償金をもらって引っ越しを終わり、無人の廃村となっている。

新城はその村のなかで一番大きな家の庭のなかにカマロを突っこんだ。高い土塀で囲まれた古めかしい農家だ。

崩れかけた木造ガレージのなかにカマロを仕舞った新城は、カマロから降りてトランク・ルームを開いた。

白木は泥まみれの上に血を流している顔に、恐怖と絶望の表情を浮かべているのが、トランク・ランプの鈍い明りで新城に分かった。

「言っておくが――」

新城は薄笑いと共に警告し、

「貴様がどんな大きな声をだしても、どんなにけたたましい悲鳴をたてても、俺にしか聞こえないのだ。ここは廃村だからな」

と、言う。

「お、俺をどうしようって気だ？」

白木は口から泡をふいた。

「貴様は桜田のところから森山のところに助《すけ》っ人《と》に来たボディ・ガードだということを認めるな？」

「刑事《デカ》のような口をききやがって……俺がこんな目に会わされていると桜田先生が知ったら、貴様、どんな仕返しを受けるか覚悟してるだろうな？」

白木は強がりを言った。

「俺が仕返しをされる？　ふざけるんじゃないよ。俺は森山の次に桜田を殺《や》るんだ。幽霊に仕返しされたって、ちっとも怖くない」

新城は笑った。

「森山を殺ったのか？」

「ああ。貴様がだらしなく気絶しているあいだに、かなり痛ぶってやってから生首をはねた」

「…………」

「貴様が背負っているのは森山の生首だ」

新城は嘲笑《あざわら》った。

怪鳥のような悲鳴をあげた白木は白目を剝《む》いて再び気絶した。

新城はライターで白木の鼻の孔を炙《あぶ》った。もがきながら再び意識を取戻した白木は、

「助けてくれ……もう二度とデカイ口は叩かん。頼む、俺はただの使用人だ。桜田に傭《やと》われているだけだ。俺のような雑魚《ざこ》を殺したって、あんたの手柄にならん」

と、呻いた。鼻腔が火ぶくれしてきたので声がおかしい。

「貴様を殺したって仕方ないことは分かっている。ただ、俺としては情報が欲しいだけだ。正直にしゃべってくれたら助けてやる」

新城は言った。

「何の情報が欲しい？　何でもしゃべる。ただ、俺がしゃべったと桜田先生に知らせないと約束してくれるんなら」

白木は哀願した。

「誰がしゃべったかなどと詮索《せんさく》する前に桜田は死ぬんだ」

新城はぴしっと言った。

「…………」

「俺は桜田の屋敷の警備状況について森山から尋きだした。そいつと、貴様がしゃべることをチェックする」

「分かった。何でもしゃべるから、早く病院に連れていってくれ。病院の玄関前に放りだしてくれるだけでいいから」

白木は必死に追従笑《ついしょうわら》いを浮かべた。

3

二時間後、新城は、白木への尋問を一応終えた。

白木から尋きだした新情報のうちで重要なことは、広い桜田の庭のなかに、築山に見せかけたトーチカが十五個あることと、銃眼のうしろの小屋や望楼やトーチカは、母屋の一階にある警備本部と電話線でつながっているということだ。

それと、桜田の屋敷の母屋の地下から外につながる秘密のトンネルは五本あることも、その出口の位置も白木の口から分かった。

さすがの新城も、桜田の屋敷を襲うことは容易でないことを悟る。容易でないどころか、一人で襲うことは不可能に近い。

だが、桜田を襲うのは、何も桜田が警備の厳重な屋敷にいるときにかぎる必要はないのだ。例えば来月一日に予定されている九段殉国会館での東日本会結成会に出席した時の桜田を襲うのもいいし、出席するために車に乗っているところを襲うのもいい。

桜田を襲うのは、新城自身の意思でやるのだ。山野組から依頼がなかったところで、桜田のような男を生かしておくわけにはいかない。

ただ、出来るなら、桜田を一発で仕止めるのでなく、一寸刻みに切り刻み、恐怖の極限を桜田に味わわせてやりたい。

桜田がこれまで国民とアジアの人々を食いものにして享楽してきた栄耀栄華《えいようえいが》のすべてが、死の前に帳消しになるような殺しかたをやってやりたい。

無論、新城は桜田だけを殺る《や》積りではない。

江藤首相も狙いに入っている。

それに、新城の国際金融機関I・O・Tの破滅作戦によってヨーロッパにプールしてあった莫大な財産を失って発狂したが、しぶとく立直ってまた利権あさりに狂奔している元首相の沖も抹殺してやる。

丸山や富田や小野寺もだ。

だが、彼等を一度に殺るよりも、一人ずつなぶり殺しにしていくのが新城の望みだ。一人が殺られるごとに、残った連中の恐怖はつのっていく筈だ……。

今頃は千葉じゅうの道に非常線が張られている筈だから、新城はこの廃屋で、ホトボリがさめるまでしばらく隠れていることにする。

新城は白木の背中から森山の生首を外し、風通しがいい木蔭に吊った。

白木を土倉に閉じこめ、水とドッグ・フードと抗生物質を与える。自分は納屋の藁《わら》の山に仰向けになった。

土倉と納屋のあいだに井戸があるし、食料はすでに山野組が納屋のなかに用意してくれてあったから、新城はそこで五日間をすごすことが苦にならなかった。

白木のほうもなかなかタフで、射ち砕かれた右肘《みぎひじ》や右脚の傷は、ほとんど化膿《かのう》してない。もっとも、露出した骨は黄色っぽく変色していたが。

それに、切断された白木の左手の腱もくっつきはじめている。

六日目の昼近く、低空飛行してきた軽飛行機が翼を大きく振って飛び去った。千葉や東京の非常線が解除されたという、山野組からの合図だ。

夕暮になって、鼻下にチョビ髭をつけ、フォックス型の伊達《だて》眼鏡を光らせ、ボルサリーノの中折れ帽をかぶった土建屋スタイルに戻った新城は、白木の背に腐臭を放つ森山の首を再び縛りつけた。

その白木を再びトランク・ルームに押しこむと猿グツワを噛《か》ませ、癒《なお》りかけている右手首の腱を切断した。左足首のアキレス腱も切断した。

白木は再び意識を失った。

新城はトランク・ルームのリッドを閉じ、シヴォレー・カマロを発車させた。

検問は行なわれてなかったので、カマロは夜の東京にスムーズに戻った。

青梅街道を通ったカマロは、上井草で左折し、善福寺池に近づいた。

善福寺池は渡戸橋で、二つに区切られている。新城は弁天様の鳥居があるほうの上の池の脇に車を進める。

池には渡り鳥である真鴨がすでに北国に去っていたが、日本で繁殖するカル鴨が多く残っていた。

新城は桜田の屋敷の望楼から死角になっている住宅街のあいだの人気がない道に車を入れて停めた。

車のトランクを開くと、とっくに意識を回復した白木がもがいていた。

新城は、猿グッワを外す際に、プライヤーで巧みに白木の舌をはさんだ。舌を引っぱっておき、シュレード・ウオールデンのナイフで半分ほど切り取る。

白木の口じゅうに血があふれる。これで、白木は新城の人相をしゃべろうとしてもしゃべることができなくなったわけだ。

新城は白木の左右の肘の腱も切断して、しばらくは筆談もできなくした。

トランクの蓋《ふた》を開いたまま、新城は車を桜田の屋敷に近づける。屋敷を囲んでいる道路の手前で再び車を停め、白木を路上に放りだすと、

「さあ、行け。桜田の屋敷はすぐ近くだ」

と、命じた。

おびただしい血を吐きながら、白木は芋虫のように桜田の屋敷を目ざして這っていった。望楼の連中がそれを発見し、屋敷が騒然となったところで、新城はカマロをUターンさせて遁走《とんそう》する……。

翌日の夕暮、カマロから指紋を完全に拭《ぬぐ》って東京湾に捨てておいた新城は、濃い付け髭とレイバン・グリーンのシューティング・グラスをつけ、山野組に知られているカローラ一四〇〇に乗って、芝浦埠頭の栄光郵船の第七倉庫に着いた。

自動カービンは志木のアジトに置いてきているが、拳銃とナイフと手榴弾は要心のために身につけている。

このあいだ訪れたときのように、第七倉庫の扉がカローラを見て開かれた。倉庫のなかにカローラを突っこんだ新城は車から降り、山野組の佐々木に案内されて、二階のサロンに入った。

暖炉の前の安楽椅子でダッチ・マスターズの葉巻をくゆらせていた山野組最高幹部の一人であり新宿支部長でもある黒部が、新城を見て、満面に笑いを浮かべた。太った体に勢いをつけて椅子から立上り、

「よくやってくれた。有難う」

と、手を差しのべる。

「よくもあれが、やさしい仕事だと言えたもんですな」

新城は手を差しださなかった。

「いや、君にとってはやさしい仕事だといったのであって……まあ、ともかく成功したんだ。握手ぐらいしてくれよ」

黒部は愛想笑いを深めた。

新城は肩をすくめてから軽く黒部の手を握り返し、ソファに腰を降ろすと、

「森山の牧場の母屋の三階の廊下の天井に、五十センチ四方に一丁の割りで散弾銃が仕掛けられていたことを、どうして教えてくれなかったんです？」

と言った。

「信じてくれ、新城君。我々はそんな仕掛けがあったことを知らなかった。知ったのは、君が襲った翌日、現場検証に行った警察内のスパイから聞いてだ。本当なんだ。知ってたら教えてたさ。はっきり言って、いま君が死んだら困るのはこの山野組だからな」

黒部は必死の表情で言った。

「分かった。信じましょう。だけど、今度はよく調べてもらいたい」

新城は言った。

「勿論《もちろん》だとも。さあ、もう一度握手してくれ」

黒部は再び手を差しのべた。

新城は強く握り返した。

「まず乾杯だ！」

黒部はメス・ジャケット姿になった佐々木に向けて叫んだ。

バーのカウンターのうしろから、佐々木が銀盆に銀のバケツで冷やしたシャンペーンと二つのグラスをのせて出てきた。

黒部と新城は、モエット・エ・シャンドンのシャンペーンが注がれたグラスを合わせた。一と息に飲む。

黒部は新城とテーブルをはさんだ椅子に腰を降ろした。佐々木がさっそく、カスピ海のキャヴィアを山盛りにしたガラス鉢を冷蔵庫から運んでくる。

「いやはや、君の腕には恐れいったと言うほかない。どうやって、森山の寝室にたどり着いたのかも聞いたが、馬を使ったとは考えたもんだ」

黒部はキャヴィアを銀のスプーンですくいながら言った。佐々木が、トーストにバターを塗って差し出す。

「それで、桜田のほうは、ちょっとは怯気《おじけ》づいたようですか？」

バター・トーストにたっぷりキャヴィアを乗せて筒状に丸めながら、新城は尋ねた。

「森山が殺られたと知ったときから、ションベンをちびるほど怯気づいたようだが、白木とかいうチンピラが森山の首を背負って這い寄ってきた時には、腰が抜けたようになって動けなかったそうだ」

キャヴィアを頬張りながら黒部は笑った。キャヴィアの粒が新城に飛んでくる。

新城もキャヴィアとシャンペーン・グラスを交互に口に運び、

「白木はまだ生きているのかな？」

と、呟《つぶや》く。

「死んだそうだ。出血多量のせいで今朝がた」

黒部は答えた。

「そうか」

新城は言い、佐々木にジン・ライムを作ってくれと頼む。

「だけど、桜田の野郎、ここまで来たら、引くに引けない、というところらしい。東日本会の結成会は、予定通り来月一日、九段の殉国会館で開かれる」

黒部は言った。

「ふざけやがって……」

「来月一日といえば、あと十日ほどしかないが、警備のために、うちの山野組がお膝元にある兵庫県警をのぞいて、全国の県警や道警などに、特別非常召集が掛けられている。全国から一万人の機動隊が上京し、警視庁と合同で、東日本会結成大会を妨害しようとする者を徹底的に弾圧するそうだ。首相の江藤が直々に指令しやがったそうだ」

「……」

山野組をひそかに裏切ろうとしている保守党の丸山幹事長の了解があったから、江藤もそのようなことが出来たのだろう……と、新城は言いたかったが、今は黙っておく。

「あんたも知ってるように、殉国会館は、皇居のお堀に面している。だから、機動隊は皇居だけでなく、お堀にもモーター・ボートを何百隻も浮かべて警備を固めるそうだ。勿論、殉国会館のなかや外の道路だけでなく、近くのビルも警官だらけになるわけだが」

黒部は言った。

「……」

「それに、結成大会に集まってくる関東の極道《ごくどう》組織の親分衆は、機動隊の装甲車で運ばれてくる。それぞれが、三十台の覆面パトカーに囲まれてな」

「ふざけてやがるな」

「昨日から、桜田の屋敷は勿論のこと、東日本会を構成する極道組織の事務所や親分どもの屋敷は、機動隊の警備下に置かれた。よっぽど俺たち山野組が怖いんだ……いや、あんたの殴りこみが怖いんだ」

黒部は声をたてて笑った。

「山野組をバック・アップしてくれる丸山は、江藤が好き勝手なことをやってるのを黙ってるのか？」

新城はさぐりを入れてみた。

「なあに、全国の機動隊がいつまでも東京にとどまることなど出来っこないから、警戒がゆるむまで我慢してくれ、と俺たちに言ってくれている。東日本会が結成されても、みんな怯気づいてやがる連中ばかりだから、うまくいく筈はねえよ。こっちは、一つずつ撃破していくだけのことさ……」

黒部は言った。

「桜田を殺ったら、東日本会はバラバラになる可能性はまだ充分にあると言いたいんだろう？」

「そういうわけだ。警戒が厳重な今や、結成会にわざわざ襲うことはない。結成会が終わって警戒がゆるんだときがチャンスだ」

「…………」

「そうだ……君に森山殺しの残金をまだ払ってなかったな。森山の屋敷にあんな仕掛けがしてあったと知らなかった俺たちに落度があるから、約束の残金三千万を倍にして六千万を差しあげる。それで何とか勘弁してもらいたいんだ」

黒部は、ジン・ライムを飲んでいる新城に言った。

「いいとも。ともかく、こっちは死なずに済んだんだから」

新城は笑った。

佐々木が、カウンターの奥から、ジュラルミン製の小さなトランクを運んできた。

新城は蓋を開いて、百万円ずつの束になっている紙幣をざっと数え、蓋を閉じると、

「有難く頂戴しておくぜ……もっとも、桜田を殺《や》るときには、一億や二億では引きあわないがな」

と、言う。

「奴の屋敷の警戒ぶりからして、あんたが桜田襲撃の報酬を出来るだけ高く払ってもらいたいことは分かる。だがな、あんたは一面では、タダでもいいから桜田をなぶり殺しにしたいと思っているんじゃないかね？」

黒部の瞳に、狡猾《こうかつ》な光が閃《ひらめ》いた。

「図星だ。俺はこの手で奴を一寸刻みにしてやりたい、俺はあわてはしない。奴を殺っつける値をあんたたちが上げてくるのを気長に待つさ」

新城はニヤリと笑った。

「いやあ、参った、参った。あんたにはかなわんよ。さあ、じゃんじゃん飲んでくれ。今夜はここで泊まったらいいんだ。俺たちがあんたの寝首を掻《か》くような真似はしないとあんた自身が

知ってるだろう。あんたに死なれて困るのは、この山野組だからな」

黒部は豪傑笑いした。

「まだ俺に利用価値があると言うわけだな？」

新城はニヤリと笑い返した。

「そう言われると、身も蓋《ふた》も無いじゃないか。だけど、安心してくれよ。山野組はあんたに利用価値が無くなったからといって消えてもらうような、仁義に外れたことを絶対にしないのが身上だからな」

黒部はシャンペーン・グラスを差しあげた。

原生林

1

翌日の昼頃、新城は芝浦埠頭《ふとう》にある山野組の倉庫を出た。

新城が運転するカローラを、今度は山野組は尾行しようとしなかったようだ。

志木のアジトに戻った新城は、二日間を静かに過ごしてから、成増や旭町にあるグラント・ハイツ跡にダットサン・ピックアップの小型トラックに乗って行ってみた。

埼玉県と板橋区や練馬区との境いにひろがるグラント・ハイツは、米軍やその家族の居住区であったが、日本側に返還され、今はまだ利用計画が固まってないので、荒れ放題になっている。

そこに、非行少年たちが忍びこんでシンナー遊びや乱交にふけっても、取締りの手が廻らないために、小火事《ぼや》がときどき発生して、区では困っている……という新聞記事を新城は読んだことがあるからだ。

正面ゲートには、もとのような衛兵や日本人ガードの姿は見当たらなかった。

金網はところどころ破られている。ハイツの横に新城が車で廻ってみると、金網の破れはひどかった。

車を道に駐《と》めた新城は、金網の破れからハイツ跡にもぐりこんだ。広い芝生を持つ二軒長屋のアメリカン・ハウスの広がりのなかに、米軍銀行やガソリン・スタンド、それにさまざまな娯楽施設の廃墟《はいきょ》がある。

新城は一つの二軒長屋の左側の家のドアのロックを針金で外して、屋内《なか》に入ってみた。入ったところが、いきなり、ダイニング・ルームを兼ねた広いリヴィング・ルームだ。その右側が台所になっている。

奥には、バス・トイレと二つの子供部屋がある。

左側には夫婦用の寝室があった。どの部屋も埃《ほこり》っぽかった。

新城は、右側の家にも入ってみた。

そこは、左側の家の間取りを反対にしただけであった。

別の二軒長屋も、はじめの長屋と同じ間取りであった。

新城は、志木のアジトに逃げこむことが出来ない時にはこのグラント・ハイツに隠れることにし、ハイツのなかをさらに入念に偵察した。

翌月の一日——、全国から非常召集をかけられた機動隊員約一万人と、武装した私服刑事一千人が警備するなかを、三十台ずつの覆面パトカーに護られ、機動隊の装甲車に乗せられた関東の暴力団の組長や会長たちが、次々に九段の千鳥《ちどり》ヶ淵《ふち》のお堀ばたにある七階建ての殉国会館に集まってきた。午後一時から、山野組に対抗する大勢力となる東日本会結成会が開かれるからだ。

東日本会の名誉会長となる右翼の大ボス桜田と、会長になる横浜の至誠会の会長の南田、それに副会長になる新宿の大和組の組長の田代などは、大勢の部下と機動隊に護られて殉国会館内の客室で前日から泊まりこんでいる。

午後一時が近づくと、自衛隊の武装ヘリに乗って、沖元首相、江藤首相、富田蔵相、後藤法相、それに保守党幹事長の丸山などが次々に殉国会館の屋上のヘリ・ポートに到着した。

東日本会結成会は、短身肥軀《ひく》にイガグリ頭と三白眼を持つ桜田が議長となって七階の大ホールで、予定通り一時から行なわれた。

直径五メーターもある日の丸の旗を背にした桜田が壇上で獅子吼《ししく》し、前列に並んだ関東の暴力団の親分衆が拍手する。

そのホールの中列や後列には、江藤首相をはじめとする政府の首脳部や元老たち、それに財界の大立者たちや御用評論家や御用学者や御用新聞や御用雑誌の記者やカメラマンたちが腰を降ろしていた。

壁や窓側には、三メーター間隔でボディ・ガードたちが立っていた。無論、みんな武器を身につけている。

桜田の演説が終わり、すでに決められていた東日本会の役員たちが次々に壇上へ桜田に呼ばれて、江藤たちに頭をさげた。

その頃、新城の姿が、九段の殉国会館から一キロほど離れた駿河台に建築中の二十階建てのビルの屋上にあった。

騒音が激しい明大通りに面したそのビルの名は小糸ビルといったが、建て主も建設業者も中小企業のオヤジなどで、インフレによる建築資材の激しい値上りに耐えきれず、ビルの外郭だけが出来たところで、建築を一時ストップして、銀行にもっと融資してくれるようにお百度参りをしているのだ。

まだコンクリートを打ちっ放しにしただけの屋上にダンボールの箱を壊してひろげた厚紙を敷いた上に坐った新城は、ブリーチ・アウトしたデニムのウェスターン・ジャケットとジーパン姿であった。

長髪のカツラをつけ、レイバン・グリーンのディコット・タイプのシューティング・グラスで目を保護している新城は、軽い三脚につけたブッシュネルの監的《スポッティング》用スコープを覗《のぞ》いていた。

スポッティング・スコープの倍率は三十倍に上げてあった。

新城がいる高台の二十階建てのビルの屋上と殉国会館ビルの七階とのあいだに、さえぎるものは何もない。

殉国会館の七階の大ホールには明るい灯がついているので、スポッティング・スコープを通すと、なかの連中の顔までが判別できる。

無論、倍率を三十倍にも上げているから視野は狭いが、そのかわり距離が遠いので、スコープ・スタンドのノブを使って微動させると、一度に三、四人ずつは写る。

その新城の横に、コントラ・バスの大きな楽器ケースが開かれて置かれてあった。

コントラ・バスを収める窪《くぼ》みは改良され、そこにウエザビー口径三七八マグナムのボルト・アクション・ライフルと弾薬ケースなどが収まっていた。

そのマグナム・ライフルは、かつて新城が神戸の銃砲屋から盗みだしてきて、幾つかのアジトに分散して隠してある数十丁のライフルや散弾銃のうちの一丁だ。

三七五ホーランド・マグナムと容易に区別させるために三七八、つまり百分の三七八インチ口径を示す数字を使っているが、三七八ウエザビーの弾頭はホーランド三七五マグナムと同じ百分の三七五インチ直径だ。

だが、弾頭の直径は古典的なホーランドと同じでも、薬莢《やっきょう》は太く長く、火薬の収容容積ははるかに大きい。

三七八ウエザビー・マグナムの薬莢は、三七五ホーランド・マグナムより、デュポンのIM《アイエム》R《アール》——インプルーヴド・ミリタリー・ライフル——の四三五〇番の火薬にして、二十グレインも多く詰めこむことが出来、二百七十グレイン弾頭の場合には初速は三千フィートを越え、ノック・アウト・エネルギーもはるかに強力だ。

そのかわり、発射の反動は強く、薬室をフリー・ボアにして火薬ガスの物凄《ものすご》い圧力を逃がすように銃身が設計されているから、命中精度のほうはかなり犠牲にされている。

新城はスポッティング・スコープから目を放し、銃床尾に分厚いネオ・プレーンのリコイル・パッドをつけたウエザビー・マグナムのライフルを、コントラ・バスのケースから取出した。

一発ごとに仕切りがついた五十発入りのプラスチック製の弾薬ケースの蓋《ふた》も開く。薬室に一発、弾倉に三発、三七八マグナムの二百七十グレイン実包を装塡《そうてん》すると、銃のスリングを左腕の上膊部《じょうはく》に捲《ま》き、坐射の構えをとる。

その銃には八倍のライフル・スコープがつけてあった。

銃の微震動が伝わるライフル・スコープのなかに、殉国会館の七階大ホールの連中が小さく写る。

風が右から左に吹いていたが、新城は大して気にしていなかった。

今日は、正確な狙撃《そげき》弾を桜田や江藤たちに叩《たた》きこむためにここにやってきたのではない。

今日は、桜田たちの恐怖を深めてやるために、威嚇《いかく》射撃を行なうだけだ。たとえ一万名を越す機動隊に護られていても、奴等は絶対に安全ではないということを教えてやる。

新城は狙《ねら》いを殉国会館の屋上のほうにつけた。ライフル・スコープを通した視界の下側へ七階ホールが入る。

新城はこのライフルを二百メーターでゼロ点規正してある。つまり、目標物が二百メーター離れていれば、着弾点はほぼ狙った通りのところになる。

だが、二百メーターでサイト・インした三七八ウエザビー・マグナムの二百七十グレイン弾頭の工場装弾と改造してない銃との組合わせでは、目標物が五百メーター離れている場合には、狙ったところから一メーター半以上も下のほうに着弾する。

銃口から発射された弾頭は真っすぐ飛び続けるわけでなく、ゆるやかなカーヴを描いて落下するからだ。

そのカーヴは、弾速が落ちていくせいで、先に行くほど大きくなるから、一キロ先の目標に着弾させるには、七メーターほど上を狙う必要がある。

新城は射ちはじめた。激しい銃声と激しい反動だ。

初弾は初速の三分の二以上の弾速を失いながらも殉国会館の七階大ホールの厚さ一二ミリの窓ガラスを紙のように突き破り、私服のボディ・ガードの内臓を破壊した。

その間に、新城は発射の反動でうしろに反《そ》った体をスムーズに戻しながら、目にもとまらぬ早さでボルトを操作し、さらにもう一発を放っていた。

続けて、ボルトを引いて空薬莢をはじき飛ばすと、ボルトを前進させて弾倉上端に移った三七八マグナム実包を薬室に送りこむ。

殉国会館七階の大ホールでは、阿鼻叫喚《あびきょうかん》のパニックが発生していた。

壇上で東日本会傘下の関東の暴力団の親分衆を、命知らずの愛国の志士、とたたえていた元首相の沖は、大小便をほとばしらせながら失神し、その斜めうしろに立っていた桜田に倒れかかる。

桜田は悲鳴をあげながら沖を突っ放そうとしたが、急に考えを変えて、沖を楯《たて》にしようともがく。

さっきまでは威勢がいいことをしゃべっていた暴力団の親分衆は、我勝ちに戸口に殺到し、これも逃げまどう政界や財界の大物や御用ジャーナリストと、悲鳴や罵声《ばせい》を張りあげながら殴りあう。

そこに、窓ガラスを貫いて第三弾が飛来し、韓国のＫＣＩＡに買収されている御用小説家の顔面を砕いた。銃口から百メーター以内の距離であったら、その顔面は吹っ飛んでいただろうが、さすが一キロも離れると、三七八マグナム弾も威力が小さい。

それでも、大ホールのパニックはさらに増した。暴力団の親分衆のボディ・ガードたちは親分衆の楯になるどころか、親分衆を楯にしようとする。

2

翌日、新城は志木のアジトで、数種類の新聞を、薄笑いを浮かべて読んでいた。

あのあと、新城は三十発を殉国会館の大ホールに射ちこんでから遁走《とんそう》したのだ。

殉国会館の大ホールにいた連中のあいだに五人の死者と十数名の重傷者が出たことが新聞にキャッチされていた。

桜田たちは揉《も》みあいで軽傷を負っただけだが、利益だけで結ばれた彼等の結束がいかにもろいかを皮肉った新聞もあった。

どこから取材したのか、大ホールでのパニックぶりを見てきたように面白おかしく伝えている新聞もあって、新城はその記事を読みながら声をたてて笑った……。

それから一と月ほどがたった。

長梅雨《ながつゆ》にうんざりしていた新城は、新聞に山野組からの呼出し暗号文が、求人広告の形でこの三日ほど続けて載せられているのに応えることにした。

都内の公園の青電話のコイン・スロットに十円玉を数枚押しこんでから、新宿局のテリトリーにある番号をダイアルする。

電話に出てきたのは、やはり山野組新宿支部長の黒部であった。

「あんたからの連絡を毎日待ってたんだ」

と、唸《うな》るように言う。

「ちょっと旅行をしてたんでね」

新城は言った。

「まあ、いい。出来るだけ早く会いたい。桜田の警備の弱点を見つけたんだ」

黒部は言った。

「分かった」

「金《ぜに》の話も会った時に……会うのは、例のところだ」

「二時間後に着く。済ませておく用事があるから」

新城は答えた。

「じゃあ」

黒部は電話を切った。

新城も受話器をフックに戻す。余った十円玉が落ちてきた。

新城は小雨のなかをサニー・エクセレントを運転して志木のアジトに戻った。

湿気が多いので厚着は辛《つら》い。新城は、Tシャツの上からショールダー・ホルスターを吊ってコルト・パイソンの三五七マグナム・リヴォルヴァーを突っこみ、綿のブルーのサファリ・ジャケットをつけた。

そのジャケットやコットン・パンツのポケットに、弾薬サックやナイフなどを入れる。今回は手榴弾《しゅりゅうだん》は身につけない。

濃い付け髭《ひげ》とレイバン・グリーンのシューティング・グラスという、山野組の幹部たちに知られている顔になった新城は、これも山野組の幹部に知られているカローラを運転して、まだ降り続く雨のなかを、首都高速を使って芝浦埠頭に向かった。

雨のためにスリップやスピンを起こして衝突している車が首都高速をさらに狭めているので、芝浦ランプを降りるまでに三度の渋滞に苛々《いらいら》とさせられた。

それでも、約束した時間までに、新城はやっと山野組の倉庫にたどり着くことが出来た。

黒部は、秘書の原田と共に、いつものように倉庫のなかのサロンで待っていた。

「よく来てくれたな」

と、握手の手をのばす。倉庫全体にエア・コンのダクトが引っぱってあるから、湿気が吸いだされて快適だ。

握手を交わした新城は、安楽椅子《いす》に腰を降ろし、

「殉国会館の騒ぎは面白かったろう?」

と、言った。

「やっぱり、大ホールにライフル弾を射ちこんだのはあんただったのか? まあ、あんた以外の者が、あれだけのことを出来るとは考えられぬがな――」

黒部はニヤニヤ笑い、

「あの連中は、口では威勢がいいことを言ってたのに、いざとなると自分だけ助かろうと醜態をさらしたので、あれ以後は、表面は取りつくろってるが、しっくりいかなくなったようだ。だから、うちの組の関東の支部に東日本会が攻撃を掛けてくるという計画も、今のところ一と頓挫《とんざ》ということになったようだ。いざ実戦となって、こっちが猛烈に反撃したら、たちまち逃げだすのは自分のところだ、と東日本会に入っているどの組織の組長や会長たちも知ってるからだろう……ところで、一杯やるかね?」

黒部はバーのほうを見た。

「いや、まだ時間が早いので遠慮しておく。コーヒーを頂戴《ちょうだい》したい」

新城は言った。

「じゃあ、俺は失礼して一杯やらせてもらう。マンハッタンだ」

黒部はバーのカウンターの向うにいる佐々木に言った。

「私もコーヒーを」

秘書の原田が言った。

「あんたほどの射撃の腕の持主が、どうしてあの時、桜田をよく狙わなかったんだね？」

葉巻のセロファンを破った黒部が笑いながら尋ねた。

「前に言った通りでね。俺は桜田を一発で片付けたくはない。そうあっさりと楽になられたんでは、俺の気持がおさまらないんだ。奴の神経がおかしくなるほど怖がらせておいて、一寸刻みになぶり殺しにしてやりたいんだ」

新城は答えた。

「だから、俺たちが一銭も払わないのに、東日本会の結成会にライフル弾をブチこんで、桜田の肝っ玉を冷やさせた、というわけだな？　桜田は、あの日の夜から、三日ばかり寝こんだそうだ。今でも、夜中に悪夢を見て跳び起きて、日本刀を振りまわすんで、危くてかなわねえ、と桜田のボディ・ガードがこぼしているそうだ」

黒部は声をたてて笑った。

佐々木が飲み物を銀盆に乗せて運んできた。黒部はカクテル・グラスを差しあげ、一と息に飲み干すと、

「もう一杯」

と、佐々木にグラスを返し、新城に、

「それはいいが、桜田の奴、自分のあんまりの見っともなさに嫌気がさしたんだろう。警察にうちの山野組を早く殲滅《せんめつ》させろ、と沖や江藤にさかんにハッパを掛けているそうだ……まあ、

沖はあんたが殉国会館にライフル弾をブチこんだとき、桜田とのあいだに何か面白くないことがあったらしく、言を左右にしているし、江藤のほうも、山野組が死にもの狂いで抵抗したら警察の威信が丸潰《まるつぶ》れになるようなことになるかも知れないと知っているから、桜田の言う通りには動かないが……いずれにしても、桜田にはもう死んでもらうほかない」

と、言う。

「報酬は？」

新城は尋ねた。

「五億だ。奴の命の値段はもっと高いことは分かっているが、あんたのほうは、タダでもいいから奴をなぶり殺しにしたいと思っとるだろうしな」

黒部はニヤリと笑った。

「分かった。五十億はもらいたいところだが、その十分の一の値でいい。ただし、今度はちゃんと襲撃の段取りをつけてもらうぜ」

新城は言った。

「分かってる。だけど、何ごとも、完全にというわけにはいかん。こっちの調査したこと以上の罠《わな》が仕掛けられているかも知らないが、その罠を嚙《か》み破るのがあんたのようなプロの仕事じゃないのかね？　そうでなかったら、あんたに五億も払って仕事を頼みはしない。誰でもやれるような仕事だったら、うちの組のチンピラにタダでやらせる」

「そう言われてみれば、そうだな」

新城は苦笑いした。

「分かってくれたか？　五億のうち二億は、いまここに用意してある。紙幣ナンバーから金の出所をたぐられないように、使い古しの紙幣ばかりだ。ナンバーもつながってない。残り三億は、桜田がくたばってからだ」

黒部は言った。

3

それから三日後、クルー・カットの髪に薄いブルーの強化レンズの平凡なファッション・グラスをつけた新城の姿が、北海道の釧路の町にあった。

長梅雨で骨まで腐るような気がする関東地方から逃げだしてきた観光客といった格好で、カー・フェリーにトヨタのショート・ホイール・ベース・タイプのランドクルーザーと共に北海道に渡ってきたのだ。

朝夕は湿気の多い釧路であるが、午前十時過ぎの今は、明るい陽光が肌に気持よかった。

盗品の車のナンバー・プレートも車検証も偽造品に付け替えたその四輪駆動のランドクルーザーは、ワゴン・タイプであった。荷室には、ダイアル・ロックがついたジュラルミン・トランクが床に固定され、そのなかには、長距離射撃用の七ミリ・レミントン・マグナムのボルト・アクション小銃と、接近戦用のM十六自動カービンが隠されている。多量の弾薬や手榴弾も隠されている。

十勝平野を北上して、大雪山国立公園の山岳地帯に入る手前の原生林と原野と湖と川と低い山々の丘陵地帯に、桜田は九千万坪に及ぶ私有地を持っているのだ。

その広大な私有地のまわりには鉄条網が張りめぐらされ、無断侵入者は射殺される。

他人が入りこめないので、その私有地に点在する湖も何本かの川や渓流は、淡水魚の宝庫となっている。

淡水魚だけではなく、秋の産卵期には、アイヌだけしか住んでいなかった頃のように、溯《さかのぼ》ってくる鮭《さけ》で水面が渦巻くほどになる。桜田が十勝川と大津川のあいだを流れて上流の私有地へつながっている桜川の漁業権を独占していて、鮭の溯上《そじょう》のシーズンに入ると、桜川の中流や下流に百メーターごとに見張りを立たせ、密漁者に容赦なく発砲させるからだ。

だから、そのシーズンには、桜田は小野寺が大株主である全日航のジェット旅客機をチャーターして、連日のように政界や財界の実力者たちを羽田や伊丹などから帯広空港に運び、それからは三台の大型ヘリのピストン輸送で大雪山自然公園近くの私有地に連れてきて、豪快なアキアジ・パーティを楽しませると共に、無言の圧力を掛けるのだ。

釣りは、したがって、女にも男にもいささか飽きがきている両刀使いの桜田にとって、趣味と実益を兼ねた最上の道楽であった。

また、桜田の私有地には、おびただしい数のエゾシカが棲息《せいそく》しているが、鮭の溯上のシーズンに招待した客たちに射たせ、鹿肉のステーキを食わせ、余った肉は余った鮭と共に冷凍して客の自宅に空輸している。

今はまだまだ鮭の溯上のシーズンではない。

だが、このところ憂鬱《ゆううつ》らしい桜田は、私有地の湖や川や渓流で、明後日から一週間にわたってアメマスやヒメマスやニジマスやイワナ、それにイトウなどの釣りを行なって気晴しをする予定になっている。

今夜は、釧路の小料理屋か炉端焼きの店で、毛ガニや花咲きガニやホタテやエビなどをはじめとする海の幸を貪《むさぼ》り食いながら辛口の地酒をコップで飲みたいところだが、早く桜田の私有地にもぐりこんで襲撃の準備をする必要がある。

干肉はランドクルーザーに積んで東京から運んできたから、新城は繁華街にある〝そうごデパート〟で、新鮮な果物やニシンやホッケなどの干物を買いこんだ。

国道三八号を十勝川の河口のほうに向かう。

新釧路川を渡ると、製紙工場や社員寮だらけだ。

阿寒に続く二四〇号が右に分かれる大楽毛《おたのしけ》のあたりから、国道三八号の左側は海になってきた。

右側は湿原だ。新城はまだ四輪は駆動させず、後輪駆動で舗装路を走らせる。

予備の燃料タンクに百二十リッターのガソリンを入れているから燃料が不足する心配はないが、スピードよりも悪路走行を目的としたエンジンとミッションと足回りだから、八十キロに押えて走る。

北海道のドライヴァーは飛ばし屋が多いから、そのランドクルーザーは次々に追い越された。釧路から四十キロほど来た音別《おんべつ》のあたりから、国道三八号は海沿いから外れ、山や原野のなかに入っていく。

やがてトンネルをくぐったり十勝川を渡ったりして、帯広の町に入ったのが昼過ぎであった。新城は休まずに、三八号から北に分かれている二四一号に、ランドクルーザーを乗りいれた。やがて、上士幌《かみしほろ》を過ぎてしばらく行くと道が悪くなってきたが、まだまだ四輪を駆動させる必要はない。

発電のために造られた糠平《ぬかびら》湖は、人造湖と思えぬほど広く、しかも大雪連山を写した湖面は美しかった。

新城は、その湖の一周道路をしばらくランドクルーザーを走らせてから、西側の林道に車を乗り入れる。

湖に流れこむ細い流れが林道を洗い、大きな石や岩がゴロゴロしていた。お化けのように大きなエゾフキの葉が、車輪に捲《ま》きこまれて千切れた。

エゾ松やトド松のあいだのその林道は、今はほとんど使われてなかった。岩にふさがれて前進できない時には、新城はランドクルーザーの前輪側の動力で駆動されるウインチを使い、岩にチェーンを捲きつけて動かした。

何度か障害物を動かしながら、林道とも言えなくなった悪路を四輪駆動で三時間ほど登っていくと、桜田の私有地の鉄条網が見えてきた。

桜田のメイン・ロッジから三つの裏山を越えたあたりに当たる。そこまでは見張りの目はとどかないらしく、野生動物か密猟者が、錆《さ》びてもろくなった鉄条網を数カ所破ってあった。

新城は大きな木々のあいだの薄暗い場所にランドクルーザーをバックで突っこんだ。予備の燃料タンクの一つからランドクルーザーのメイン・ガス・タンクにガソリンを移しておき、近くを流れている細い流れに水筒を持って近づく。

その清冽《せいれつ》な流れでまず手と顔を洗う。指がこごえるほど冷たかった。

水筒に水を満たした新城は、ランドクルーザーの運転席に戻り、食料が入った袋から牛の干肉と粉末ジュースを出した。水筒のなかで粉末ジュースを溶かす。

干肉をかじり、水筒の歯にしみる冷たいジュースを飲む。

食事のあと、タバコを吸いながら二十分ほど休んだ新城は、まず着替えに取りかかった。

素っ裸になり、肩に覆《おお》いがついた網シャツと、股間《こかん》に覆いがついた網のアンダー・パンツをつける。

その上に、分厚いグリーンのウールのシャツ、フィルスンのウールのクルーザー・コートとズボンをつける。

インディアンの手編みのウール・ソックスをつけた足には、ブローニング・ボールダー・ヴァイブラムのハンティング・ブーツをはいた。

頭には、カモフラージュ色のジャングル・キャップをかぶり、荷物のジュラルミン・ケースのダイアル錠を解いて蓋《ふた》を開いた。

そのなかの射撃専用のレミントン四〇XBの弾倉付きモデルの銃床は軽くて細い猟用のスポーター・タイプに改造してある。

パックマイヤーのスウィング・マウントにボッシュ・アンド・ロームの三・五倍から九倍に倍率を変えることが出来るヴァリアブル・スコープをつけた口径七ミリ・レミントン・マグナムのボルト・アクションのそのライフルを、大きなバック・パックのパック本体の上のフレームに縛りつけてあるポリ・パッドという携帯用マットレスの上に、革の銃ケースに入れて縛りつけた。

七ミリ・レミントン・マグナムの実包を三十発ずつ入れたズックのポウチ十五個のうちの二つはフィルスン・クルーザー・コートの七つあるポケットのうちの一つに入れ、あとの十三袋はバック・パックの大きなパック本体のなかに仕舞った。

M十六自動カービンの五本の弾倉帯のうちの一本は腰に捲く。

そいつには、コルト・パイソンの三五七マグナム拳銃のホルスターと鞘《さや》付きのナイフが吊られていた。

あと四本の弾倉帯と、干肉と粉末ジュースやココア、それに釧路で買ってきた魚の干物とレモンや青リンゴなどもパック本体のなかに仕舞った。

そのバック・パックの下側には、軽いグース・ダウンのスリーピング・バッグも縛りつけられている。

十発の手榴弾はパック本体の右側の上下サイド・ポケットに仕舞った。

重いバック・パックを軽々とかついだ新城は、胸の前にM十六自動カービンを吊り、磁石と二千分の一の地図を左手にして、鉄条網の破れ目に近づいていく。

桜田の私有地のなかに入りこんだ新城は、そこから十キロほど離れたピリカ湖に向けて歩いていく。

桜田のメイン・ロッジが面しているメノコ湖から八キロほど離れたところにあるピリカ湖は、ヒメマスとニジマスの魚影が特に濃く、桜田はよほど大事な客でないとそこに案内しないのだから、今度やってきた場合も、必ずそのピリカ湖でフィッシングを楽しむことであろう。

新城は湖のそばで露営しながら待ち伏せていたらいいのだ。その湖は、長さは約二キロあるが、幅は五百メーターほどしかないから、対岸から長距離射撃するのに絶好のところだ。

それに五百メーターが新城の七ミリ・レミントン・マグナムにとって必中射程でも、桜田の部下たちが射ち返してきても、よほどの悪運でも襲ってこないかぎり、新城は被弾することはないだろう。

七ミリ・マグナム

1

バック・パックの上に横にして縛りつけた口径七ミリ・レミントン・マグナムは、革の銃ケースに入れてあるが、スコープ・マウントが固定式でなくスウィング式だから、強くぶっつけると着弾点が狂う原因になる怖れがある。

だから新城は、エゾ松やトド松の原生林のあいだを、木々の幹に銃ケースを当てないようにして歩いた。新城のまわりで、エゾライチョウの群れが茂みから飛び出し、木の枝にとまって、馬鹿にしたような表情で新城を見おろす。

しばらく行くと、落葉樹が茂った高さ千メーターほどの山があった。

そこの木々の幹のなかには、エゾシカが角を研《と》ぐために使われて、樹皮が剝《は》がれているものが目立った。

ところどころに、春に脱け落ちたエゾシカの角が白く風化して転がっている。多くは小動物に齧《かじ》られていた。

ブローニング・ボールダー・ヴァイブラムのハンティング・ブーツで雑草と地面を踏みしめて、新城はその山を登っていく。

四合目あたりから上は、エゾシカに灌木《かんぼく》や落葉樹を食い荒されて、ところどころに岩が剝《む》きだしになった草原になっていた。頂上近くでは草は刈られた芝生のように短くなっていた。

落葉樹の林の縁《ふち》に立って上の草原を仰いだ新城は、今では日本で見られなくなった光景を見た。

三百頭を越える牝のエゾシカと仔ジカの群れと、今は脱角したあとに新しい角が生えかけている牡ジカの五十頭ほどの群れが、二キロほど離れて草を食っているのだ。牝ジカの群れと新城との距離は五百メーター程だ。

ハンターでもある新城にとっては、ヨダレが垂れそうな眺めであった。牡ジカの角が成長してヴェルヴェットと呼ばれる角の皮を落とした秋には、桜田がここに招待した政財界の大物たちに、溯上《そじょう》してくる鮭《さけ》と共にこれらの鹿を獲《と》らせるという情報は嘘《うそ》とは思われない。

新城は前進をとめ、クルーザー・コートのポケットから出したタスコ・サファリⅢのコンパクトな八倍率の双眼鏡を取出した。

その双眼鏡を低木の張りだした枝にレストさせ、自分に近いほうの牝ジカと仔ジカの群れのほうを覗《のぞ》く。ピントを合わせていく。

蹲《うずくま》ってコブ胃から口に戻した草を反芻《はんすう》している牝もいれば、草を食いながら仔ジカに乳を吸わせている牝もいる。

新城はしばらく、飽かずに牝ジカと仔ジカの群れを観察していた。

そのとき、牝ジカたちが耳を立て、鼻を上に向けて空中の匂《にお》いを嗅《か》ぎ取ろうとした。

新城は、自分の存在を気付かれたかと苦笑した。

だが、双眼鏡の向きを何気なく群れの上に変えた新城は、芝のように短い草にぴったり身を伏せるようにして、一頭の金茶色のヒグマが、群れに忍び寄ってくるのを見た。

昼間は地面が太陽に暖められるために、匂いは上昇気流に乗って上に昇る。だから、鹿の群れは、下から襲ってくる猛獣の匂いを早く嗅ぎとって襲撃を避けるために、昼間は山の頂上近くに登るわけだ。

反対に、夜は空気が冷えて空中の匂いも下に降りてくるために、シカは低地に降りて、上から襲ってくるけものを避けるのが普通だ。

だから、本来ならば今の時刻だとシカの群れは山の頂上近くにいる筈《はず》だが、そのあたりの草が短くなりすぎているので中腹まで降りて採餌《さいじ》しているのだ。

双眼鏡の向きを移動させた新城は、仔グマも忍びに加わっているのを見た。仔グマは三頭いる。

いずれも、体の大きさは母グマとほとんど変らなかった。四頭のヒグマは、牝ジカと仔ジカの群れの一番上にいる牝ジカと今は二百メーターも離れてない。

そのとき、群れのリーダーらしい牝ジカが鋭い警戒音をたて、短い尻尾《しっぽ》を立て、荒々しく走りだした。跳び走る。

それをみて、ほかの牝ジカや仔ジカも走りだした。

四頭のヒグマは、忍びをやめ、唸《うな》り声《ごえ》をあげて突っこんできた。素晴しいダッシュだ。下りだから、なおさらスピードはあがる。

ヒグマの母子は、逃げ遅れた一頭の牝ジカに殺到した。

二頭ずつで挟み打ちにする。

母グマの前脚の一撃を首に受けて転がった牝ジカに、仔グマたちが抱きついて嚙《か》みつく。母グマは、まだ生きている牝ジカの腹を鋭く長い爪で掻《か》き裂いた。

仔グマたちは、争って内臓を貪《むさぼ》り食いはじめた。母グマも饗宴《きようえん》に加わる。

犠牲者を残して、牝ジカの群れはどこかに消えていた。牡ジカの群れも尾根を越える。

内臓を食い終わったヒグマたちは、近くに穴を掘りはじめた。穴に埋め、よく熟《む》らしてから肉を賞味する気だ。アラスカ・グリズリーやブラウン・ベアの親戚《しんせき》であるヒグマは、腐敗しかかるほど蛋白質《たんぱくしつ》が酵素分解した肉を好む。

掘った穴に内臓を平らげた牝ジカを埋めてざっと土をかぶせた母グマは、その近くで悠々と居眠りをはじめた。

仔グマたちは、取っくみあいのふざけっこをはじめる。

新城は要心のために、バック・パックの上に縛りつけた銃ケースから、口径七ミリ・レミントン・マグナムのレミントン四〇ＸＢ改のハイ・パワー・ライフルを抜いた。

この銃を使えば、たとえヒグマとはいえ一発で一頭ずつ倒すことは簡単だが、見張りの男たちに銃声を聞かれたくはない。

新城は林と草原の縁を横に廻ってから山を越えることにした。

胸の前に吊ったM十六自動カービンが邪魔なので、バック・パックの上に縛りつけたレミントン四〇ＸＢ改用の革の銃ケースに手さぐりで突っこみ、キャップ式になっている蓋《ふた》を革バンドでとめた。

その動きで新城の体臭が撒《ま》き散らされたらしい。

居眠りしていた母グマが跳ね起きた。

ふざけていた三頭の仔グマが鼻をひくつかせながら新城のほうに視線を向けた。

咆哮《ほうこう》と共に母グマは新城を目がけてダッシュしてきた。ブタに似た目は憎悪に赤っぽく燃えている。

仔グマたちも、転げるようにして母グマに続いた。一人前に唸《うな》り声をあげている。

新城はレミントン四〇ＸＢ改の遊底を操作し、そのまわりだけ銃床を分厚くして五連にした弾倉の上端の実包を薬室に送りこんだ。スコープの倍率を三・五倍にさげる。

母グマは新城の十メーターほど手前で、土煙をあげて停まった。仔グマたちは急停止しようとしてうまくいかず、母グマより二、三メーター前に滑ってからやっと停まると、あわてて母グマのうしろに逃げ戻る。

背中の毛を逆立てて唸っている母グマを見つめながら、新城は彼女が嚇《ブラッフ》しを掛けてきたにすぎないと知った。

母グマも銃の怖さを知っているのだ。だが、仔グマを護るために引き退《さが》れないのだ。

母グマは、停止した位置から二、三歩ダッシュしてフェイントを掛けてきた。

「分かったよ。ここは大人《おとな》しく退却してやる」

新城は穏やかに声を掛けると、母グマのブタのような目から視線を外さずに、そっとあとじさる。

足がもつれたり木の下枝に引っかかって尻餅《しりもち》をつくようなことがあれば母グマがそのチャンスを逃すわけはないから、新城は慎重に退却する。

母グマは緊張をゆるめていった。新城は三十メーターほど退ったあたりで横に向きを変える。

一キロほど林のなかを横に行ってから草原に出る。母グマと仔グマは、牝ジカを埋めたあたりに戻っていた。

新城は草原のスロープを登っていった。ところどころに、ヒグマにやられたのか人間に射たれたのか、エゾシカの骨が転がっている。見張りが乗ったらしい馬の糞《ふん》も、無数のエゾシカやヒグマの糞に混じっている。

尾根にたどりつく。腹這《はらば》いになった新城は、午後四時の陽のぬくもりを尻に感じながら、双眼鏡を取りだす。

尾根の向うの山のスロープも、三分の二ほどが草原になり、その下が雑木林だ。その先の平地には針葉樹の原生林が奥行き五キロ、幅七キロほどにひろがり、突き当たりも左右も山に囲まれている。

針葉樹の原生林のあいだを幾つもの川が流れ、川の左右は幅五十メーターほどの湿原になっていた。

いま、その川の一つを、さっきの群れとは別らしいエゾシカの牡の小群れが渡っている。深さは、エゾシカの膝《ひざ》までぐらいしかないようだ。冬にはカモやガンが無数にシベリヤや中国から、やってくることであろう。

桜田のメイン・ロッジがあるメノコ湖も、新城が桜田を待伏せする計画になっているピリカ湖も、いま新城がいる山の尾根からは見えなかった。

ピリカ湖は、正面に見える山の向うにあり、メノコ湖は原生林の右側の山のさらにもう一つ向うの山を越えたところにあるのだ。

双眼鏡を使って新城は、入り組んだ川や小川を調べ、二千分の一の地図と突きあわせていく。

地図は大きな流れについてだけは正確であったが、小川に関しては不正確であった。だが、出来るだけ足を濡《ぬ》らさずに正面に見える山にたどり着けるルートの見当はついた。

2

双眼鏡を仕舞った新城は、尾根を越えてくだりはじめた。

エゾシカに芝生のように短く食い切られた草は滑りやすい。山腹の雑木林まで降りた新城は、林のなかで振りまわすにはちょっと長すぎる四〇XB改を銃ケースに仕舞い、軽く短いM十六自動カービンを右手に持った。

雑木林とトド松の原生林の境いを流れる小川の近くまで来たとき、陽が山の向うに隠れた。新城は、今夜はこのあたりで野宿することにする。

幅三メーターほどの小川の流れは清冽《せいれつ》であった。近づくと大きなヤマメの群れが素早く岩蔭に走りこむ。

水筒に水をくんでおき、新城は雑木林のなかで上にはブナ科の木の枝が大きく張り、まわりには低い灌木とボサが密生している場所まで歩いた。そこの地面の落葉の上にバック・パックを降ろす。

まわりでは、エゾヤマドリが、コジュケイを甲高くしたような声を張りあげている。

新城はバック・パックから外したポリ・パッドを敷いて腰を降ろすと、水筒の冷たい水で口をすすいでから、タバコに火をつけた。

冷気が強まってくる。タバコを乾いた落葉の下の湿った地面で充分に揉《も》み消した新城は、バック・パックからプリムス七一Lのブリキの箱に包まれた小さなキャンプ用ガソリン・コンロを取りだした。箱の蓋《ふた》と前の覆《おお》いを開く。

火皿とノズルをマッチで火をつけた固形燃料の小さなカケラで暖めておき、調節ノブを付属のキーで左にひねる。

シュー、シューとノズルから噴きだした気化ガソリンは、青と赤が混じった炎をあげて火皿の裏に当たってはね返る。

火皿が熱くなってくると、炎は青白くなり、火皿が赤熱されると炎は小さいがにぎやかな音をたてて火皿の下で渦巻いてから勢いよく舌なめずりする。

新城はそこに、コッフェルのヤカンを掛けて水筒の水を移した。また、小川に行って水筒を満たしてくる。

干肉をかじっているうちに、ヤカンは盛大に湯気を吹きあげた。新城はホーロー引きのマグカップのなかでインスタント・コーヒーを熱湯で溶き、ブラックで飲む。

今夜はまだ食わないが、干魚をガソリン・コンロで炙《あぶ》っておく。ピリカ湖に近づいたら、食物を焼く匂いをたてることも禁物になるからだ。

果物を食い終えた新城は、炙った魚の干物と干肉だけはバック・パックと別にしてビニール袋に入れ、二十メーターほど離れた高さ十五メーターほどの白樺《しらかば》の木をよじ登って地上五メーターほどの高さに張りだした枝に吊っておく。

ヒグマに襲われないためだ。食物を自分の体の近くに置いておくと、それを目当てにやってきたヒグマに夜襲を掛けられることがある。

ブナの木の下に戻った新城は、ポリ・パッドの上にグース・ダウンのスリーピング・バッグを置き、ハンティング・ブーツと弾倉帯とクルーザー・コートをスタッフ・バッグに詰めて枕にした。

寝たままでもすぐ手がとどくところにレミントン四〇XB改とM十六自動カービンを置き、

拳銃《けんじゅう》は身につけたままスリーピング・バッグにもぐりこむ。そのスリーピング・バッグのジッパーは内側からも滑らかに開くことが出来るから、夜のうちに冷雨が降ってジッパーを凍りつかせる初冬でないかぎり、上に何も掛けなくても心配ない。

やっと本当の夜になってきた。

新城はなかなか寝つかれず、ときどき両の掌で火口を覆ってタバコを吸っていたが、十時頃になってやっと浅い眠りに落ちる。

けものが太い息を鼻から漏らす音、それに木が爪で引っ搔かれる音で新城は目覚めた。

新城はスリーピング・バッグの左右のジッパーを開き、左手でM十六自動カービンを摑《つか》む。

こんな暗さでは、四〇XB改の七ミリ・レミントン・マグナムをブッ放して失中するよりは、たとえ一発一発の威力は弱くてもM十六の五・六ミリ弾を掃射したほうが効果的だ。

一弾倉分の三十発をブッ放せば、五発や六発は命中するだろう。

薬室に実包を送りこんだ新城は立上った。近くの灌木の向うの闇《やみ》をすかし見る。

闇のなかなので、ヒグマは大胆であった。

おそらく茶色の牡と思われる大きなヒグマが、新城が枝にビニール袋に入れて食料を吊った白樺の木に這い登ろうとして努力している。

だが、月の輪熊とちがって、ヒグマは木登りは得意でない。しかも、巨体に対して幹が細すぎるために、少し登ってはずり落ちる。爪に抉《えぐ》られた樹皮が飛び散る。

ヒグマはいらだっていた。何としてでも新城の食料を奪おうと前脚で幹を殴りつけたり、幹に噛みついたりする。

ビニール袋に入っている干肉のなかに、牛の肉だけでなく、豚のアバラ肉ベーコンを茹《ゆ》でて干したものも混じっているからであろう。クマは、蜂蜜《はちみつ》とベーコンが死ぬほど好きなのだ。ビニールを通して外にわずかな匂いが漏れたのか、それとも新城がその袋に入れる際に袋の外にベーコンの匂いをつけてしまったのか分からぬが、ともかく牡グマは、女に飢えきった囚人の向うで女が股《また》を開いて誘っているのに、鉄格子に邪魔されているような状態になっていた。

その牡グマの苛々《いらいら》がこれ以上高まると、新城に向かってくるかも知れない。だが新城は、銃声を見張りに聞かれるのは何とかして避けたかった。

だから新城は、こっちから嚇《ブラッフ》しを掛けることにした。

野獣に似た咆哮《ほうこう》をあげてヒグマに詰め寄る。

ヒグマは仰天し、唸り声をあげ、体を丸めて逃げていく。

苦笑した新城は、M十六自動カービンをかつぎ、白樺の木に登った。枝に吊ってあったビニール袋のロープをナイフで切った。

袋は落ちた。新城も下に降り、ビニール袋を持って小川のそばに行った。袋からベーコンを干したものを全部取りだし、一キロほどのその干肉をボサに投げ捨てる。

口を縛ったビニール袋の外側を小川でよく洗い、干魚や牛肉の干物などがなかに残っているそのビニール袋を、再び白樺の枝から吊る。

スリーピング・バッグに再びもぐりこみ、薬室から実包を抜いたM十六自動カービンを抱いて目を閉じる。

さっき小川のほとりで靴下を漏らしてしまったが、インディアンの手編みのウールなので足は冷たくない。

再び浅い眠りに落ちた新城は、小川のせせらぎの音に混じってクチャクチャと無気味に響く音で目覚めた。

さっきの牡グマが戻ってきて、小川の近くのボサのなかに新城が捨てたベーコンを夢中になって食っているのであろう。

やがてクチャクチャという音はやみ、小川の水をペチャペチャと飲む音が聞こえたあと、あたりは静かになる。

牡グマは去ったのであろう。

新城は深い眠りに落ちた。

夜が白んで小鳥の鳴き声やエゾリスのキーキー声が響いてくると共に新城は目覚めた。

寝袋に入ったままタバコを一本吸うと、のろのろと起きだした。早朝の空気は冷たい。

クルーザー・コートやハンティング・ブーツをつけた新城は、ガソリン・コンロでココアを沸《わ》かし、干魚で朝食をとった。

日の出と共に、防水ナイロンで作られた露や雨よけのレイン・チャップをズボンの上からつけ、バック・パックをかついで出発した。

ブローニング・ボールダー・ヴァイブラムのハンティング・ブーツは防水性を持っているか

ら、浅い流れでは足は濡れなかった。

深い流れでは、流れの上に顔を覗《のぞ》かせている岩を伝って跳ぶ。岩の上はコケで滑りやすく、新城は何度かバランスを失いそうになった。

どうしても仕方ない時には、ハンティング・ブーツも靴下も脱いでズボンもまくりあげて流れを渡る。無茶苦茶に魚が多い。

正面の山の尾根に着いた時は十時を過ぎていた。腹這いになった新城は双眼鏡を取出す。

その山も中腹から上はエゾシカに灌木を食い荒されて草原となっていた。

尾根から二キロほど先が山裾《やますそ》で、その向うの落葉樹や広葉樹の集落が入り組んだ原生林の広がりのなかにピリカ湖が陽光を反射している。

ピリカ湖からいま新城がいる尾根までは六キロほどあった。

ピリカ湖の向うにも、原生林をへだてた左右にも別の山があるが、湖から右側の山の裾に舗装されてないとはいえ、車道が作られている。

湖に面したロッジの正面側は、原生林と湖をへだてて、いま新城がいる位置とちょうど向かいあっていた。

ロッジは二軒に分かれ、いずれも外側から見たところは丸木造りの二階建てで、それぞれ建坪は五十坪ほどある。

右側のロッジの一階のテラスは広かった。左側の一階は倉庫になっているような感じだが、遠すぎるので双眼鏡ではよく分からない。

二つのロッジとも、湖の波打ちぎわとは砂浜をへだてて三十メーターほど離れていた。

3

双眼鏡を覗いている新城の目に、右側のテラスで何かがピカッと光ったのが写った。

新城は目をこらしたが、倍率わずか八倍の双眼鏡で、湖の幅も含めて六キロ半は距離があるロッジの細部を見ることは不可能であった。

新城は這ったまま少しあとじさった。

尾根の稜線《りょうせん》から三メーターほどうしろに降りたところでバック・パックを降ろす。

そこから、ブッシュネルの可変倍率監的用《ヴァリアブル・スポッティング》スコープと軽い三脚を取出す。そのスポッティング・スコープは、二十倍から四十五倍まで倍率を変えることが出来る。

新城は再び尾根のすぐ下まで這いあがり、三脚につけたスポッティング・スコープの倍率を二十倍に下げたまま、対物レンズの向きとピントをロッジに合わせていく。

はじめから倍率をあげると、視野がひどく狭まるから、ロッジにスコープの向きを合わせるだけで一苦労なのだ。

スコープの向きがロッジに合ったところで三脚のマウントに固定し、新城は倍率を四十五に上げ、ピントをさらに合わせた。

六キロ半ぐらい離れた右側のロッジが、百五十メーターほどの近さに引寄せられてスポッテイング・スコープに写った。

さっきピカッと光ったのが何なのかがはっきり分かった。

ロッジの広いテラスに固定された三脚の上に望遠鏡がのっている。そのうしろに男が椅子《いす》に腰を降ろして、望遠鏡を覗いていた。

望遠鏡は、湖の対岸の林に向けられていたので、新城はゆっくりと観察することが出来た。

テラスにいるのは、望遠鏡を覗いている男だけではなかった。

そのうしろで、四人の男がマージャンの卓を囲んでいる。望遠鏡の男も含めて、みんな腰のホルスターに拳銃をブチこんでいる。

望遠鏡の二メーターほど左側に、太い三脚に乗せられた円筒形のものがあり、それにはキャンヴァス・カヴァーが掛けられていた。重機関銃らしい。そいつの三脚の足許に弾薬箱があった。

新城はマウントのノブを回し、スポッティング・スコープの向きをごくわずかに変えていった。

右側のロッジに、まだほかに見張りがいるのかどうかは、カーテンが閉じられた窓が邪魔になって分からない。

左側のロッジも同様であったが、そこの一階の倉庫のようなものは、ボートの格納庫らしかった。そこから湖畔まで、トロッコのレールが敷かれている。

見張りたちは車に乗ってきたらしく、ロッジのまわりに車輪の跡があるが、車は建物の蔭に駐《と》めてあるらしくて、新城がいる位置からは見えない。

新城はスポッティング・スコープの向きを右側のロッジのテラスに戻した。

マージャンが一段落したらしく、卓を囲んでいた男たちは立上った。

奥に引っこんだ者もいるし、望遠鏡の係を替った者もいる。今まで望遠鏡を覗いていた男は、奥の部屋とのあいだについた壁に嵌《は》めこまれた大きな無線ラジオを使って交信をはじめた。メノコ湖にあるメイン・ロッジとであろう。

やがてメンバーを変えた男たちはマージャンを再開した。

望遠鏡の係になった者は、いま新城がいる山の尾根に向けて、望遠鏡の向きをごく少しずつ変えてくる。

発見されたら困るから、新城はスポッティング・スコープと三脚をバック・パックに仕舞った。

稜線から十メーターほどさがった高さを左に向けて歩く。

三時間後、新城は山の向う側の落葉樹や広葉樹の原生林に続く谷にたどりついた。
五、六メーター下を激流が渦巻いて流れている。涼気というより冷気が新城の体を包む。
新城は谷の上の滑りやすく崩れやすいけもの道をくだっていった。こういうところでは、足首をしっかり保護するボールダー・ヴァイブラムのハンティング・ブーツの有難味がよく分かる。

けもの道は、ときどき這松の林の木の下をくぐっているので、新城は時として四つん這いになって進んだ。ヒグマの糞や体臭が強く匂う。

一時間ほどかけて谷を降りた新城は、渓流で口をすすいだ。原生林のなかを蛇行してピリカ湖にそそぐ流れに沿って歩き続ける。

ときどき、休んでいたエゾシカの群れを見た。コウライキジが飛びだす。キツネも多かった。

新城は日が暮れる頃になって、やっとピリカ湖が見える位置にたどり着いた。

流れから外れ、ハンの木やナナカマドの林にもぐりこんだ新城は、バック・パックを背中から降ろした。

再びスポッティング・スコープと三脚を組立てると、灌木の茂みからレンズ・フードだけを突きだす。

倍率を三十に落としてピントを合わせると、湖と湖畔をへだてて六百メーターほど向うに建つロッジの様子が鮮明に見えた。

左側のロッジの窓から灯が漏れているのは、そこに見張りの交代要員がいるのであろう。右側のロッジのテラスにも灯がつき、五人の男たちがウイスキーやビールを飲んでいる。

もう火を使うわけにいかないので、新城は干肉やビスケットを食い、インスタント・コーヒーの粉末をぶちこんだ冷たい水を飲んだ。

スポッティング・スコープを使って、夜が更けるまで二つのロッジを観察した。

十時に見張りたちは奥の部屋に引っこんだ。

新城はスポッティング・スコープと三脚をバック・パックに仕舞い、林の奥に三百メーターほど後退した。

灌木に囲まれたなかでスリーピング・バッグにもぐりこみ、目を閉じる。今夜はすぐに眠りに落ちた。

ヒグマに邪魔されることなくぐっすりと眠った新城は、夜明けと共に目を覚ました。体力が充実していることを自覚する。

干魚をかじり、青リンゴを食った新城は、バック・パックにスリーピング・バッグとポリ・パッドを縛りつけた。

昨日の位置まで戻る。

スポッティング・スコープで観察したが、二つのロッジのなかでは、まだ誰も起きてないようだ。

新城は革の銃ケースからレミントン七ミリ・マグナムのライフルを抜いた。ライフルにつけたボッシュ・アンド・ロームのライフル・スコープの倍率を九倍に上げる。

ブッシュから出ると、レイバン・グリーンのシューティング・グラスを掛け、スリングを左腕に捲《ま》きつけて膝射ちのスタンスをとる。

薬室は空にしたまま、ロッジのテラスを狙って三十回ほど空射《ドライ・ファイア》ちする。引金の重さは五百グラムに調整してある。

新城はスポッティング・スコープを三脚に据えたブッシュに戻った。バック・パックからは、三十発ずつ七ミリ・マグナム実包を入れたポウチ十三個をいつでも取出せるようにしてある。

あと二個のポウチは、フィルスン・クルーザー・コートのポケットのなかだ。

午前八時を過ぎた頃、五人の男が右側のロッジのテラスに姿を現わした。続いて、左側のロッジからも五人の男が出てきて、右側のロッジのテラスに歩く。

十人の男たちは、拳銃だけでなく、短機関銃も首から吊って武装していた。一人は、無線ラジオで連絡をとっている。

望遠鏡には一人の男が取りつき、湖の対岸、すなわち新城が隠れているほうを覗いているが、新城に気付いた様子はない。

待つほどのこともなく、新城の耳は、自動車のエンジン音と排気音、それにボディが震動する音をとらえた。

無線係の男も、望遠鏡の係の男も、ほかの男たちと共に道路のほうを向いた。

新城はスポッティング・スコープから目を離し、道路のほうを見た。

土煙をあげてロング・ボディのニッサン・パトロールの四輪駆動車がロッジに近づいていた。

その車には、屋根はついていたがドアはついてない。シートが三列になっている車内に六人の男が乗っているようだ。

新城は双眼鏡をニッサン・パトロールに向けた。

桜田は、真ん中の列の左側に乗っていた。派手なフィッシング・ウェアを身につけ、上機嫌で笑っている。

あとの連中は、運転係をのぞいて、短機関銃で武装している。拳銃も身につけているようだ。

湖には陽光をさざ波が照り返していた。ときどき、大きなマスが跳ねあがる。新城は深呼吸した。

右側のロッジから五メーターほど手前でニッサン・パトロールは停まった。その車から五人の男が跳び降り、重々しい態度で降りてくる桜田に頭をさげる。

ロッジのテラスにいた十人も、テラスから降りて桜田にバッタのように頭をさげた。肥満した短軀の桜田は、擬餌針《フライ》で飾られたチロル帽を脱《ぬ》ごうとせずに、鷹揚《おうよう》に頷《うなず》く。

新城はまたスポッティング・スコープを使ってロッジのテラスを覗く。

桜田はテラスの椅子に腰を降ろした。ゲジゲジ眉の下の金壺眼《かなつぼまなこ》が鈍く光っている。見張りの一人が桜田にコーヒーを運んだ。桜田のすぐ近くに三人が残り、ほかの男たちは釣具を運んできたり、左側のロッジからトロッコに乗せて三隻のモーター・ボートを湖に押しだしたりする。

三隻の長さ十五フィートほどのボートに、船外機エンジンが掛けられた。釣具も乗せられる。

桜田はゆっくりとテラスを降り、ボートに歩み寄った。

そのうしろに、十二人の男たちが横にひろがって続く。あとの三人は、ボートのなかだ。

左手に七ミリ・レミントン・マグナムのライフル、右手にバック・パックを摑《つか》んだ新城は、ブッシュから走り出た。

林の縁まで走る。

そこでバック・パックを置くと、膝射ちのスタンスをとりながら、ボルトを操作して弾倉上端の実包を薬室に送りこむ。米国N・R・A——ナショナル・ライフル・アソシエーション——のハイ・パワー競技用《マッチ》に機関部が作られたそのライフルは、受筒《レシーヴァー》に、ストリップ・クリップを使って素早く装塡《そうてん》するためのクリップ・スロットの溝が切ってある。パックマイヤーのスウィング・マウントにつけた倍率八のライフル・スコープのデュアルXのレティクルに桜田を捕えた新城は、下腹を狙って引金を絞った。

六百ヤードで着弾修正されているそのライフルから激しいスピードで飛びだした百八十グレイン・シェーラ・マッチキング・ホローポイント・ボートテイルの精密な弾頭は、桜田の下腹から入って背中から抜けた。

吹っ飛んだ桜田の背中から腸がはみ出ているのが新城に分かった。

ニヤリと笑ってボルトを操作した新城は、テラスに据えられた重機関銃に続けざまに四発射ちこんだ。

茫然《ぼうぜん》としていた桜田のボディ・ガード兼見張りたちは、泡をくらって、新城の銃声が聞こえたほうに短機関銃を乱射しはじめた。

だが六百メーター近い距離は、拳銃弾を使用する短機関銃の有効射程を外れている。はじめの掃射のほとんどは湖に水しぶきをあげただけであった。跳弾は、新城までとどく力を失っている。

ボルトを引いた新城は、右ポケットのポウチから、五発が一列になって薬莢《やっきょう》の尻がくわえられている金属製のストリップ・クリップを出した。

スウィング・マウントにつけたスコープを左に倒し、受筒のクリップ・スロットにそのクリップを差しこみ、実包を上から親指で強く押した。クリップから抜けた五発の実包は、二列に互いちがいになって弾倉のなかに押しこまれた。

クリップを引抜いて捨てた新城は、スコープを起こすと、弾倉上端の実包を薬室に送りこむ。それらの操作を第二波の短機関銃の掃射を受けるまでのごく短い時間のあいだに行なう。

第二波の掃射は新城に少しは近づいた。木の枝や葉が吹っ飛ぶ。

だが新城は、ボルト・アクションの反動が強いマグナム・ライフルを自動ライフルのような早さで射った。

五発で、ボートの三人と湖畔の二人が顔を吹っ飛ばされたり、胸をグシャグシャにされて倒れた。

再びストリップ・クリップを使って装塡した新城は、まずテラスの奥の壁の無線ラジオを射ち砕いた。次弾で、ランドクルーザーの左の前輪をバーストさせる。

湖畔の男たちのうちには、もう短機関銃の弾倉を射ち尽した者が三、四人いた。

彼等は予備弾倉を携帯してなかった。恐怖に発狂したようになった彼等は、あわてて拳銃を抜いて、ロッジに逃げ戻りはじめた。

新城は逃げる彼等の背中に射ちこんだ。だが、三人を倒したところで弾倉も薬室も空になる。

新城がまたストリップ・クリップを使って装塡している間に、一人の男がロッジのテラスに跳び移った。重機関銃に取りつき、キャンヴァス・カヴァーをはぐる。

新城はその男を無視し、湖畔の男たちを狙い射ちした。

湖畔の男たちは、今は生き残りの全員が、短機関銃の弾倉を射ち尽していた。

新城は、死体と化した仲間の短機関銃をひったくろうとしたり、ロッジに逃げこもうと試みる男たちを一人ずつ片付けていく。

重機関銃に取りついた男は、弾薬箱を開いてベルト弾倉を引っぱり出した。そいつを装塡しようとし、遊底が歪《ゆが》んでしまって動かないことに気付く。

絶叫をあげたその男は、拳銃を盲射しながら奥の部屋に逃げこもうとした。そこに新城が放った七ミリ・レミントン・マグナム弾が襲ってきて後頭部を破壊する。

湖畔でまだ戦闘能力を失ってないのは、四人に減っていた。彼等は拳銃を射ち尽すと、四つん這いになって命乞いをする。

新城は彼等の、右腕を吹っ飛ばした。

次に彼等の左手の手首の先を吹っ飛ばす。百八十グレイン・シェーラ・マッチキング・ホローポイント弾は、獲物の体にくいこんだ途端に強烈に炸裂《さくれつ》するので、皮が厚い大きな動物には浸透力が不足して不向きだが、人間のように皮が薄く脆弱《ぜいじゃく》な動物には凄《すさ》まじい威力を発揮する。

無差別射爆

1

再びレミントン四〇XB改の狙撃銃《そげきじゅう》に七ミリ・レミントン・マグナム実包を五発装塡《そうてん》した新城は、バック・パックにスポッティング・スコープを仕舞った。

そのバック・パックを仕舞い、右手にライフルを提《さ》げると、薄笑いを浮かべて立上る。

湖の対岸では、下腹を射たれた桜田が苦しまぎれに砂を掻《か》きむしっている。ボディ・ガードたちは死体と化したか、重傷で戦闘能力を完全に失っている。

新城はピリカ湖の湖畔に沿って対岸に向けて歩きだした。しっかりとした早足だ。対岸の上空では、早くも死臭を嗅《か》ぎつけたカラスの群れが、不吉な鳴き声をたてながら舞っている。

ロッジと湖のあいだに倒れている桜田にたどり着いた新城は、桜田がまだ生きていることを知って、捕えた獲物をなぶる豹《ひょう》のような笑いを浮かべた。

桜田の背中の射出孔からはみだした腸は砂にまみれて乾いていた。全身を小刻みに痙攣《けいれん》させている桜田は高熱のために乾いてヒビ割れた唇から悲鳴を漏らしながら、恐怖に引きつった金《かな》壺眼《つぼまなこ》を新城に向けている。

新城はライフルの安全装置を外すと、桜田の顔に銃口を向けた。

「助けてくれ！　助けてくれたら、儂《わし》の全財産をやる！」

尻《しり》から下は糞尿《ふんにょう》にまみれている桜田は呻《うめ》くように言った。

「これが、国士と言われた貴様の正体だな」

新城は嘲笑《あざわら》った。

「何と言われてもいい……死にたくない……こんなところでくたばったら、せっかくの儂の財産が……」

桜田は金切声をあげた。

「森山も同じことを言ってたぜ」

「ああ、森山を殺《や》ったのも貴様か！」

「この気狂いの復讐鬼《ふくしゅうき》が殺ったのさ」

新城は乾いた笑い声をたてた。

「本物の気狂いだ、貴様は！　儂は貴様の恨みを買った覚えはない！」

桜田は呻いた。

「俺を貴様と呼ぶな」

「わ、分かった。何と呼んだらいい？」

「助かりたかったら、何と呼んだらいいか分かるだろう」

新城は桜田の頭から一メーターほど離れた砂地に七ミリ・レミントン・マグナムを一発射ちこんだ。

物凄《ものすご》い轟音《ごうおん》と衝撃波だ。一立方メーターほどの砂が吹きあがる。

恐怖の目を閉じた桜田の顔に砂が降り落ちた。新城はボルトを操作し、空薬莢《からやっきょう》をはじき飛ばすと、弾倉上端の実包を薬室に送りこむ。

「あ、あなたと呼ばせてください——」

しばらくしてから口を開いた桜田は必死の猫撫《ねこな》で声で言い、

「あなたは儂に……この私に何の恨みがあるんです？」

と、尋ねる。

「国家権力をバックに国民を食いものにしている貴様が気に入らないんだ」

新城は言った。

「そ、そんなことなら、儂より……私より小野寺のほうが悪辣《あくらつ》だ」

「どっちも似たようなもんだ」

「保守党丸山幹事長と組んで散々に荒稼ぎしてきた小野寺は、財界の献金パイプのトンネル機関の国民奉公会を通じて保守党に入ってくる莫大《ばくだい》な金の十分の一を、丸山の力で流用させてもらってるんだ。去年は国民奉公会を通じて保守党に入った金が、通常会費の五百億と衆院選のための臨時会費の二千億の、二千五百億だった。派閥ごとに入ってくる一千億は別としても……ところで、保守党の金の出し入れをがっちり握っているのは、総裁と幹事長と経理局長で、大蔵大臣でさえそいつにはタッチできない」

「…………」

「経理局長は丸山幹事長の一の子分だ。幹事長は国民奉公会から入ってきた党費の二割から三割を自由に使えるわけだが、勿論《もちろん》、その金だって保守党内の子分たちの代議士や議員に分配するという建て前になっている。ところが丸山は、経理局長と組んで、党費の十分の一を小野寺に貸したんだ。総裁である江藤首相の目をかすめて」

桜田は言った。

「そうかい？　貴様は江藤派なんだろう？　それなのに、なぜそのことを江藤に知らせないんだ？」

新城は唇を歪《ゆが》めた。

「…………」

「丸山から口止め料をもらったからだろう？」

「儂も子分を養っていくのに金がかかる」

「分かった。話を続けろ」

「保守党の党費の流用分二百五十億、東北や山陽地方をはじめとする新幹線や高速道路予定用地の買占め、国有地払い下げ、株式操作、対韓援助のリベートのピンハネ、政府発注の大工事の独占など、丸山と組んで荒稼ぎした莫大な金で、小野寺は国内三大航空会社の株を買い占め、実質上の支配者になった。その狙《ねら》いの一つに、日中航空協定で廃線になったドル箱の台湾路線を復活させるダミー会社を作ることもあるが、三大航空会社の支配者となった上に丸山の政治権力をバックとしている小野寺は、いつでも羽田の税関はフリー・パスだ。

小野寺は海外の観光地やホテルの買収のためという名目で、二《ふ》た月《つき》に一度は大勢の取り巻きや一回ごとに変る女や代議士を引き連れて海外に出るが、そのとき、随行の連中に大きなトランクを機内持ちこみさせる。税関フリー・パスのトランクの中身は現ナマだ。その現ナマはホテルやリゾート用地の買収の裏金として使われることもあるが、それよりも、その現ナマで麻薬や覚醒剤《かくせいざい》を買って、税関フリー・パスで日本に持ちこんでくるんだ」

桜田は呻いた。

「本当か?」

「嘘《うそ》はつかん……日本に持ちこむヘロインや覚醒剤は、海外での買い値の十倍で極道《ごくどう》組織に売る。一回に持ちこむ量は、百キロ単位だから、物凄い稼ぎになる」

桜田は口惜《くや》しそうに言った。

「麻薬や覚醒剤を小野寺から買いとるのは?」

新城は尋ねた。

「山野組だ。貴様……あんたを傭《やと》っている。だけど、この頃は、東日本会にも売るようになった。つまり、高い値をつけたほうに売るわけだ」

「なるほど」

「だから、小野寺が持ちこんできた麻薬や覚醒剤は、この頃は奴が海外で買った値の十五倍もで極道組織が買わされている。もっとも極道組織のほうは、買い値の十倍で下部組織に流しているから、末端価格で、覚醒剤でも〇・〇二グラムの一包《パケ》が一万円もする。つまり、一グラム五十万、一キロでは五億円になるんだ」

桜田は苦しげな息の下で言った。

「……………」

新城は催促するような視線を桜田に向けた。

「小野寺の野郎、丸山と組んで、そうやって荒稼ぎした金で何を買ったと思う？」

「……………」

「銀行だ」

「銀行？」

「そうだ、あんたは、城南市民相互銀行を知ってるだろう？」

「名前だけは知っている」

新城は答えた。

「渋谷に本店があるが、大手の都銀に客を食われて四苦八苦していた。その相互銀行を小野寺は四十億円で買収した」

「何のメリットがあるんだ？」

「城南市民相互銀行は都内に三十の支店を持っているんだ。あんただって、銀行の支店が建つような場所の地価の高さは知ってるだろう？　しかも、銀行がその土地を買収するという計画がちょっとでも漏れたら、地主はバンバン値上げしてくる。銀行だってダミーの不動産会社を使って買収しようとするが、そんな秘密はすぐ漏れる」

「なるほど」

「その上、大蔵省は銀行が新しく支店を作ったり、本店や支店の店舗面積をひろげることを極力押えている」

「分かった」

「小野寺は、その城南市民相互の三十の支店を武器として、かねて株を買い占めておいた都銀ランク十二位の太平銀行と市民相互を合併させた。太平銀行の五十の支店と市民相互の三十支店を武器にして、次は全国第五位の三徳銀行との合併を狙っている。そいつが実現するのは、丸山幹事長が新首相の椅子《いす》についてからになるが、そうなると、三行合併の新銀行は日本一のマンモス銀行になる。預金高は軽く七兆円を越す。小野寺は、その七兆円を自分の事業のために自由に使えるようになる。天文学的な儲《もう》けは、無論、丸山と山分けする積りだ」

桜田は呻いた。

「畜生……日本は、そうなったら、丸山と小野寺に乗っ取られるのも同然じゃないか」

新城も呻いた。

2

「そうなんだ。だから、儂《わし》なんか、小野寺からくらべたら、ホトケのようなものだ。頼む、助けてくれ。あんたが殺《や》るべきなのは小野寺のほうだ」

桜田は哀願した。

「貴様がホトケのような男だと？　笑わせるんじゃない——」

新城は嘲笑ったが、

「丸山や小野寺は、そんなに金をたくわえこんでどうする気なんだ。もっとも、貴様にしても江藤にしても沖にしても富田にしても同じようなもんだがな」

と、呟《つぶや》く。

「儂はちがう……儂は日本をアカの魔手から守るために金を使っているだけだが、小野寺たちは人間の出来がちがうんだ。百億ためると千億欲しくなる。千億たまると一兆欲しくなるという具合に欲望に果てがなくなるし、金と権力がないと不安で気が狂ってしまうタイプなんだ」

「貴様だって同じだ。さあ、認めるんだ。貴様も口ではもっともらしいことを言いながらも、実際は小野寺と同じ金権亡者だということをな。認めたら、命は助けてやる」

新城は豹のように歯を剝《む》きだした。

「認める。儂が立派なことを言ってたのは金儲けのためだということを認める。だから助けてくれ。あんたが小野寺や丸山を殺《や》る時には、ぜひお手伝いさせてもらう」

桜田は必死にしゃべった。

「丸山の前に、沖を殺らねばならん。江藤もな。そのあと、ゆっくり丸山を料理してやる」

新城は吐きだすように言った。

「小野寺は？」

「奴を殺るのに貴様の手を借りることはない……色々としゃべってくれてご苦労だったな。さてと、もうそろそろ貴様にくたばってもらう時が来たようだ……じゃあ、あばよ」

新城は再びレミントン四〇ＸＢ改の銃口を桜田に向けた。

桜田はあくどく生きてきただけに、生命への執着力も凄かった。あれだけの重傷を負っているのに、けもののような絶叫をあげながら転がって逃げようとする。

転がるごとに、背中の射出孔からはみだしたハラワタが、さらに長くはみだして砂にまみれる。

新城はなかなか射たなかった。桜田の苦悶《くもん》を長びかせてやる。

ついに桜田は、落ちている短機関銃をくわえて、銃口を新城のほうに向けようとあがいた。やっと銃口が新城のほうに向かうと、口を使って何とか引金を絞ろうとする。

「あばよ」

新城はその時になって、レミントン四〇ＸＢ改の狙撃ライフルの引金を絞った。轟音と共に放たれた七ミリ・レミントン・マグナム弾は、桜田の頭を吹っ飛ばした。

新城はタバコに火をつけた。タバコを横ぐわえにし、まだ息がある桜田のボディ・ガードたちにトドメのタマを射ちこむ。

ロッジの裏手にボディ・ガードたちのランドクルーザーやランドローヴァーが数台駐《と》めてある。

新城はそのうちのショート・ボディのオープン・タイプのランドクルーザーのエンジンを直結にして掛けた。燃料ゲージは半量を示したので、ほかの四輪駆動車の予備燃料タンクからガソリンを移して満タンにした。

桜田が乗ってきたニッサン・パトロールの無線ラジオも破壊した新城は、ランドクルーザーを四輪駆動にして、湖畔沿いに湖の対岸に走らせる。背中から降ろしたバック・パックや二丁のライフルは、助手席にバインディング・ベルトを使って縛りつけてある。

桜田たちの狙撃を開始した対岸についてロッジのほうを見てみると、空を舞っていたカラスの大群が砂浜や漂うボートに降り、死人のハラワタや舌や眼玉などをついばみはじめていた。

一度ランドクルーザーを停め、ウインドウ・シールドを前に倒して固定した新城は、雑木林のなかにその四輪駆動車を突っこませた。

へし折れた木や枝が新城の頭や顔を引っぱたこうとするので、新城は運転しながら上体を右に左に倒す。

それでも、しばしば、反《そ》って撥《は》ね返る枝に顔を叩《たた》かれた。強化焼入れレンズのレイバンを掛けてなかったら、一時的にではあっても盲目になるところだ。

その林や半メーターほどの深さの流れはランドクルーザーで通れたが、深い谷でランドクルーザーを捨てねばならなかった。

上側に革ケースに収めたレミントン四〇ＸＢ改の狙撃用ボルト・アクション・ライフルをくりつけたバック・パックを背負い、右手にＭ十六自動カービンを持った新城は、再び足を使って、幾つもの山河を越えた向うに隠してある自分のランドクルーザーのほうに歩きはじめる。

一つの山の頂上近くに来たとき、新城は四輪駆動車の唸《うな》りを聞いた。尾根に駆け登った新城は、腹這《はらば》いになり、双眼鏡を手にする。

ピリカ湖から六キロは離れているが、湖のロッジのほうから、数台の四輪駆動車が対岸に向けて湖畔を走っているのが、マッチボックスのミニチュア・カーほどの大きさに双眼鏡に写った。騎馬が数頭、そのあとに続いている。

だが、新城の耳に聞こえてくる四輪駆動の唸りは、いま双眼鏡に写っているのとは別の方角から伝わってくる。

新城がさっきランドクルーザーを乗り捨てた林のなかから聞こえてくるのだ。

追っ手が、新城が使ったランドクルーザーのタイアの跡や木々をへし折った跡をつけてきていることは明白であった。

新城は双眼鏡をポケットに仕舞い、Ｍ十六自動カービンを再び摑《つか》んで山を降りはじめた。

エゾシカに草木を食われて禿《は》げている尾根から、やっと岩が多い草原のスロープまで降りたとき、新城の耳はヘリの爆音が近づいてくるのを摑まえた。

新城は二百メーターほど離れた大きな岩に向けて必死に走った。

うまい具合に、その岩の北側は、庇《ひさし》のように張りだしていて、その下にもぐりこむことが出来そうだ。

滑りやすい草原で何度か膝《ひざ》をついた新城は、やっとのことで大きな岩のオーヴァーハングの下にもぐりこんだ。

待つほどのこともなく、ヘリが低空飛行で山の尾根を越えてきた。ガス・タービンのベル・ジェット・レンジャーで、左右の後部ドアを外し、そこから百連発の大きなドラム弾倉をつけたトミー・ガンを抱えた二人の射手が上体を乗りだすようにしている。二人とも、腰には安全ベルトとロープをゆるやかに捲《ま》いている。風圧を避けるためのゴッグルで目を保護していた。

新城はオーヴァーハングの下の窪《くぼ》みに深くもぐりこんだ。

ベルのヘリは、山の六合目から上の草原の上を、五十メーターほど地面から高度をとり楕円《だえん》形のパターンを描いて飛んだ。

そのパターンは、新城が隠れている岩を中心にして、次第に縮まっていく。それにつれて、ヘリのスピードも落ちていく。

そしてついに、ヘリは岩の上空三十メーターほどのところでホヴァリングした。草が風圧でなびく。

少しの間を置いて、トミー・ガンから発射された四十五口径拳銃《けんじゅう》弾が岩のまわりの草や土を続けざまに跳ねとばした。

新城はオーヴァーハングの下にもぐりこんだまま動かなかった。トミー・ガンから掃射された銃弾はオーヴァーハングにも当たりだしたが、拳銃用実包であるために威力は少なく、岩が崩れるようなことはない。

やがてトミー・ガンの掃射が中断し、ヘリが高度を上げる音がした。

一分ほどして、新城の体の上のオーヴァーハングに何か硬いものが当たって跳ね返る音がした。

着地して草原を跳ねながら転げ落ちるその物体を見て、新城は思わず悲鳴を漏らしながら、尻《しり》の孔がギュッと縮まるのを覚える。

そいつは手榴弾《しゅりゅうだん》であった。

岩から十メーターほど斜め下で爆発を起こす。

爆発した手榴弾の破片のほとんどは、新城が隠れていた岩が受けとめたが、数個の破片が新城の腿《もも》や脚に食いこんだり貫いたりした。

恐怖に心臓が喉《のど》までせりあがってくる感じであった。そのとき、二発目の手榴弾が岩の上で爆発して、オーヴァーハングにヒビが走った。

このまま待っていたら、崩れ折れたオーヴァーハングに新城は押し潰《つぶ》されてしまう。

バック・パックを岩の下から外に放りだした新城は岩の下から転がり出た。激しい土煙のなかで仰向けになり、百メーターほど上空のヘリにM十六自動カービンをフル・オートでブッ放した。

ヘリの射手たちは、新城があまりにもヘリの真下の角度にいるために、トミー・ガンの狙いをつけるのに手間どった。

その二人の上体を、新城のM十六から放たれた五・五六ミリの高速弾のうちの数発が貫き、二十数発がヘリの機体やローター・ブレードを貫いたり破壊したりした。

二人の射手が放りだしたトミー・ガンが落ちてくる。そして、補助ローター・ブレードの一枚が吹っ飛んだベル・ジェット・レンジャーのヘリは、右に大きく傾くと、キリキリ舞いをしながら落下していく。

新城は激痛をこらえながら立上った。走るごとに頭の芯《しん》まで激痛が伝わるが、バック・パックを摑み、草原のスロープを尻を使って滑った。

その背後五十メーターのあたりにヘリが墜落した。潰れた機体は炎に包まれるが、まだ爆発は起こさない。

滑り落ちながら新城はバック・パックをかついだ。雑木林に近づき、草原のスロープがゆるやかになりすぎて滑れないので、再び立上って走った。

3

新城が雑木林のなかに倒れこんだとき、炎に包まれていたヘリは爆発を起こした。破片が新城の近くまで飛んできた。

その時になって新城は、やっと、M十六自動カービンの弾倉が空になっていることを思いだした。腰の弾倉帯の三十連の予備弾倉と替える。

ヘリの爆発と共に黒焦げとなった男が幾つか吹っ飛んでいるのが見えた。射手や操縦士たちであろう。

新城は自分が受けた傷を調べてみる。

左腿の二個所と右脚のフクラハギを手榴弾の破片が貫通し、左脚や右腿の三個所に破片がくいこんでいる。

だが、運よく骨は砕けてないようであった。新城はバック・パックを再び背中から降ろし、そのなかから大きな救急箱を取出した。

傷に応急手当てをし、山野組から手に入れたモルヒネを二錠飲む。プラスチックの壜《びん》に三十錠入ったそのモルヒネは、米軍用のもので、米兵は実戦の時には必ず携帯し、苦痛や恐怖をその麻薬でまぎらわすのだ。

モルヒネが効いてくるまで、新城は灌木《かんぼく》の茂みのなかで横たわっていた。

爆発したヘリが燃え続ける無気味な音を聞いているうちに、モルヒネが効いてきたのか眠気が襲ってきた。

新城は超人的な意志の力で睡魔を振り切り、体を起こした。

尾根の上に馬に乗った三人の男がいるのが見えた。新城との距離は七百メーターほどある。

新城は双眼鏡をポケットから出した。壊れてはいない。脚や腿の傷の痛みが重苦しいものに変ったことを悟りながら、新城は尾根の上の馬上の男たちに双眼鏡のピントを合わせる。

三人の男たちは、いずれも機関銃のベルト弾倉をタスキ掛けにし、胸から重量は十キロをちょっと越える程度の自衛隊用六二式機関銃を吊《つ》っていた。腰にはホルスターに収めた拳銃を吊っている。

三人とも、双眼鏡を使って、炎が小さくなったヘリの残骸《ざんがい》や草原のあちらこちらを観察していた。

新城はレミントン四〇XB改の狙撃銃を革の銃ケースから抜くと、そっとボルトを操作して弾倉上端の実包を薬室に送りこんだ。

バック・パックにそのライフルをレストさせ、伏射《ふくしゃ》の構えをとった。鋭い下半身の痛みは鈍痛に変っているが、ズキン、ズキンと打つ脈動がライフルに伝わる。

風は左から右に吹いていた。追っ手との距離は七百メーターほどだから、六百に照準を合わせてある新城のライフルではかなり上を射つ必要がある。

しかし、馬上の追っ手たちは、標高差にして二百五十メーターほど高い位置にいるから、新城は射ち上げることになる。

射ち上げの場合には――約三十度の角度で射ちあげると銃弾は一番遠くまで飛ぶことから分かるように――、平面上で狙い射った時よりも高く着弾する。したがって、距離はあっても、あまり高くは狙う必要はない。

風と高度差を計算して、新城は脈動につれてピクン、ピクンと動くライフル・スコープのデュアルXのレティクルが、三人のうちの真ん中の男の頭の二十センチほど左の空間に合ったとき、絞っていた引金を落とした。

バック・パックにレストさせたために、新城は銃床をゆるくしか保持できなかった。強烈な発射の反動のためにライフルは跳ねあがり、スコープがレイバンのシューティング・グラスに当たった。

射ち上げの姿勢のためにライフル・スコープの接眼鏡が正常な射撃位置よりも目に近づきすぎていたからなおさらだ。

だが、シューティング・グラスのフレームは歪んでも、強化焼入れされたレンズは無事であった。

新城に狙われた男は胸に七ミリ・マグナム弾をくらってうしろに吹っ飛んだが、右足がアブミから外れず、暴走しはじめた馬に引きずられる。

その左右の男たちが乗っていた馬たちも、仰天してスロープを駆け降りはじめた。乗っていた二人は、手綱から両手を放して双眼鏡を覗《のぞ》いていたために、暴走をはじめた馬から振り落とされた。

一人は、自分の馬に額を蹴《け》り割られ、スロープを百メーターほど転がり、漬物石ほどの岩にぶち当たって動かなくなる。

もう一人は、十メーターほど転がってから体勢を立て直し、機関銃にベルト弾倉を給弾しようとあせっていた。

そこに、新城が放った二発目の七ミリ・レミントン・マグナムが飛んできた。頭の半分が吹っ飛んだその男は、無論、即死だ。乗り手を失った馬たちは、右のほうにそれていく。

新城は額を馬蹄《ばてい》に割られた男も三発目で片付けた。無意識にボルトを操作して薬室に送っていた実包をボルトを引いて抜き、弾倉に戻す。

弾倉には三発を補弾し、それらの実包を上から指で押えておいて、遊底をその上に滑らせ、空の薬室に閉じる。

その狙撃用ライフルを銃ケースに仕舞い、バック・パックの上に縛りつけた。バック・パックをかついで立上る。

モルヒネのせいで、歩いても下半身の痛みはそうこたえないかわりに、ひどく体がだるい。足は鉛の靴をはいているような感じだ。

それでも新城は歩き続けた。下りなので登りよりは楽だが、膝が笑って、しばしば転倒する。

山をくだった新城は一休みした。幅は広いが浅い川の向うに針葉樹の原生林があり、三キロほどの幅の原生林を突っ切ったとしたら、また山に突き当たる。

一度休むと、もう立上る気力は無くなった。新城はM十六を雑木林のなかに置き、這って川に近づいた。

清冽《せいれつ》な水に、熱っぽい手や顔を突っこむ。水筒に水を満たしてから流れから直接に水を少しずつ飲む。どんな名酒よりもうまかった。

そのとき新城は、再びヘリの爆音を聞いた。新城はあわてて、M十六自動カービンを置いた雑木林のなかに這い登った。

ヘリは一機ではなく、少なくとも五機が来襲したのが音で分かった。それらのヘリは、さっき新城に撃墜されたヘリの残骸が散らばっている山の六合目から八合目にかけての草原の上に集まって旋回しはじめた。

M十六を摑んだ新城は木々の夏葉や夏草が茂った雑木林のなかで、ブナの巨木に向けて這っていく。四方に枝を張ったその巨木の下なら、空から発見される怖れはゼロに近いだろう。

目ざしたブナの巨木に這い寄って草を搔《か》き分けた新城は、歓喜の叫びが思わず口からほとばしりそうになるほどの発見をした。

地面から盛りあがってたくましく張った根っ子の下に、暗い穴の入口があるのだ。根っ子には、ヒグマの毛がからんでいた。

ヒグマが冬眠に使った巣にちがいない。這って近づかなかったら気付かないところであった。

M十六の銃床で穴の入口をひろげた新城は、バック・パックを背中から降ろして、穴のなかにもぐりこんだ。

地下にあるその巣には、まだかすかにヒグマの匂《にお》いが残っているとはいえ、一畳半ぐらいの広さ一面に枯草が分厚く敷きつめられていて、なかなか居心地がいい。

新城はバック・パックをその巣に引入れた。巣の高さは一メーター半ほどで、楽に坐ることが出来る。

どうせこの桜田の領地から脱出できても、県道や国道には非常線が張られているにちがいないから、新城は傷が直るまでここにひそむことにする。

バック・パックから、スタッフ・バッグに詰めたスリーピング・バッグを外して、それを枕にした。

バック・パックから取出した粉末ビーフと抗生物質を水筒の水で飲んだ新城は枕に頭をつけて横になる。

そのとき、数機のヘリが雑木林を盲射したり、爆弾を無差別投下したりする騒音が聞こえてきた。爆発の地響きも伝わる。新城は体を起こした。

だが、冬山で木が乾いていたら山火事がひろがるだろうが、水分をたっぷり含んだ今の草木は、爆発の直撃をくらったあたりしか燃えなかった。

パニックにおちいったエゾシカの群れが川に向けて駆けくだっていく音も聞こえた。

やがて、爆弾も銃弾も尽きたヘリは、遠くのメイン・ロッジのほうに向けて戻って行く。新城はモルヒネをさらに三錠飲んでおき、ナイフで盲管傷から手榴弾の破片を抉《えぐ》り出す。傷口に抗生物質の軟膏《なんこう》を塗ったガーゼを押しこんだ。包帯を捲《ま》く。

枕に頭をつけると、いつの間にか眠りこんだ。

夢うつつのなかで、再び来襲したヘリの群れが川の向うの針葉樹の原生林に爆撃を加えている轟音を聞く……。

苦痛で目を覚ました。モルヒネの効き目が切れたのだ。穴の入口から、早朝の薄明りが射しこんでいる。寒い。

新城は枕にしていたスリーピング・バッグをひろげてもぐりこみ、弾倉帯を枕にする。全身がひどく熱っぽくて悪寒に震える。

新城はスリーピング・バッグにもぐりこんだまま、千切った干魚を無理やりに水で胃に押しこみ、モルヒネと抗生物質を飲んだ。

昼頃、再び目覚める。

外は陽が輝いていたが、穴のなかは蒸し暑くはなかった。麻薬のせいで頭がボーッとしているが悪寒は消えていた。

動かすと傷はまだ痛むが、水筒の水が切れたので、M十六自動カービンを背負った新城は穴から這い出た。

川に向かう。

川と尾根側を結ぶけもの道に、一頭の牡ジカが倒れていた。腹が波打っているのを見ると死んではいないようだが、胸の傷から肺臓がはみだしている。

ヘリの無差別射爆の犠牲になったのであろう。新城にとっては貴重な食料だ。

新城がそっと這い寄ると、その牡ジカは、パッと跳ね起きて十メーターほど走った。だが、鼻と口から血を吐くと、キリキリ舞いして倒れ、四肢を突っぱらせて痙攣《けいれん》する。

新城はフィルスンのクルーザー・コートのポケットからシュレード・ウオールデンの大型折畳みナイフを出して刃を起こし、気力と体力を振り絞って牡ジカの皮を剝《は》いだ。

解体してみると、肝臓《リヴァー》は痛んでなかった。リヴァーのほかに、痛んでない肉と脂を四十キロほど切り取った新城は、そいつを鹿皮で包み、一度けもの道に引きずり出した。

鹿肉をけもの道に置いておき、川に降りる。

下流のほうに、エゾシカの死体が三つ転がっていた。流れの水を飲み、水筒を満たして腰のベルトに引っかけた新城は、よろめきながら歩いて、肉を包んだ鹿皮を置いてあるところに戻る。

そいつを、苦労してブナの巨木のそばまで運んだ。穴のなかのバック・パックからプリムスのガソリン・コンロを運びだし、コッフェルのフライパンでリヴァーを脂と塩を使って焼いて全部平らげる。

薬を飲み、鹿肉をスライスしてロープに通した。そのロープを、陽が当たる場所の二本の木に張る。

その作業を終えた時には陽はかなり傾いていた。新城は屑肉《くずにく》を三キロほどフライパンで焼いて無理やりに食い、またモルヒネと抗生物質を飲んでおいてから、傷口のガーゼを交換する。

化膿《かのう》はほとんどしていなかった。

翌朝になって目覚めた時には、傷の痛みはモルヒネを必要としないほど軽くなっていた。

外に出て用を足すためにしゃがんでも、痛みは我慢できる。

干肉を作るためにロープに通して吊ってある鹿肉は、ヒグマに食われてはいなかった。無差別射爆の犠牲になったエゾシカの死体が豊富だから、わざわざ人間の体臭がついた肉を狙う気はしないのであろう。

干肉で蛋白質《たんぱくしつ》を摂り、鹿の毛を鹿の骨を削って作った鉤《はり》に結んだ。その毛鉤を細いロープに結んで振りまわす。その簡単な釣具に入れ食いに近い状態で跳びついてくる鱒《ます》の内臓や野ゼリでヴィタミンを摂って、新城はそれからの一週間を過ごした。

隠れ穴から百メーターと離れてないけもの道を馬に乗った追っ手の群れが通ったことが三回あったが、一度も新城に気付かない。

新城の傷は、もうほとんど完治していた。少なくとも、表面はふさがり、肉が盛りあがって皮が張っている。ただ、激しく動くと、傷の奥が痛む。

それからさらに一週間が過ぎた。傷は完全に直り、干肉は残り少なになり、タバコや塩の欠乏をきたした新城は、そろそろ桜田の領地から脱出する時機が来た、と思った。

だが、領地の外に出ても、網を張っている警官隊に捕まったのでは何にもならない。新城はくたばった桜田の子分を捕えて、色々と教えてもらうことにする。

ロープを石で砕いて潰《つぶ》した草で染め、けもの道に張っておく。自分は、近くの灌木の茂みで待ち伏せた。

罠《わな》を張ってから三日目の遅い朝、見張りが馬を飛ばして山を駆け降りてきた。下りなので見張りの男は上体をうしろに反らせてバランスを保ち、手綱を引いている。

手綱に引っぱられて顔が上った馬はまわりの草と同じような色に染められた罠のロープを見落とした。

ロープにつまずいた馬は前脚の両膝を地面についた。乗り手は、馬の頭越しに前に放りだされ、顔と胸から地面に叩きつけられて身動きも出来ずに呻く。

　茂みから跳びだした新城は、その男の頭を蹴って意識を失わせた。罠のロープの一端を立木から解き、そいつで、やっと立上った馬の手綱を縛る。

　気絶している男の体から、拳銃やカービンやナイフを奪ってブッシュのなかに捨てる。男を俯《うつむ》けにして抱き上げると、馬の鞍《くら》の上に横に乗せ、馬をけもの道から横に引っぱっていく。

　馬はブルブルと鼻を鳴らして抵抗したが、新城が猫撫で声を出すと大人しくついてきた。新城はけもの道から三百メーターほど離れた木に馬をつなぎ、気絶している男を降ろした。男の両足の膝のうしろの腱《けん》を切断する。

　運転免許証から朝田という名と分かっているその男は、唸りながら意識を取戻した。あわてて跳ね起きようとするが、両膝のうしろの腱を切断されているので立つことも出来ない。

「だ、誰だ、貴様！」

　朝田は悲鳴に近い声で叫んだ。年は三十一歳の痩《や》せ形の男だ。

「桜田を殺《や》った男だ」

　新城は静かに言った。

　朝田は悲鳴をあげ続けた。やっと悲鳴がやむと、

「やっぱり、生きてたのか？……何でもくれてやる……助けてくれ！」

　と、わめいた。

「俺が欲しいのは情報だ」

新城は言った。

「情報？」

「そう。まず、桜田がくたばったあとの東日本会の動きでも尋《き》くとするか」

朝田から取りあげたタバコに火をつけた新城は言った。数日ぶりのタバコなので、ニコチンが指の先までしみていくのが分かる。

漁船

1

「東日本会——？」

両膝《ひざ》のうしろの腱《けん》を切断されている朝田は唸《うな》り、

「東日本会は、桜田先生を失って浮足だっている」

と、呻《うめ》いた。

「桜田を俺になぶり殺しにされて、桜田の子分どもはどんな気分だ？　貴様も子分の一人だが？」

新城はタバコの煙を吐きながら尋ねた。

「うちの組織は壊滅に近い。パニックに襲われて次々に組織を抜けた。お偉方《えらがた》は、脱走したら処刑すると俺たちに命令しておきながら、怖気《おじけ》づいて逃げてしまった」

「なるほど」

「この私有地に残っているのは、もう二十人ぐらいしかいない。それも、もうあんたが東京に舞い戻ったものと考えて、東京にいるよりもこっちに隠れているほうが安全だということで、東京から移ってきた連中がほとんどだ」

朝田は言った。

「それで、貴様はさっき、何で馬を飛ばしてたんだ？」

新城は尋ねた。

「脱走しようとしたんだ。だから、あんたの敵じゃない。助けてくれ！」

「…………」

「メイン・ロッジの連中は、一人でも人数がへると不安でたまらんのだ。ちょっとでも脱走の気配を見せる者がいると、疑心暗鬼になっているので、凄惨《せいさん》なリンチに掛ける。脱走者があんたに警備の盲点を教えにいく積りだったのだろう、などと無茶苦茶な難癖をつけて……一と昔前の赤軍の榛名《はるな》や妙義山のリンチ……死の総括じゃねえか。俺は気狂いどもに殺《や》られる前に逃げだそうとしてたところだ」

朝田は涙を流した。

「悪かったな。そうとは知らずに、こんな目にあわせてしまって」

新城は呟《つぶや》いた。

「畜生、ツイてねえや」

「しゃべったついでに、もう少ししゃべってもらうぜ。警察の検問はどうなってる？」

「五日ほど前までは、全道の主な道路や空港や港に非常線が張られたが、今は解除された」

「俺がこの私有地に近づくのに使ったランドクルーザーは発見されたのか?」

「ああ、一週間ほど前、警察《サツ》が押収した。だけど、あんたはあのジープを駐《と》めておいた場所とはちがう方角から脱出したにちがいない、ということになったようだ」

朝田は答えた。

「そうか、ランドクルーザーは持っていかれたのか……だが、あの場所に、警官隊が張りこんでいたり、貴様の仲間が待伏せしてたりという可能性は?」

「そんなことはない」

「どうして?」

「なぜって? それじゃ言ってやる。俺はあそこを通って脱出する積りだったんだ。気狂いどもが待伏せしてるんなら、あそこを通る気になんかなるものか」

朝田は呻いた。

「そう言われれば、もっともだ。色々しゃべってくれて有難うよ…… 俯《うつむ》けになってくれ」

新城は言った。

「な、何する気だ?」

朝田は白目を剝《む》いた。

「しばらくのあいだ眠ってもらうだけだ。ちょっと頭は痛むだろうが、死ぬよりはましだろう」

「嫌だ。ここから連れ出してくれ。こんなところに放っておかれたら、気狂いどもからリンチを受けて殺される！」

朝田はもがいた。

「よし、分かった。一緒に連れていってやろう」

新城は朝田を抱き上げ、木につないである馬に近づいた。鼻息荒く二人を蹴《け》ろうと試みる馬を猫撫で声を掛けてなだめ、鞍の前に朝田をまたがらせる。

手綱をとると、新城もアブミに片足を掛け鞍にまたがる。朝田に合わせたアブミの長さは新城には短すぎたが、我慢できないほどのことはない。

自分のすぐ前の朝田を抱えるようにして、新城は馬を進めた。

朝田を助けてやる気などはない。朝田を楯《たて》に使おうとしているわけだ。もし、私有地の外れの鉄条網のあたりに警官や桜田の子分が待伏せていたら、朝田をタマよけに使おうという気だ。

平坦《へいたん》地の馬場とちがって、荒れた山野を馬で踏破するのは、なかなか大変なものだ。特に、フクラハギのあたりが痺《しび》れてくる。

二人も乗せたために不平を鳴らす馬をなだめ続けながら、新城は次の山を越えた。

馬が暴走しようとすると、手綱を強く引き絞って馬の鼻づらを天に向けてやる。そうやると、馬という臆病《おくびょう》な動物は、足許が見えないので暴れることが出来なくなる。

朝田はくどくどと、新城に助けてもらった礼を言った。

「分かった、分かった。しばらく静かにしてくれ」

新城は言った。

馬が桜田の私有地の外れの、破れた鉄条網の近くにたどり着いた時には、新城のフクラハギは痺れかけていた。

馬から降りた新城は立木に馬をつなぎ、その馬から朝田を抱き降ろした。

朝田を俯けて寝かせた新城は、そっとポケットからシュレード・ウオールデンの大型折畳みナイフを出した。

「何をする？」

気付いた朝田は上体を捩《ねじ》りながら喘《あえ》いだ。心臓が喉《のど》からせりだしてきそうな表情になっている。

「安らかに眠ってもらうのさ」

新城はナイフの長刃を起こした。もがく朝田の延髄を抉《えぐ》って永遠の眠りにつかせる。

刃を畳んだナイフを仕舞った新城は、バック・パックの脇《わき》に肩から吊ったM十六自動カービンを腰だめにして鉄条網の破れをくぐった。

十五分ほどかけてあたりを調べてみたが、待伏せの気配はない。新城は私有地のなかに戻り、鉄条網を大きく切り開いてから、朝田の死体をブッシュに隠すと、再び馬に乗る。

馬と共に私有地を出た新城は、林道に馬を進めた。馬は林道を洗う細い流れにぶつかるごとにしきりに水を飲みたがるが、飲みすぎると腹痛で倒れるから、新城は少しずつしか飲ませなかった。

糠平湖《ぬかびら》から二キロほどまでに来たとき、新城は馬をつなぎ、自分は流れまで歩いた。シャープな切れ味を残すために温存しておいたシュレード・ウオールデンの短刃のほうをズボンのベルトの裏側で研《と》ぎながら髭《ひげ》を剃《そ》る。ナタ替りに使っていた大きなランドールのボウィー・ナイフを弾倉帯につけた鞘《さや》から抜いて、その側面を鏡の替りに使った。

カストロ髭のようにのびていた不精髭を剃り落とすと、新城の顔は若返ったようになった。

新城は、素っ裸になり、水の冷たさに震えながら体を洗った。血と脂と埃《ほこり》で汚れたコートやズボンやシャツなどを捨て、バック・パックのなかに仕舞ってビニールで保護してあった一般向きのスポーティな夏装束《なつしようぞく》になる。

M十六自動カービンを分解して、弾倉帯と共にバック・パックに仕舞った新城は、また馬に乗って、湖の一周道路のすぐ近くにくだった。

林のなかに隠れて待っていると、ときどき車がやってきて通り過ぎる。

三台目にゆっくりやってくる車は東京ナンバーのニッサン・セドリックであった。いかにも土地転がしで荒稼ぎしたというタイプの中年男が、バーのホステス風の女の肩に片手を廻して運転している。

新城は馬の尻を小枝の鞭《むち》で引っぱたいて道路に跳びださせた。道路の真ん中で、馬を横向きに停めた。

道路をふさがれたような感じになったセドリックは急ブレーキを踏んだ。

運転している男がパワー・ウインドウを降ろし、

「何をボヤボヤしている!」

と、嗄《しわが》れ声で新城に怒鳴った。

「ちょっとお尋ねしたいことがあるんですが……」

新城は叫んで、車の運転席の脇に馬を寄せた。馬から降りると、いきなり男の首筋に左の手刀を叩きつけた。右手は、暴れて逃げようとする馬を引っぱっている。

派手な服をつけた男は昏倒《こんとう》した。女が悲鳴をあげる。新城はイグニッション・キーを奪ってから、女にヒグマの咆哮《ほうこう》のような威嚇《いかく》の声を浴びせた。

女は白目を剝《む》いてあっさりと気絶した。

新城は馬を林道のなかに戻して立木につなぎ、ステアリング・コラムにオートマチック・ミッションのセレクター・レヴァーがついたその車を運転して、林道に突っこませる。あまりの悪路なので、三十メーターと進めなかった。

男の財布は札束でふくれあがり、運転免許証に入っている身分証明書から、やはり不動産ブローカーと分かった。

ハンドバッグの財布の名刺の束から、女は札幌のバーのホステスと分かる。

車のトランクを開いてみると、スーツ・ケースが二個とゴルフ・バッグが入っていた。スーツ・ケースの一つの隠しポケットには二千万以上の現ナマが入っていた。

新城は男と女を馬の背に縛りつけ、手綱を自由にした馬の尻を叩いた。馬は林道のなかを、桜田の私有地に向けてとぼとぼと戻っていく。新城は車を湖畔にバックさせた。

ニッサン・セドリックを駆って釧路に着いた新城は、週に二便しかないカー・フェリーを待っていたのでは、あと二日間、北海道に釘《くぎ》づけにされることを知った。

2

山にこもっていたので、新城から曜日の観念が薄れていたのだ。

それに、フェリーの切符を買いにフェリー・ポートに行った新城は、付け髭をしているときの自分の顔のモンタージュ写真もついた手配書が貼られ、さらには、シー・ジャッカー防止のために乗客の協力を求めるという名目で、荷物調べが徹底的に行なわれていることも立札によって知った。

だから新城は、切符を買う前に、さりげなくフェリー・ポートから立去った。車は浜釧路駅の近くに駐《と》め、フェリー・ポートには車検証だけ持ってきていた。

車に歩いて戻った新城は、トランク・ルームの武器が盗まれてないのを確かめてから、車検証をグローヴ・ボックスに戻し、漁港に歩いた。

こうなったら、セドリックの持主から奪った二千数百万の金の一部を武器にして、本州に渡る漁船を傭《やと》うほかないと思ったからだ。空港はハイ・ジャック防止のために、荷物検査が厳しいから、空港を使うことははじめっから断念していた。

だが、漁港に着いた新城は、頬がゆるむのを覚えた。

倉庫のあいだに幾つかの人だかりが出来ていて、手配師たちが漁船の乗組員を誘っているのだ。

新城は人だかりの一つに加わった。

そこでは手配師が、千葉の南房沖のサバ漁に出かける船の雑役夫を求めていた。日給五千円と手配師は切りだしたが、みんな、

「安すぎる。倍はもらわねえと……」

と、首を振る。

「船員証を持ってなくてもいいのか？」

新城は尋ねた。

「何でえ、素人の飛び入りか？　雑役夫に海技免状はいらねえんだ。それに、お前さんが組合員証のことを言ってるんなら、そんな立派なものを持ってる奴がこんなところに来るもんか」

手配師は潮笑《あざわら》った。

「じゃあ、俺にその仕事をくれ、北海道を見物して歩いてたんだが、のんびりしすぎて、東京に帰る金などなくなったんだ」

新城は言った。

「よし、分かった。そこらで待っててくれ――」

手配師は言い、今度はマグロ漁船のコックを募集しはじめた。

半時間ほどたってから、手配師は色々な仕事に応じた十人ほどの男を引き連れて歩きだしな

がら、新城にも合図する。

新城はその群れに加わった。

新城が連れていかれたのは大東北海洋漁業という名前ばかり大きな会社の粗末な事務所で、新城が乗る船は二百トンの巻網漁船〝大虎丸〟で、出港は、今夜の八時ということであった。

「今まで働いてた雑役夫が急病になっちまってな……あんたが仕度金を持ち逃げしても金を取戻せるように、何でもいいから、身分証明書のようなものを持ってるか？」

事務長は薄笑いしながら言った。

「運転免許証でいいかい？」

新城は偽造免許証の一つを出した。

「結構、結構……ほら、これが仕度金だ。こいつは、あんたが船に乗りこむまで預かっておくぜ」

事務長は机の抽出しから出した五万円と引替えに、新城の偽造運転免許証を取りあげようとした。

その免許証の写真は、付け髭をつけてなく、ロイド眼鏡を掛けた新城の顔だ。手配書のモンタージュ写真とは、まったく似てないと言えた。

だから新城はさからわなかった。五万円を数え終えると、受領書に偽名をサインする。

事務長はその新城に対して、契約書を示さなかったし、船員保険の手続きもとらなかった。

「日給五千円の約束は守る。航海日数は三週間の予定だ。大漁だったら、ボーナスをはずむから、しっかり働くんだぜ」

と、口約束しただけだ。そして、

「出港二時間前の六時までにまたここに来てくれ。約束を破ったら、どんなことになるか分かってるだろうな？」

と、凄《すご》む。

港を去った新城は、漁具店でゴム引きのレイン・スーツの上下やゴム長などを買った。登山用具店で、新しいバック・パックや大型の防水ボストン・バッグ、それにウールの下着やスポーツ・シャツやズボンなどを買った。

それから、釧路原野に車を乗り入れる。誰からも見られない場所で車を駐める。

そこで、汚れきったバック・パックの中身と二千万を越す札束を新しいバック・パックに移した。無論、銃身部と機関部がついた銃床部とに分解したM十六自動カービンや弾倉帯やランドールのナイフ、それにまだ使ってない十発の手榴弾《しゆりゆうだん》もだ。

次いで、銃ケースに入れて、もとのバック・パックの上に縛りつけてあった口径七ミリ・レミントン・マグナムの狙撃《そげき》用ライフルの銃床の下の二本のネジをゆるめ、機関部と一体になった銃身部と銃床の二つに分解した。

引金機構のまわりはショックを柔らげるフォーム・ラバーで包んでゴム紐《ひも》で縛る。二本のネジは、ガム・テープで銃床に貼りつけて紛失を防いだ。機関部から遊底を抜く。銃ケースは古いバック・パックと共に沼の中に捨てる。

大きなズック製のスーツ・ケースの底にポリ・パッドを敷き、その上に銃身部と銃床を並べた。

遊底と、まだ四百発以上の残弾がある七ミリ・レミントン・マグナム実包が入っている十四個のポウチもそこに並べた。

その上に、登山用具店で買ったウールの下着を四着かぶせ、さらにその上には、日用品や雨具などを詰めこむ。

ズボンの右のポケットに消音器をつけたベレッタ・ジャガーの口径二十二の自動装塡《そうてん》式拳銃《けんじゅう》、左のポケットにはベレッタの予備弾倉と実包を入れたサックとシュレード・ウオールデンの折畳み式ナイフを突っこんだ新城は、釧路の街に戻りながら、ラーメンを腹一杯食いたい欲望と闘った。

そんなことをした場合、もし大虎丸に警官隊が待伏せていて射ちあいになり、腹でも射たれたら目も当てられないことになる。

だから新城は、空腹をごまかすために、チョコレートをかじった。

春採公園の近くでセドリックを捨てた新城はバック・パックをかつぎ、ボストン・バッグを左手に提《さ》げて歩いた。

しばらくして空車のタクシーが走ってくるのが見えたので、それに乗って漁港に行った。漁港の外れで降りる。

大東北海洋漁業の事務所に行くと、さっき会った事務長が、

「おう、来たか?」

と、机から新城の偽造運転免許証を出して返した。

事務長に連れられてディーゼル・エンジンをウォーム・アップしている大虎丸に行く。

二百トン級の大虎丸の後部甲板では、十人がかりで大きな巻綱を整備していた。ブリッジは二階建てだ。

新城は甲板員たちに紹介された。

それから、ブリッジの二階の操舵《そうだ》室の船長や操舵長、それに通信長に紹介される。みんな、一と癖も二た癖もありそうな面構《つらがま》えだ。

ブリッジの一階が高級船員たちの居住区になっていて、下級船員たちの居住区はその下の船倉にあった。

船倉の廊下をはさんで、船首側に下級船員たちの船室があり、向う側は、トイレやシャワー・ルームや厨房《ちゅうぼう》や娯楽室などだ。

私物入れのロッカーが下級船員用の船室の一方に並び、細長いテーブルとベンチが置かれた通路の左右に三段ベッドが並んでいる。

重油と魚臭と汗の匂《にお》いは漂うが、それでも一応、エア・コンが働いているから、蒸し暑くはない。

新城はキイが差しこんだままになっているロッカーの扉を開き、ボストン・バッグとバック・パックを立てて押しこむ。

閉じた扉にロックし、キーをポケットに仕舞った。

あとで分かったことだが、乗組員の総数は二十五人であった。船医など乗せていない。一休みする間もなく、新城はコキ使われた。やがて、警官に踏みこまれないまま、船がゆっくり動きだすと、新城は溜息《ためいき》をつく。

船が港を出て太平洋に入り、速力を十ノットに上げると、新城は厨房に呼ばれて、夕食運びをさせられた。

高級船員の居住区のほうに先に運ばれるわけだが、一人について一級酒の四合壜と茹《ゆ》で上げたばかりの毛ガニを二匹、それにイクラとカツオの叩きと三平汁と漬物と飯の組合わせであった。七人の高級船員分を一度に、狭い階段を運びあげるのは一苦労であった。

下級船員用のほうは合成酒の四合壜が二人に一本と、イカの塩辛とイクラとドンブリ飯だ。船倉の居住区のテーブルで下級船員の夕食は行なわれる。飲み足らない者は、金を払って新城に厨房へ酒を買いに行かせる。

新城は、ちょっとの暇のあいだに、厨房でドンブリ飯にイクラと味の素とショーユをかけて掻《か》き混ぜて立食いした。

あんまりうまいので、ガツガツしすぎて飯を喉《のど》につまらして目を白黒させるほどであった。

厨房にはコック長とコックが一人ずついて、彼らだけは自分たちが作った中華料理をゆっくり食いながら、特級酒をちびちびやっていた。

夕食時間が終わると、新城は乗員たちの汚れた食器を厨房に戻し、テーブルや床を掃除し、食器も洗う。

それが終わると、便所掃除だ。船員だからといって船酔いをしないわけでなく、特にしばらく陸《おか》に上っていた者は、大半が海に出て一日目に吐くから、異臭にむせて新城も吐きそうになる。

新城が下級船員用の居住区の空きベッドにもぐりこめたのは午前零時頃であった。

そして、翌日からも、ほかの下級船員たちは漁場に着くまではのんびりしていられるのに、新城だけは朝早くからコキ使われる。

3

三陸沖から南房沖にかけての漁場では、数千トン級のソ連漁船団が小さな日本漁船を尻目《しりめ》に操業していた。

新城の計画では、大虎丸が南房に近づいた時、救命ボートを深夜奪い、そいつを使って上陸することになっていた。

だが、大虎丸が南房沖七キロほどのサバ漁場に着き、ソ連船団に網を切られないような場所で、しかも魚影が濃い場所を、レーダーと魚群探知機を使って捜している夜――、新城の計画を変更することが起こった。

夕食の食器洗いを片付けた新城が便所掃除も終えて下級船員用の居住区に戻ってみると、迫ってきた操業にそなえてロッカーから防水服やゴム手袋などが引きだされて並べられた細長いテーブルの真ん中に、新城のバック・パックの中身が拡げられていた。

一人がM十六の銃身部を持ち、もう一人は機関部についた銃床を珍しそうにひねくりまわしている。手榴弾をいじっている男もいた。二千数百万の札束を見つめている男たちもいる。

新城は反射的に自分のロッカーに目を走らせた。

新城のロッカーの扉は開かれていた。その気になれば、ドライヴァーを使ってもこじ開けることが出来るほど簡単なロックなのだ。

新城が船室にいる十八人の男たちに視線を戻すと、男たちは一斉に新城を見た。

「どうしたことだい、一体これは？」

機関員の小川という男が、意地の悪い笑顔を引きつらせながら新城に声を掛けた。

「誰だ、俺のロッカーを勝手に開いたのは？」

新城はズボンのポケットのなかでベレッタ・ジャガーを摑《つか》みながら尋ねた。

「俺だ――」

M十六A1《ワン》自動カービンの銃身をいじっていた操舵員の福田という男が答え、

「お前は、安い日給でコキ使われてるのに文句も並べねえんで、きっと警察《サツ》に追われている人間にちがいねえと思ったんだ。やっぱり、思った通りのようだったな」

と、嘲笑《あざわら》う。

「よし、みんな、両手を挙《あ》げて、手を首のうしろで組むんだ。殺されたくなかったらな」

新城は覚悟を決め、消音器がついたベレッタ・ジャガーをズボンのポケットから抜いた。左手は、ズボンの左のポケットから、ベレッタの予備弾倉と五十発以上の実包を入れた革製のサックを出す。

「どうも、いつもポケットをふくらませてやがると思ったら、そんなものを隠してやがったのか？　面白えや。一度に大勢を相手にしたらどうなるか分かってるだろうな？」

福田が自動カービンの銃身を棍棒《こんぼう》がわりに振りかざして迫ってきた。

新城は無造作に福田の眉間《みけん》を射ち抜いた。

消音器でエネルギーをさらに弱められた口径二十二ロング・ライフル弾とはいえ、眉間から入ったのでは、充分に殺人能力はある。

仰向けに引っくり返った福田は、死の痙攣《けいれん》をはじめる。新城は逃げようとした小川の耳の孔から脳を射ち砕いた。

残った男たちは、腰が抜けたようになり、両手を挙げて歯を鳴らした。失神する者もいるし、悲鳴を漏らす者もいる。

新城は彼等を奥の壁に向けて並ばせた。

壁に手をつかせておき、テーブルに乗せてあった鉄製の手鉤《てかぎ》で頭を殴りつけて、次々に昏倒《こんとう》させた。

彼等を船室に豊富にあるロープで縛りあげ、廊下に出てノックも無しに厨房に入った。

新城を特によくコキ使ったコック長は、数の子を肴《さかな》に、寝酒のコニャックを飲んでいた。

「何か忘れ物か？　それとも、盗み食いに来たのか？」

でっぷり太ったコック長が唸《うな》るように言った。

新城は答えずに、いつも熱湯が沸いている三百リッター入りの大釜に近づいた。大きなヒシャクに湯をすくい、コック長に近づく。

「何しやがる！」

と、わめくコック長の顔に、いきなり熱湯をぶっ掛けた。

両目を押えたコック長が悲鳴をあげたところに、口を中心にして二杯目の熱湯を掛けてやる。悶絶《もんぜつ》したコック長の顔の皮は、トマトの皮を剝《む》いたようにべろべろと剝けた。少なくとも一と月は入院する必要があるだろう。

下級船員たちが転がっている船室に戻った新城は、M十六自動カービンを組立てた。腰に弾倉帯を捲《ま》く。札束や手榴弾をバック・パックに戻し、それを背負う。

自動カービンを首から吊り、左手にロッカーから出したボストン・バッグを提《さ》げ、右手にベレッタ・ジャガーを握った新城は、ブリッジ一階の高級船員用船室に移る。

彼等は、みんな仕事中らしく船室は空であった。厨房で気絶しているコック長は別にして……。

新城はブリッジの二階に登った。

船倉のエンジン・ルームにいるらしい機関長をのぞいて、みんなブリッジ二階に集まっていた。

舵輪を握ったり、レーダーや魚探機や海図を覗《のぞ》いたり、無線のレシーヴァーを耳に当てたりしている男たちは、銃を構えた新城の姿を見て凍りついた。

「さあ、みんな。死にたくなかったら、船を近くの港につけるんだ」

新城は命令した。

「野郎、頭《ず》のぼせやがって！」

甲板長が新城に跳びかかってきた。

新城は二度引金を絞った。両腿《りょうもも》に一発ずつくらった甲板長は、尻餅《しりもち》をつくと脱糞《だっぷん》した。

それを見て、新城に逆らう者はいなくなった。

約一時間後、大虎丸は館山漁港の埠頭《ふとう》に接岸した。新城は自動カービンと弾倉帯を大きなボストン・バッグに仕舞ってある。

館山港の管制事務所には、大虎丸の乗組員に、急性盲腸炎らしい患者が発生したから緊急入港する、と、新城が通信長を威嚇《いかく》して打電させてあった。

埠頭には、だから救急車が待機していた。

船長を人質にとった新城は、

「騒ぎたてると、船長をブッ殺す。船長を殺したくなかったら、適当に話を合わせておくんだ」

と、高級船員たちを威嚇する。気絶したままの甲板長は階段から突き落としておいた。

盲腸炎患者ということになった船長は、操舵長に背負われて船から降り、船長の弟ということになった新城も、拳銃をポケットに仕舞って、船から降りた。

船長が救急車のベッドに寝かされると、新城もその脇のシートに乗りこんだ。

赤灯を回転させサイレンを鳴らした救急車が港を出ると、新城は拳銃を抜き、引金の用心鉄で船長の頭を殴りつけて気絶させた。

助手席の消防署員も気絶させ、運転している署員の頭に拳銃を突きつけた新城は、

「ご苦労、このあたりで停めてくれ。このハジキがオモチャでない証拠を体で味わいたくなかったらな」

と、笑う。

一時間後、サイレンを鳴らしっ放しにし、アクセルを踏み続けた新城は、救急車の特権でスピード制限も赤信号も無視し、渋滞している道では右側を通って、千葉市内に逃げこんだ。奪った白衣と制帽をつけていた。

千葉公園の近くで白衣と制帽を脱いだ新城は、救急車を捨て、サニー一二〇〇のセダンを盗んで、習志野の新興住宅街にあるアジトの一つのガレージにその車を突っこんだ。

長く使ってないので、その小さな建売住宅のなかは埃《ほこり》だらけであったが、床の埃に足跡がついてないし、棚や机に指の跡がついてないから、侵入者が無かったことが分かる。

新城はそのアジトで、罐詰《かんづめ》の食料と罐ジュースで一週間を過ごした。

ラジオやTVのニュースから判断してもうホトボリは冷めたと考えた新城は、そのアジトに置いてあった付け髭とレイバン・ディコット・タイプのシューティング・グラスをつけ、コー

デュロイの背広の上下姿でアジトを出た。

乗って出たサニーには、無論、武器弾薬を積んである。東京の江戸川区に入った新城は、青電話に十円玉を五枚一度に押しこんでおいて、山野組新宿支部の連絡室にダイアルを回す。

大爆発

1

その夜、山野組に会うときはいつもそうするように濃い付け髭《ひげ》をつけ、レイバン・イエローのシューティング・グラスを掛けた新城は、カローラ一四〇〇に乗って芝浦埠頭《ふとう》の栄光郵船第七倉庫に着いた。

新城は拳銃《けんじゅう》やナイフのほかに、二個の手榴弾《しゅりゅうだん》も要心のために身につけている。

二階のサロンでは、山野組最高幹部の一人であり新宿支部長でもある黒部が、いつものように安楽椅子《いす》で葉巻をくゆらせながら待っていた。

新城を見て、大袈裟《おおげさ》なほどの喜びを全身で表わしながら立上り、

「いやはや、美事……お美事だったよ」

と、新城の肩を叩《たた》く。

「俺が桜田をなぶり殺しにしたあと、東日本会はガタガタになったようですな?」

新城はソファに腰を降ろしながら言った。

「その通りだ。東日本会に加わってた関東の組織の半分近くは、我々に戦わずして降参してきた。さあ、まず乾杯だ」

黒部は笑いながら言った。

バーのカウンターのうしろから、黒部の秘書役の原田が、銀のアイス・ペールで冷やしたシャンペーンの壜《びん》とフォア・グラなどをまず運んできた。

シャンペーンのグラスを新城と黒部が合わせると、黒部はいっ気に飲み干し、佐々木に合図した。

佐々木が大きなジュラルミン・トランクを一つ重そうに運んできた。もう一つのジュラルミン・トランクも運んでくる。

「さあ、調べてみてくれ。約束の五億のうちの残金三億だ」

黒部が言った。

新城は佐々木に言った。

「開けてみてくれ」

佐々木はジュラルミン・トランクにガム・テープで貼りつけてある鍵《かぎ》を使って蓋《ふた》を開いた。

二つのトランクには、一万円札がぎっしり詰まっている。

新城は百万円ずつ束になった紙幣を、アット・ランダムに調べた。みんな新札ではなく、続きナンバーにもなってない。

「あんたのご要望通りに、使い古した紙幣で三億も集めるには一苦労したよ。前金の二億はどうだった？　よく調べても、続きナンバーの紙幣はなかったろう？」

黒部は尋ねた。

「その通りだ。あんたは約束を守った」

二杯目のシャンペーンに口をつけながら新城は言った。

「約束を守るのが山野組の身上だからな」

黒部は言った。

新城は二つのジュラルミン・トランクを閉じさせた。鍵も掛けさせる。

佐々木はカウンターの奥に退《さが》った。

「大虎丸で戻ってきたのか？」

黒部は尋ねた。

「そういうことだ」

「あとは、沖と江藤を殺《や》ってもらえば、あんたとは付き合いがなくなると思うと淋《さび》しいな。まあ、今夜はゆっくり飲もう」

「俺にはジン・ライムをくれ……」

新城は佐々木に声を掛け、黒部に、

「沖と江藤は無料で殺《や》る。そのかわり、お膳立《ぜんだ》ては山野組のほうで頼みますぜ」

と、言った。

「勿論《もちろん》……勿論だとも。殺しの舞台は、御殿場の沖の本宅になる予定だ」

黒部は言った。

「奴が渋谷から移った本宅はヤケに地所が広いそうだな？」

「そう。沖は首相時代に、御殿場から箱根仙石原にかけて、幅六キロ、長さ十キロの広大な土地を買い占めてあったんだ。そして、自分が持ってた土地に東名高速を通させたり御殿場インターを造らせたりして、公団からたんまり金を捲《ま》きあげた。それに、自分の地所のすぐ近くを通っていた乙女峠で、御殿場と仙石原を結ぶガタガタの砂利道を完全舗装の乙女有料道路に直させた。

沖はその広い地所の仙石原寄りに、政界の連中や大企業の重役以上のクラスの連中だけに入会を許可するでっかいゴルフ場を作り、ご機嫌うかがいにやってくる政財界の連中に元老気取りで応じながら、利権のネタを引っぱりだしてるんだ」

「糞《くそ》ったれめ」

「沖の母屋は、御殿場インターから二キロほどのところにある。二階建てだが建坪三百坪もある。林のなかにあるわけだが、母屋のまわりを数寄《すき》をこらした一万坪の日本庭園が取り囲んでいる。あの庭だけで五億以上の金が掛かったが、そいつは奴の引退記念に財界から集めた金でまかなった」

黒部は言った。

「その庭のまわりに塀はあるのか？」

新城は尋ねた。

「いや、林が塀がわりになっている」

「御殿場インターから沖の母屋までの道はどうなっている？」

「インターのすぐ近くから全面舗装の十五メーター道路が沖の地所に続いている。インターから三百メーターも行けば、沖の地所なんだ。沖の広大な地所自体は米軍基地のように、鉄柵と金網に囲まれているわけだが、インターから一番近い北側の正面ゲートは沖の専用でゴルフ・クラブの会員はそこを通れない。奴の地所を囲む鉄柵と金網のフェンスには、南と東と西にあと三つのゲートがあって、ゴルフ・クラブの会員は西側の乙女有料道路側のゲートから入るようになっている」

「…………」

「さっき言った十五メーター幅の道路だが、そいつは沖の私有地のなかを、母屋を囲む庭の外れまでつながっている。奴が公団にインターの土地を売りつけるとき、公団にタダで造らせたんだ」

黒部は言った。

「決行の前に、くわしい見取図を渡す。ともかく、俺たちの計画では、江藤が沖の屋敷に行った時、二人まとめてあんたに殺ってもらおう、と言うことさ。ただそのチャンスを待ってるんでは芸がないから、チャンスをこっちで作ろうと思っている」

「どう言うふうに？」

「そうだな。例えばだな、沖には二十ほど年が離れた妹がいる。外交官夫人として派手にやってた女だが、亭主に死なれてからすっかり厭世的《えんせいてき》になっちまって、今では沖の屋敷の離れに移ってきて、珍しい鳥を飼い育てることにだけ熱中している。言い忘れたが、母屋から一キロほど離れたところに離れの建物があるんだ。

その女の名は美保子と言うんだが、美保子は離れの近くの林を五百坪ほど切り倒させて、そこに、ちょっとした体育館よりでっかい禽舎《きんしゃ》を建ててもらった。日本中の動物園の鳥を集めたよりも多くの種類の鳥を飼っているそうだ。

沖としては、美保子には好きなことをさせてやってるからには、もし美保子が人質に取られても身代金を支払う気は無い。だから、美保子にボディ・ガードをつけてない。また、つけたところで美保子はそいつを寄せつけないだろう」

黒部は言った。

「それで？」

「まあ、聞けよ。沖の食事には毒味係がいるが、美保子にはいない。そして、これが肝腎なことだが、沖の屋敷の母屋には、沖の主治医とその部下の医者二人と看護婦二人が住みこんでるんだ」

「…………」

「美保子は、食費までは沖の世話にならんと言って、母屋とは別の米屋や魚屋を使っているんだ。沖の屋敷に出入りを許されている店の連中は、沖の地所に入る時に徹底的な検査を受けるが、その段階では、毒入りのミソやショーユまではチェック出来ない」

黒部は言った。

「分かった。それでは、美保子が届けさせる食料に何かを入れるんだな？」

新城はニヤリと笑った。

「そう言うわけだ。急激かつ異常に血圧が上がって脳溢血《のういっけつ》の発作を起こさせる薬を混ぜる。美保子が倒れても、救急車は呼ばれない筈《はず》だ。母屋に住みこんでいる医師団が診察するに決まっているからな」

「美保子が倒れたら、江藤はお義理にせよ見舞いにやってくる。そうだろう？」

「そう言うことだ」

「沖の地所の警備状況は？」

「地所を囲むフェンスの四つの門は、二人ずつ一日三交代でガードマンが見張る。詰所もついている。門衛たちはみんな武装しているが、M1《ワン》カービンと拳銃だけだ。地所のなかは短機関銃と散弾銃を持った六十人のパトロールが、三交代で、電気自動車で見廻っている。電気自動車だと、充電に時間がかかるし、一回の充電で続けて走れる距離は百キロそこそこだが、内燃エンジンのような騒音もたてないし、排気ガスを出さないからな。

ああ、これも言い忘れてたが、門衛とパトロールの宿舎はゴルフ場寄りに建っている。

それから、沖の屋敷の母屋のなかには、もと警視庁や県警で要人のボディ・ガードをやっていたエリートたちが七人泊まっている」

黒部は言った。

2

それから二週間後の夕方、エディ・バウアーのグリーンと黒のバッファロー・プレイドのマッキナウ生地のシャツ・ジャケットの上に、米軍用の防弾チョッキとフィルスン・フォレストリー・クロースの鈍いグリーンのポケットだらけのコートをつけ、腰から下はこれも鈍い暗緑色のフィルスン・ウール・ホイップコードの丈夫な綾織《あやお》りのズボンとブローニング・ハイランド・フェザーウエイトのハンティング・ブーツをはいた新城は、沖の広大な地所を囲む鉄柵と金網のフェンスに忍び寄った。

背中につけた大きなバック・パックの上には、レミントン四〇XB改の狙撃《そげき》用ライフルを入れた革の銃ケースを背負っている。

左肩からは、M十六A1《ワン》自動カービンを吊り、腰には弾倉帯を捲いている。

顔にグリーンのフェイス・ペイントをほどこしている新城は身軽にフェンスをよじ登ると、沖の地所にそっと降りた。ここは、沖の妹の五十歳近い美保子が住んでいる離れから、直線距離にすると三キロぐらいの地点だ。

林のなかを簡易舗装の車道や遊歩路が数百メーター間隔で通っている。磁石をときどき見ながら、離れの方角に近づいていく新城は、車道や遊歩路を横切る前には、さらに慎重な身のこなしになった。

離れに近い禽舎は、いま新城が近づいているのと反対側、つまり離れの東側にある。

だから、鳥たちを驚かせて大騒ぎさせずに新城は離れに忍び寄ることが出来る筈だ。

五百メーターほど新城が進んだとき、鈍いモーターの唸《うな》りよりも先に、タイアが路面と摩擦する音が聞こえてきた。

新城は灌木《かんぼく》の茂みにもぐりこんだ。

やがて、二十数メーターほど前の舗装路をローレルをオープン・カーと電気モーターに改造した車がゆっくり通っていった。

U・Sサブマシーン・ガンM1《ワン》やU・SM3《スリー》A1《ワン》サブマシーン・ガンなどの米軍の旧制式短機関銃を首から吊った男たちが四人乗っているのに、フロントが浮きあがり気味になってテールが沈んでいるのは、トランク・ルームに数十個のバッテリーを積みこんでいるからであろう。

その電気自動車に乗っているパトロールの男たちは、隠れている新城に気付かずに通りすぎた。

新城はしばらく待ってから、また前進を開始した。

沖の妹の美保子は、二時間ほど前に、山野組の計画通りに脳溢血で倒れ、離れで医師団の手当てを受けているのだ。

医師団が引連れている二人の看護婦のうちの一人が、山野組随一の色男に身も心も捧《ささ》げ尽くしているので、沖の屋敷で起こっていることは彼女を通して山野組に筒抜けになっている。

それから半時間ほどのち、新城は平屋の日本建築である離れの南面から三百メーターほど離れた杉の巨木の幹をよじ登っていた。

あたりに夕闇《ゆうやみ》が迫っている。地上から二十メーターほど登ると、ほかの木々の梢越《こずえご》しに離れやその前の庭園が見えた。

新城は二十五メーターほどの高さに張りだした太い枝にまたがり、バック・パックの上の銃ケースから口径七ミリ・レミントン・マグナムのレミントン四〇ＸＢ改のライフルを手さぐりで抜いた。

そのスリングを首から吊り、これも手さぐりでバック・パックのサイド・ポケットから出した安全ベルトを使って、バック・パックごと自分の体を杉の幹にゆるく縛りつけた。

レミントン四〇ＸＢ改の銃床尾を自分がまたがっている枝に乗せてその銃を左手で抱くようにした新城は、離れの建物を観察する。

離れの南面は、ほとんど全体がガラス戸になっていて、その内側に広く長い廊下というより縁側がついている。

いま新城がいる高さと縁側の高さの差はかなりある筈だが、三百メーターの距離のせいで、あまり覗《のぞ》き降ろすといった感じではない。

したがって、縁側の内側の襖《ふすま》の並びも新城には見えた。今は電灯がともった縁側で数人の白衣の男女が立話しているようだ。

は、焦点を合わせた。ポケットから出したタスコ・サファリⅢのコンパクトな八倍率の双眼鏡を右手で持った新城

医師団と看護婦たちであった。

新城はときどき、スター・ブランドの噛《か》みタバコを歯茎と頬の内側にはさんでニコチンを吸収しながら待った。

夜になった。

美保子が寝かされている部屋に、十数人の人の出入りはあったが、沖や江藤はまだ姿を現わさない。

新城はこの枝の上で二日や三日は待ち続ける積りだが、意思に反し、枝にまたがっている尻や腿《もも》が硬《こわ》ばって痛んでくる。

その離れの、新城から見て左側の玄関前に、キャディラックとロールス・ロイスが乗りつけられたのが十時頃であった。

そのあとに、二十台ほどの電気自動車が続いた。

新城は噛みタバコを吐きだし、レミントン四〇XB改のボルトを操作して、弾倉上端の七ミリ・マグナム実包を薬室に送りこんだ。その実包の弾頭は、百六十五グレインのノスラー・セミ・スパイツアーだ。二重構造になっているノスラーは、前半部は相手に当たって開炸《エクスパンション》しても、うしろ半分は原形を保つから、ガラス越しに射ってもバラバラに砕けてエネルギーを失うことはない。

新城の銃のスコープは三百メーターの距離で照準合わせを行なってあった。スコープの倍率は九倍に上げてある。

その銃を構え、ライフル・スコープを通して玄関のほうを見る。

キャディラックから三人のボディ・ガードに護《まも》られて降りたのは沖であった。頭は半ば禿《は》げあがり、鷲鼻《わしばな》と反《そ》っ歯《ぱ》の貪欲《どんよく》そのものの顔つきだ。猫背であった。和服姿だ。

ロールス・ロイスから四人のボディ・ガードに護られて降りたのが首相の江藤だ。白髪を長くのばし、派手な幅広ネクタイをつけた江藤は、ギョロ目を光らせて顎《あご》を突きだし、我こそは権力の権化《ごんげ》だとでも言いたそうな顔つきをしていた。

電気自動車から跳び降りたパトロールの男たちは、今夜は全員が出動しているらしかった。六十人ほどのパトロールの男たちは、短機関銃を持って、離れの周囲に散った。離れから三十メーター離れたところで、離れに背を向けて片膝をつく。

ボディ・ガードの人垣に囲まれて、沖と江藤は離れの玄関のなかに消えた。新城は縁側に銃の向きを変える。

広い視野のボッシュ・アンド・ロームのライフル・スコープに、沖と江藤が再びうつったのは、二分ほどたってからであった。

ボディ・ガードたちは控えの部屋で待たされていたらしく、縁側を歩いてきたのは、医師と沖と江藤だけだ。

医師が美保子の病室の襖《ふすま》を開きかけた。沖と江藤は、その背後に並んで立った。新城に背中を向けた格好になる。

新城は、沖の腰に狙《ねら》いをつけて引金を絞った。

銃口はオレンジ色の炎を吹きだし、激しい反動で新城の背はバック・パックごと杉の幹に押しつけられる。

縁側のガラス戸が粉々になって飛び散った。

素晴しいスピードでボルトを操作した新城は、頭を抱えこんだ江藤の腰を射った。ボルトを操作してライフル・スコープを病室のほうに戻すと、ハラワタがはみ出た沖と江藤が襖を倒して病室のなかに倒れこんだのが見えた。医師は恐怖に失神したのか、仰向けに引っくり返っている。

縁側にボディ・ガードたちが走ってきた。庭のパトロールの男たちは、何が起こったのかまだ正確には分からないらしく、悲鳴に近い声で叫び交わしながら右往左往している。

新城はボディ・ガードの一人の頭を吹っ飛ばした。

ライフル・スコープのパックマイヤーのスウィング・マウントを左に倒し、ストリップ・クリップを使って五発の七ミリ・マグナム弾をレミントン四〇XB改の弾倉にいっ気に装塡し、ボルトを前進させた。空になったストリップ・クリップが跳ね飛ぶ。

弾倉を詰め替えながら、三十秒間に七人のボディ・ガードたちをすべて倒し終えた時、パトロールの男たちは、やっと短機関銃を新城のほうに掃射してきた。

だが、三百メーターほどの距離では、杉の太い幹をバックにした新城は、銃火を舌なめずりさせないかぎり、闇《やみ》に溶けこんでしまって、パトロールの男たちからは見えない。

それにタマをバラ撒《ま》くという意味のスプレイ・ガンの異名を持つ短機関銃では、よほど熟練した射手以外の手にかかったのでは、三百メーターは命中射程を外れている。

だが、そうとは言っても、流れダマが新城の近くを通過するので、新城はのんびりしてはいられなかった。

新城はレミントン四〇XB改の狙撃用ライフルを射ちまくる。そのマグナム・ライフルが数キロ四方に銃声を木霊《こだま》させるごとに、パトロールの男たちは次々に死体と化していった。

3

生き残りが五人ぐらいになったとき、パトロールの男たちはパニックの極に達し、短機関銃さえ放りだして離れの建物のなかに逃げこもうとした。

新城は、すでに熱く焼けてかげろうをたてている四〇XB改の銃身から、三発を速射した。

一人は首から上が消失した。

一人は心臓の破片を五メーターほど飛散させた。

一人は背骨が真っ二つに折れた。

新城はスコープのスウィング・マウントを倒し、ストリップ・クリップを使って装塡すると、ガラス戸がすべて破れた縁側に這《は》い上ろうとしている二人に百六十五グレインのノスラー弾を二秒間で送った。

一人は左側の上半身が挽肉《ひきにく》になった。

もう一人は、吹っ飛ばされた頭の天辺《てっぺん》が擂鉢《すりばち》状に開いた。

新城は薬室の実包を弾倉に戻し、その上に遊底を滑らせて閉じる。

ライフルのスコープを通して、沖と江藤をよく観察しようとするが、焼けた銃身のかげろうがチラチラして、長く凝視すると、かえってぼやけてくる。

しかし、江藤は苦しみながらくたばったようだが、沖はまだ生きているのが分かった。畳を掻《か》きむしりながら苦悶《くもん》している。

邪悪な笑いを浮かべた新城は、バック・パックの上につけた銃ケースに四〇XB改のライフルを手さぐりで仕舞い、幹に体を縛りつけている安全ベルトの止め具を外した。

バック・パックのサイド・ポケットの一つから長いロープを取出し、かわりに安全ベルトを仕舞う。

ロープをいままでまたがっていた枝に通し、革手袋をつけた新城は、ゆっくり降りはじめた。

十メーターほど降りたとき、杉の根元から三十メーターほど離れた地上から銃声が響いた。

新城の頭の近くを銃弾がかすめて、幹から樹皮が飛び散る。

恐怖に喉元《のどもと》を絞めつけられながら、新城はいっ気に滑り降りはじめた。ロープとの摩擦で、革手袋が焦げて煙をあげる。

その間にもゼロ・コンマ数秒間隔で次々に銃弾が襲ってきた。数発が新城が背負っているバック・パックに当たり、新城は激しい衝撃を受けて、ブランコに乗っているように揺れる。だが、そのお陰で敵の自動ライフルの弾着は大きく新城を外れるようになった。

地上三メーターから跳び降りた新城は、膝のクッションを利用して着地のショックを柔らげ、煙に包まれた両手の手袋を脱ぎ捨てた。

身を伏せながら、クルーザー・コートのポケットの一つから破片手榴弾を出し、安全レヴァーを握りしめて安全ピンの引き環を歯でくわえて抜いた。

左肘《ひだりひじ》をついて上体を起こし、敵がひそんでいるあたりに向けて投げる。安全レヴァーは自動的に跳ね飛びながら撃針を作動させた。

左肩から吊っていたM十六A1《ワン》自動カービンを右手に移し、敵の方角に盲射しながら、杉の巨木の蔭に這って廻りこむ。

無音型のヒューズがついた手榴弾は、ヒューズ内の導火薬が燃える音もたてず、ガス・ヴェントから導火薬の燃える煙も出さずに飛び、敵の近くに落ちた。跳ね返る音がする。

手榴弾が爆発したのは、それから二秒ほどたってからであった。爆発の火柱のなかで、手足が千切れた敵が吹っ飛ぶ。

爆発した手榴弾の破片の幾つかは、新城のほうまで飛んできたが、すでにエネルギーのほとんどを失っているので、新城が楯《たて》にした杉の幹に当たっても、樹皮に軽くくいこんだ程度であった。

防弾チョッキをつけているとはいえ、新城はよろめきながら立上った。

さっきバック・パックに受けた数発の銃弾で、パックのなかのM十六用弾倉の実包や手榴弾が爆発を起こさなかったことを復讐《ふくしゅう》の神に感謝しながらも身震いする。

上体を低くした新城は、M十六自動カービンを腰だめにして、手榴弾の爆発の跡でまだ炎が残っているあたりに近づいた。

手足をもぎ取られた死体は内臓もパンクし、顔も煤《すす》けた上にかなり変形していた。

だが、ブルドッグのようなその顔に新城は見覚えがある。

そうだ。平井だ。山野組千葉支部の大幹部であり、千葉支部では一番肝っ玉が据った男だと新城が見込んでた平井だ。

山野組が、新城を利用できるだけ利用したあとには新城を抹殺しにかかるとは分かっていたが、新城が考えていたよりも、その時期は早くやってきたようだ。

保守党丸山幹事長や小野寺が、彼等が天下を取ったあとは、それまで利用してきた山野組を全国の警察力を総動員させて弱体化させようと企てていることを山野組はまだ知らないにちがいない。

関東の暴力団の連合軍である東日本会が今や壊滅同然になり、反丸山派のボスの沖と江藤首相が狙撃された以上、もう新城に用は無くなったどころか、新城に生きのびてしゃべられたら困る、と山野組は判断したにちがいない。

それに山野組は、これまで新城に渡した巨額の金を取戻そうとしているのかもしれない。

だが、山野組の思い通りに事は運ぶものか……と、新城は嘲笑《あざわら》った。

山野組から新城が手に入れた六億八千万の金は、日比谷にあるスウィス銀行の出張所を通して、すでに新城はその銀行のスウィスの本店に送ってあるのだ。

新城本人と銀行の幹部だけが匿名《とくめい》預金者番号を知っているだけだし、その預金を引出す時には新城が一人きりで銀行に行かないことには、脅迫されていると見なされて払い出しを銀行側が拒否するから、いかに山野組とはいえ、その預金には手がつけられない。

小野徳三から奪った十億もスウィス銀行に預けておいた。これも小野から奪った五億円分の金とプラチナのインゴット、それに藪川から奪ったダイア二十個は、スウィス銀行の仲介でホンコン・ルートで三億円で処分し、スウィス銀行に一億の手数料を払ったあとの二億も、その銀行に預けてある。

大東会から奪った三百キロの覚醒剤《かくせいざい》は末端価格では百億近いが、卸し値では一億というところであろう。

新城はその覚醒剤を、少量を残して、山野組にも売らずに海中に廃棄し終えていた。

そしていま新城は、コートの内ポケットの一つから、コダックのアルミのフィルム罐《かん》を取りだした。

蓋《ふた》を捩《ね》じ外す。缶に詰まっている覚醒剤を舐《な》める。苦かった。今夜の闘いは長びきそうだから、今夜じゅうに、何度も覚醒剤を舐める必要があるだろう。

新城は蓋をしたフィルム罐を内ポケットに仕舞った。

そのとき、離れの建物が大爆発を起こした。火柱は天まで届きそうになり、爆風をくらった新城は地面に叩きつけられる。

今の爆発で、江藤の死体も、まだ息が残っていた沖の体もバラバラに吹っ飛んだにちがいない。

命乞いする沖をさらに痛めつけるチャンスを失った新城は、憤怒の形相も物凄《ものすご》く立上った。

林の木立ちのあいだを縫って、崩れ落ちながら炎上する離れに駆け寄りはじめる。

その時、沖の母屋の方角でも火柱が吹きあがり、大爆発の轟音《ごうおん》が伝わってきた。

百メーターほど走った新城は、無数の鳥たちが金切声をあげている禽舎《きんしゃ》側の林から、重機関銃が吠《ほ》えはじめた途端に身を伏せる。

重機関銃は五丁や十丁ではなかった。

少なくとも五十丁が一斉に連射してくる。

新城の前の林の木立ちが機銃弾を吸収してくれなかったら、新城の体は蜂《はち》の巣にされていたところだ。

歯ぎしりした新城は、這って逃げるほかなかった。まだ覚醒剤は効いてこないので恐怖感は強い。

山野組は、新城を仕止めるべく、新城がパトロールの男たちを殲滅《せんめつ》したあと、沖の地所に大部隊を乗りこませたらしい。

這って逃げる新城の背中の上を、木の幹を貫いた機銃弾がときどき通過した。

新城は斜め右の方角に這い続けた。

覚醒剤が効いてきて、超人的なスピードで這う。

新城が三百メーターほど這った時、迫撃砲の発射音が重機関銃の連射音に加わった。シュルシュルと無気味な音をたて、大きな弧を描いて飛んできた六十ミリ迫撃砲弾は、新城の左うしろ百メーターのあたりに落下し、爆発は杉の若木を倒した。

最初の迫撃砲と二十メーターほど離れた地点から、別の六十ミリ迫撃砲が吠えた。さらには、どこかで八十一ミリの迫撃砲の発射音まで加わった。

覚醒剤さえも新城の恐怖を押えつける作用は無かった。心臓が喉までせりあがってきそうになりながら、新城は杉の巨木の蔭に這いこむ。

六十ミリ迫撃砲は、新城から三十メーターほど離れた杉の梢を吹っ飛ばした。

八十一ミリ迫撃砲弾は、新城から五十メーターほど離れた杉の大木を根もとから持ちあげて倒れさせた。

爆発で飛んだ土砂が新城の上に降り落ちてくる。

新城はまた発射された迫撃砲弾の音を聞きながら、必死に這って、別の杉の巨木の蔭に廻りこむ。

六十ミリ砲弾が新城から三十メーターもの近くに落ちて炸裂《さくれつ》した。楯にしていた杉からはみだしていた新城の左右の脚に焼け火箸《ひばし》を突っこまれたような激痛が走った。

帰郷

1

翌日の夜、傷ついた野獣のような新城は、東京湾の第七台場のジャングルのような雑木林のなかに作ってあった地下壕《ごう》の簡易ベッドで、死んだように眠っていた。

あれから新城は、ほとんどの弾薬とすべての手榴弾《しゆりゆうだん》を使いきるほどに激しく山野組と交戦し、小田原に降りて、その港でモーター・ボートを盗み、この第七台場にたどり着いたのだ。

そのモーター・ボートは、船外機エンジンと燃料は台場に揚げたが、船体のほうは海に沈めておいた。

激しい交戦で、新城はあの時の左右の脚の負傷のほかに、脇腹《わきばら》と左腕に貫通銃創を受けている。

いま新城は、ときどき唸《うな》り声を漏らすようになった。全身に汗をかいている。寝返りを打つ。ベッドから落ちそうになって新城は目を覚ました。あたりは真っ暗だ。

新城はちょっとのあいだ、自分がどこにいるのか分からなかった。だが、ボロボロになって血と泥で汚れたマッキナウ生地のバッファロー・プレイドのシャツの左の胸ポケットに反射的に手を入れる。

ロンソン・コメットの風防型ライターを引っぱりだして火をつける。その明りによって、新城は自分が盲目になったのでないことを知ると共に、自分がいまどこにいるのかも分かった。

傷の痛みをほとんど感じないのは、モルヒネのせいだ。だが、頭が痺《しび》れたように鈍い感じがするのもモルヒネのせいだ。

新城は腕時計を覗《のぞ》いてみる。オメガ・スピードマスターのガラスは砲弾の破片でヒビが入っていたが、針は動いている。

時刻は三時近くを示していた。こう暗いからには夜だろう。二十時間も眠ったことになる。だが、体がだるく、気力も薄れている。それでも新城は、体を起こして棚のローソクにライターの火を移した。

素っ裸になる。体じゅう包帯だらけであった。

モルヒネの錠剤とヴィタミン錠と抗生物質を罐《かん》ジュースで飲んでから、包帯を外す。

両脚にくいこんでいた砲弾の破片は、ここに逃げこんでからすぐ、火とアルコールで消毒したナイフを使って摘出してあった。

脇腹と左腕の貫通銃創は、銃弾が通ったまわりのグシャグシャになった肉を抉《えぐ》り取ってあった。

どの傷にも、抗生物質の軟膏《なんこう》をたっぷり押しこんであるが、脇腹と左腕の傷は、見ただけで気分が悪くなってくる。

それでも傷の手当てをし、新しい油紙と包帯を捲いた新城は、尻に抗生物質を注射し、シャツやズボンをつけて、再び簡易ベッドに倒れこむ……。

それから一週間が過ぎた。

トカゲのような再生能力をもつ新城のことであるから、両脚の傷は完全に直っていた。脇腹と左腕の傷にも肉が盛りあがり、薄皮が張っている。

その日の夕方、新城はポータブル・トイレから外したビニールの汚物袋を持って、久しぶりに地下から出た。

もうモルヒネは使ってないが、歩くとふらふらする。だが、痛みはなかった。

雑木林のなかを要心深く歩いた新城は、灌木《かんぼく》とカヤの茂みのあいだをくぐって、台場を囲む石垣の岸壁に近づいた。カヤの隙間《すきま》から向うを覗《のぞ》く。

わずか五百メーターほど先に、晴海の倉庫群が見えた。銀座のほうではネオンがまたたきはじめ、ハシケが台場のすぐ近くを通っている。

ハシケが遠ざかってから、新城は汚物袋を海に捨てた。雑木林のなかに戻り、タバコに火をつけて深く煙を吸いこむ。

山野組は、新城がこの第七台場にひそんだことに、まったく気付いていないことは確実だ。もし気付いていたら、わずか四平方キロの狭さのこの台場の新城を、完全に袋のネズミにした筈《はず》だ。

それにしても、山野組が自分を裏切って抹殺しようとの行動に出たのは、予想外に早かった……と、新城はまた考える。

小野寺が東日本会結成のためにひそかに資金援助したことや、小野寺が極秘のうちに桜田と義兄弟の盃を交わしていたこと、それに小野寺と組んでいる丸山幹事長は新首相の椅子《いす》についた時には山野組を私兵とするという約束をホゴにして山野組の大壊滅作戦を決行する予定になっていることなどを、新城が山野組に伏せておいた作戦が裏目に出たのだ。

こうなったら、小野寺と丸山を利用して、形勢を逆転できないものだろうか……と、新城は考える。タバコを揉《も》み消して雑木林のなかを歩きまわりながらも考え続ける。

その翌々日、雑木林のなかの陽だまりでトランジスター・ラジオのニュースを聴いていた新城は、新城に江藤が射殺されたあと、空いていた保守党総裁と首相の椅子に、莫大《ばくだい》な資金力で富田を蹴《け》落《お》とした丸山がついたことを知った。

それから一週間後、体力も気力も充実した新城は、いよいよ大都会のアスファルト・ジャングルに戻っていく時期が迫ったことを知った。

丸山が新首相になってから、まだ山野組の殲滅《せんめつ》作戦のゴー・サインは出されていない。だが、江藤や沖や富田の私兵であった東日本会の残党は、連日連夜、警察に狩りとられている。

東日本会を残滅させたあと、丸山は山野組をも潰《つぶ》させて、警察自体を私兵として抱えこむ積りだろう。だが、実戦で鍛《きた》えられた山野組の殲滅作戦を実行する際には、警察側にも多くの犠牲者が出るだろうし、丸山自身のスキャンダルも山野組から暴露されるだろうから、警察にゴー・サインを丸山が出すのは慎重にならざるをえないだろう。

丸山が山野組殲滅作戦のゴー・サインを出すのは、丸山がマスコミを完全に掌握した時であろう。その時には、山野組が丸山とのつながりを暴露しても、国民に知られずに済む。

しかし新城は、その時が来るまで待ってはおられない。

いよいよ台場を出る夜、新城は地下壕に用意してあったゴム・ボートにホンダ七五ツウィンの船外機を据えた。

新品のサマー・ウールのショート・コートとズボンをつけた新城は、のび放題になっていた髭《ひげ》をさっぱりと剃《そ》っている。

地下壕にあったM十六用の弾倉のうち十本と手榴弾十発をM十六自動カービンと共に身につけた新城は、海に降ろしたゴム・ボートに乗りこんだ。

船外機エンジンを始動させると、晴海の工業埠頭《ふとう》にゴム・ボートの船首を向ける。ボートが動き始めると、エンジンの回転を落として排気音を弱める。

2

それから三時間後、新城は埼玉県志木の自分のメイン・アジトの近くにいた。

晴海の工業埠頭で陸揚げしたゴム・ボートは、空気を抜いて船外機や小さな燃料タンクと共に、セドリックのセダンのトランク・ルームに入れてある。

晴海で盗んだそのセドリックは、今はアジトから半キロほど離れた土手の下に駐《と》めてある。

午前四時であった。ぐずぐずしていると、夏の夜空は明けてくる。

新城は志木のメイン・アジトの存在を山野組にカンづかれている惧《おそ》れが多分にあると思っている。山野組の組織力は馬鹿にならない。都内を中心に、近郊の聞きこみを徹底的に行なって新城の隠れ家をさぐったことであろう。

荒川土手に近い新城のメイン・アジトは、コンクリートの塀に三方を囲まれた自動車の修理工場跡だ。

荒川土手のカヤの茂みに身を隠した新城は、双眼鏡を使って、アジトの二階の窓をじっくりと偵察した。

だが双眼鏡の必要もなかった。ブラインドが降りている二階の暗い窓から、ときどき、ライターやマッチの火が漏れるのだ。

つまり、新城のメイン・アジトはすでに山野組に占領されているというわけだ。山野組の見張りがブラインドに隙間をあけて外を覗《のぞ》き、その背後で待伏せの連中が眠気覚ましにタバコを吸っているのだ。

新城は歯ぎしりした。

だが、無謀な突撃を行なったりはせずに、新城は一度退散した。

その新城がもぐりこんだのは、日本側に返還されたまま放置されているグラント・ハイツ跡であった。

ガレージ付きの高級将校用の官舎であった一軒をねぐらと定める。セドリックはそのガレージに隠し、自分は荒れた寝室に、スリーピング・バッグを敷いて横たわる。

昼間は食料や飲み物などを買ってきたり、昼寝をしたりして過ごした新城は、夕方になってから、ダッフル・バッグを提《さ》げ、歩いてグラント・ハイツを出た。

ダッフル・バッグのなかには武器弾薬が入っている。

バスを使って池袋に出た新城は、繁華街を少し離れた裏通りに路上駐車しているおびただしい車のなかから、目立たぬグリーンのコロナ・マークIIを盗んだ。

そのコロナで志木に行き、住宅街のあいだにある小公園のそばで待った。

半時間ほど待ったとき、酒屋のスバル軽四輪ヴァンが通りかかった。新城は、笑いながら手をあげて、その車の前に立ちふさがる。

急ブレーキを掛けたその車の運転台からジャンパーに前掛けをつけた若い男が首を突きだし、

「何か、御用で?」

と、尋ねた。

「うん。この近くに越してきた者だが、これからは、お宅に配達してもらおうと思ってね」

新城は言った。

「ありがとうございます。この近くと言いますと……」

酒屋の男は手帳を引っぱりだした。

新城は右の手刀をその男の首筋に叩きつけた。男はあっけなく気絶する。

新城は男を助手席に移し、運転席についた。公園の反対側にその車を移した。そこには、コロナが駐めてある。

新城は気絶している男の前掛けを外した。〝鶴屋〟というマークが入っている。

その前掛けを自分がつけた新城は、コロナのトランク・ルームからダッフル・バッグを出して、これにも当然ながら〝鶴屋〟のマークが書かれている軽四輪の荷室のビールや日本酒のケースの上に移した。

やはりコロナのトランク・ルームからグラウンド・シートとロープとバス・タオルを出し、酒屋の男を縛って猿グツワを噛《か》ませた上に、グラウンド・シートで簀巻《すま》きにして、コロナのトランクに閉じこめる。

それから十分ほどのち、新城が運転する〝鶴屋〟の軽四輪ヴァンは、新城のメイン・アジトであった自動車修理工場跡の前庭にボコン、ボコンと二《ツー》サイクルの排気音をたてて入りこんだ。

一階からも二階からも灯火は漏れてなかった。新城は軽四輪から降りると、一階の左の端の、修理工場であった頃には事務所の玄関として使われていたコーナーのドアの前に立つ。

ドアの横の柱のブザーを押した。その脇は、金属製の鎧戸《よろいど》になっている。

応答はなかったが、新城は、

「こんちは……〝鶴屋〟です。遅くなりましたが、ご注文のビールを届けに参りました」

と、普通の声と変えて叫ぶ。

三回ほど叫んだとき、事務所の跡の部屋に豆ランプがついた。足音がドアに近づく。新城は前掛けの下に右手を差しこんだ。

ドアが開き、たくましい体つきの男が、作業服のポケットに右手を突っこんで顔を覗かせた。

「間違いだろう？　こっちはそんな注文を出した覚えはない」

と、ドスの効《き》いた声で答える。

新城は素早く左手をのばし、ポケットのなかで拳銃《けんじゅう》を握っている男の右手首を下に押しつけながら、前掛けから抜いた右手を一閃《いっせん》させた。

新城の右手に握られたランドールの六インチ刃のナイフは、男の喉《のど》を耳から耳まで大きく搔《か》き切った。

血しぶきが飛ぶ。男の悲鳴は切断された気管から漏れて声にならなかった。新城のナイフが再び閃《ひらめ》き、男の心臓を抉《えぐ》る。

豆ランプがついた事務所跡には、ほかの男の姿は見当たらなかった。

新城は返り血を浴びながら、生命の灯が消えていく男が横転する音をたてないように、その体を支えてゆっくり寝かせる。

ナイフを前掛けの裏でベルトから吊るした鞘《さや》に仕舞った新城は、さり気ない足どりで軽四輪に戻った。荷室のゲートを跳ねあげると、M十六自動カービンと弾倉帯を左右の手で摑《つか》み、事務所の跡に駆けこんだ。

二階の窓ガラスが叩き割られる音がした。走った新城を、二階で待伏せしている男たちが射とうとしたのだ。

だがすでに彼等の死角に入った新城は、前掛けを捨て、腰にM十六用の弾倉帯を捲いた。

事務所跡からは、ガラス窓越しに、修理工場跡のコンクリート張りの広いガレージ・スペースが見える。そこには、新城が用意してあった車のほかに七、八台の車が見える。

だが、一階では待伏せている者はいないようであった。

新城は階段のほうに向けて、M十六自動カービンから十発ほど威嚇《いかく》射撃した。

二階でスウィッチを操作したらしく、一階のガレージ・スペースに明々と電灯がついた。新城は、セミ・オートにセレクターを切替え、ガレージ・スペースの電灯を次々に射ち砕いた。

事務所跡の奥の部屋に移った新城は、突き当たりの大型焼却炉の蓋《ふた》を開いた。

そのなかにもぐりこむと、ボール・ペン型の小さな懐中電灯をつけた。内側から焼却炉の扉を閉じる。

直径一メーターほどの耐火煉瓦《れんが》の煙道に、ところどころ合金製のハーケンが突きだしている。

無論、新城がつけたものだ。

新城は懐中電灯を消してポケットに仕舞うと、M十六自動カービンを背負った。

そのカービンが煙道に当たって音をたてないように気をつけながら、ハーケンを手さぐり、足さぐりで探し当てつつ、新城は煙道を登っていく。

やがて、煙道が狭い煙突に変った。その下を手さぐりした新城は、横にスライドする合金製の扉をそっと開いた。

そこから潜《くぐ》り出る。

そこは、二階の天井裏であった。屋根までの高さは一メーターほどだ。腹這いになった新城は、右手にM十六自動カービンを持ち、左手でボール・ペン型の懐中電灯を出した。

懐中電灯に点灯し、あたりを照らしてみる。

コンクリート張りの天井裏に敵の姿は見当たらなかった。電線がのたくっている。新城はM十六の銃身の下に、皮紐《かわひも》で懐中電灯を結びつける。

M十六の照準線は高位置にあるから、結んだ皮紐は照準の邪魔にならない。

新城は天井裏を這って、二階の寝室から天井裏にもぐりこむ時に使われる揚げ蓋の脇に移動した。

左手で手榴弾を一個ポケットから取り出し、レヴァーを握りしめて、歯で安全ピンの環を抜いた。

銃を置き、中腰になると、重いコンクリート製の揚げ蓋を開いた。暗い二階の寝室で、驚《きよう》愕《がく》の叫び声が起こった。

新城は揚げ蓋を持ち上げた隙間から手榴弾を落とし、揚げ蓋を閉じた。

M十六を拾って素早く移動する。揚げ蓋に向けて、寝室から銃弾が次々に発射された。

だが、新城は、ヒューズが燃える煙も音もたてぬ無音無煙型の手榴弾を使っているので、電灯を消した寝室では、落下してきた手榴弾がどこに転がったのか分からぬらしい。

新城が居間の揚げ蓋を少し持ちあげて二発目の手榴弾を落としたとき、寝室で手榴弾が爆発した。揚げ蓋が持ちあがるほどの爆風だ。

新城が台所に手榴弾を投下したとき、居間の手榴弾が爆発した。

そういう具合にして、新城は二階の各部屋を爆破した。

新城は居間の上に戻り、揚げ蓋を外した。

居間からは射ってこなかった。新城は照明手榴弾を投下した。

そいつは明るい炎で、居間の惨状がよく見えた。居間の十人ほどのうち半分ほどは、首や胴が千切れ、あとの半分ほどは重傷をおったり死体と変ったりしている。

新城はほかの部屋にも照明手榴弾を投下して被害状況を調べた。

新城が物置きとして使っていた部屋に、脚部にだけ重傷を負っているが、上半身には被爆してないらしい中年の男がいた。

照明手榴弾の炎から逃げようとその男は這っている。新城は天井裏から跳び降りた。

その男は、仰向けになりながら右手の拳銃を新城に向けようとした。新城は、その拳銃をM十六で射ち飛ばした。

吹っ飛んだ拳銃は空中で暴発した。男の右手は衝撃で背中のうしろに廻ったまま、痺《しび》れて動かない。

新城は口から泡を吹いているその男の髪を左手で掴《つか》んで廊下に引きずりだした。階段まで引きずり、一階にポケットの残りの手榴弾を投げ降ろす。廊下に伏せた。

やがて一階で次々に爆発が起こった。

新城は男を一階に引きずり降ろした。

一階のガレージでは一台の車が炎上し、数人の死体が転がっていた。新城は引きずり降ろした男から左手を放し、ガレージの隅の、車の下廻りを修理点検するための壕《ピット》に跳びこむ。そのコンクリートの横壁は、全体が横にずらすことが出来るようになっていて、その奥に武器弾薬や偽造ナンバー・プレートなどが隠されているのだ。

3

それから一時間後、新城は偽造ナンバー・プレートのうちの二枚をつけたコロナ・マークⅡを、グラント・ハイツ跡のなかに突っこませた。

トランク・ルームのなかに入れてあった酒屋の男はグラウンド・シートをほどいて放りだし、捕虜にした山野組の男をそのグラウンド・シートで包んでトランク・ルームに入れてある。

無論、取戻した武器弾薬や必需品は、トランク・ルームにだけでなく、後部フロアやシートにも積んでキャンヴァス・カヴァーを掛けてある。

しばしのアジトに決めた高級将校用の官舎跡ではなく、二軒長屋の一つの前の芝生にコロナを駐めた新城は、そのトランクから、グラウンド・シートに包んだままの男を出して、空き家に運びこんだ。

そこのバス・ルームの浴槽のなかで、グラウンド・シートを解いた。血まみれの男は猿グッワと眼隠しをつけられ、両手を背中のうしろで縛られて呻《うめ》いている。

新城は血まみれのグラウンド・シートを男の脇に置き、男の猿グッワをゆるめた。

「だ、誰なんだ？　助けてくれ！」

男は猿グッワの隙間から悲鳴に近い声を漏らした。

「山野組に裏切られた男だ、俺はくたばりはしなかったぜ」

新城は言った。

「新城！」

「ほかの誰だと思った？」

「助けてくれ！　お願いだ」

「貴様は？　チンピラではない筈だ」

男のポケットをさぐって運転免許証を取りあげながら新城は尋ねた。

「分かった。しゃべる。山野組新宿支部の平塚という者だ」

「大幹部だな？　支部長の黒部とは親しいな？」

「…………」

平塚は頷《うなず》いた。

「山野組は、はじめから、俺を利用し尽くしたら消そうと考えてたんだな？」

「そうらしい。それに、あんたが山野組から捲《ま》きあげた金を取戻そうと……誤解しないでくれ、俺は山野組では下っ端だ。命令にしたがっただけだ」

「仁義だの約束を守るだのと調子のいいことを並べやがった黒部は、まだ新宿支部長を勤めてやがるのか？」

新城は尋ねた。

「そうだ」

「奴の自宅や妾宅《しょうたく》は？　警備状況は？」

新城は尋ねた。

平塚は答えた。

「もし嘘《うそ》だと分かったら、貴様をなぶり殺しにする。俺は黒部を殺《や》るまで、貴様をここに閉じこめておくんだからな」

「嘘じゃない！」

「山野組は、俺のアジトをみんな見つけたのか？」

新城は尋ねた。

「あの志木のほかにも隠れ家があったのか？」

「とぼけるな！」

「本当に知らないんだ。嘘をついたって仕方ない」

「そうかい？　ところで、山野組は丸山新首相の私兵になることに成功したのか？」

「それがおかしいんだ。丸山先生は、山野組をおおっぴらに抱えこむ件について、今すぐではタイミングが悪いんで、もうちょっと待ってくれ、と言ってるんだ」

　平塚は答えた。

「そうかい？　俺が思った通りだな」

「……？」

「帰って、黒部に伝えてくれ。俺は藪川や桜田を痛めつけた時に、山野組には黙っていたが、大きなカラクリを知ったとな」

「お、俺を釈放してくれるのか？　そ、それで、何を伝えたらいい？」

「丸山も小野寺も、東日本会の結成に裏で噛《か》んでた。奴等はパワー・バランスということを考えてるんだ。丸山と小野寺は、山野組をもう利用し終わり、警察権力を抱えこんだから、そのうち、山野組の大壊滅作戦を実行に移す」

「そ、そんな……」

「警察を私兵に抱えこんだ以上、山野組なんて、丸山たちにはもうお呼びじゃないんだ」

「汚ない！」

「ハゲタカとハイエナが、お互いを汚ないと罵《ののし》りあうようなもんだな」

「畜生……」

「丸山の命令を受けた警察と検察と裁判所が、山野組殲滅《せんめつ》に乗りだす前に、俺はこの手で黒部をなぶり殺してやる。黒部に、よく首を洗っておけと伝えるんだ」

　新城はニヤリと笑った。

それから二時間後、新城はメイン・アジトから奪い返してきた武器弾薬を、セドリックに移した。

気絶させた平塚をコロナのトランク・ルームに戻し、返り血をリンスキンの皮膚清浄綿で拭《ぬぐ》ってからコロナを池袋の西武デパートの前に捨ててきた。戻ってくる時には、スバル・レックスの軽四輪を盗んで使う。

一休みしたのち、昼間から夜にかけて、新城は千葉県習志野の新興住宅街にある自分のアジトを見張った。そこが、山野組にマークされたり占領されたりはしてないことを確かめてから、一度グラント・ハイツに戻り、習志野に武器弾薬類の大半を運んでくる。

それから五日後、山野組新宿支部長の黒部は、杉並大宮の和田堀公園に近い豪勢な妾宅の二階の寝室で、情婦のルリ子を苛々《いらいら》と鞭《むち》打っていた。

妾宅があるあたりは、まだ畑や雑木林が残っている。妾宅のまわりに、ほかの者が家を建てようとすると、山野組の執拗《しつよう》な嫌がらせや脅迫を受けるからだ。

二十二歳のルリ子は細っそりした体と、一見憂愁をたたえた楚々《そそ》とした風情の顔を持っている。

だが、鞭打たれながら逃げまどう今のルリ子は、恐怖に顔を歪《ゆが》め、悲鳴を張りあげている。素っ裸の体じゅうがミミズ腫《ば》れし、切れた皮膚から血が流れている。

「やめて、あなた！　本気で打つなんてルール違反よ」

ルリ子はわめいた。

「サドとマゾのルールも糞もあるもんか。俺は今夜は気が立ってるんだ」

これも素っ裸の黒部は、肥満した体に汗をかきながら、再び鞭を振りあげた。男根は萎縮《いしゅく》したままだ。

「やめてったら！　今夜のあなたったら変よ、新城を怖がってるんでしょう？」

抱えた枕を楯《たて》にして、辛うじて黒部の次の打撃をかわしたルリ子は叫んだ。

「ふざけるな！　俺は伊達《だて》に用心棒を抱えてるわけじゃあねえ。十人もの用心棒が階下《した》で待伏せてるんだ。たとえ新城の野郎がやってきたところで、一コロさ」

黒部は鼻で笑おうとした。

ルリ子の顔に、今まで黒部が見たことがない表情が浮かんだのを見て思わず身震いし、

「どうした？」

と、喘《あえ》ぐ。

ルリ子は寝室のドアを示した。

振り向いた黒部は、鍵《かぎ》を掛けておいた筈のドアのシリンダー錠のノブがゆっくり回転しているのを見て、絞め殺されるニワトリのような悲鳴をあげた。

鞭を捨て、ホルスターに収めた拳銃を吊ってあるベッドのヘッド・ボードのほうに走ろうとする。

そのときドアが開いた。

冷たい薄笑いを唇に刻んだ新城が寝室に入ってくる。右手の消音器をつけたベレッタ・ジャ

ガーが二度咳《せ》きこんだ。

両膝の関節をうしろ側から射ち抜かれた黒部は、分厚い絨緞《じゅうたん》に顔から突っこんで倒れた。ルリ子は小水をほとばしらせながら崩れ折れる。

もがきながらベッドに這い寄ろうとする黒部の両手首に一発ずつ射ちこんだ新城は、素早くベッドに歩み寄った。

ベッドに腰を降ろし、脂汗とヨダレで汚れた顔の裂け目から覗《のぞ》く黒部の恐怖に引きつった目を見おろす。眉間《みけん》に銃口を向けた。

「ど、どうしてここに入れた！　よ、用心棒たちは？」

軟便を噴出させながら黒部は喘いだ。

「臭えな。用心棒たちは、みんな地獄で貴様を待ってるぜ。貴様、平塚から俺の伝言を受取っただろうな？　楽には死なせてやらないぜ。夜が明けて俺が退散するまでには、まだ何時間もある」

新城はニヤリと笑った。

4

青森県下北半島の東北部、つまり尻屋崎から青平川にかけての、ほぼ三角形をなした広大な土地が、丸山と組んであくどい荒稼ぎをやってきた怪商小野寺の私有地になっている。

三角形の底辺の長さは約十キロ、二つの斜辺の長さはそれぞれ十二キロほどもあり、右側の斜辺のうちの約十キロは太平洋に、左側の斜辺のうちの約五キロは津軽海峡に面している。

小野寺のその広大な私有地は、かつては米軍の砲弾発射の演習場であった。それが日本側に返還されたあと、防衛庁のロケット砲の試験場として使われていたところ、四年前に小野寺の会社にタダみたいな値で払いさげられたのだ。

小野寺はその広大な土地を、将来は石油コンビナートとレジャー・センターとして利用する気らしいが、今のところは、彼自身の命の洗濯場として使っている。

釣り道楽がこうじて北海道の山野に広大な釣り場を買った桜田の向うを張って、小野寺は下北半島の広大な私有地を、彼専用の釣り場にしている。桜田のものであった北海道の土地とちがって、小野寺の土地では、渓流や湖の釣りのほかに、豪快な磯釣りが楽しめる。

小野寺は私有地の南側に、彼の自家用小型機リアジェット二四やロッキード・ジェットスターが、どんな悪天候の時でも悠々と離着陸できる千五百メーター級の滑走路二本を十字型に組みあわせた私設空港を持っている。

新城は、その小野寺の私有地について、なぶり殺しにする前に黒部から尋《き》きだしたのだ。

東京でも朝夕に秋の気配が濃くなってきた頃、下北半島の太平洋側の猿ヶ森海岸に、エンジンを切り、オールで漕《こ》がれるゴム・ボートが忍び寄ってきた。夜だ。

黒いウエット・スーツと黒いマスクで暗い海に溶けこむようにして漕いでいるのは新城だ。

波は荒い。冷たい夜風と、冷たい波を浴びている新城だが、ウエット・スーツのお陰で体は冷えない。

砂浜が近づき、ゴム・ボートは浜に打ち上げられた。新城はゴム・ボートから跳び降り、船外機を倒しておいたそのゴム・ボートを波打際から引っぱりあげる。

ボートに積んであった迷彩色の大きなバック・パックを背負い、防水タープにくるんであったM十六自動カービンとレミントン四〇XB改の狙撃用ライフルを左肩にかついだ新城は、ゴム・ボートを右手で引きずって砂丘を登っていく。

新城の足跡や、ゴム・ボートが引きずられた跡は、風によって絶えず表情を変える砂丘では、たちまち吹き消されていく。

新城は波打際から百メーターほど離れた大きな砂丘の蔭に、バック・パックから出した折畳み式スコップで大きな穴を掘った。

空気を抜いたゴム・ボートで船外機エンジンのユニットを包むようにし、防水タープでくるんでから、その穴に埋める。掛けた砂をよく踏み固めておく。

革ケースに入れたレミントン四〇のライフルをバック・パックの上に縛りつけ、新城はさらに砂丘を歩いた。足には、ラッセル・ダブル・ヴァンプのハンティング・ブーツをつけている。

雲間から月が出た。

砂丘を越えると花が咲き乱れる草原であった。草原の向うに、ミズバショウが群生する湿原と沼や湖が点在し、さらにその奥にはカモシカやニホンジカや黒クマが住む、アオモリトドマツの原生林と山々が見える。

新城は銃やバック・パックを一度草の上に降ろし、汗が内側にたまりやすいウエット・スーツを脱いで、ウールの下着姿になった。

バック・パックから、ウールの上下の作業服と迷彩色のウエスターン・ハットを出して体につけた新城は、ウエット・スーツや黒いマスクをバック・パックに仕舞う。

再び歩き出した新城は、星の位置と磁石を頼りに、私設空港があるほうに向かった。網の目のように走っているクリークには簡単だが岩乗な橋が要所要所に掛けられている。

桜田の私有地のように大型の野生動物には出くわさなかったが、このあたりは小動物の宝庫であった。

キツネやテンが多い。森をくぐると樹の上からヤマドリが飛びだし、湿原を渡ると、カルガモがあわてて舞いあがる。シギも稲妻形に飛びだした。

だが、大自然がそのまま残っているようなその私有地にも、四輪駆動車やキャタピラー車の通った跡がほうぼうに残されていた。

明けがた近くになって、泥まみれの新城は、小野寺の私有地の南側にある私設飛行場の航空管制塔がついたプレハブ事務所の建物や格納庫から五百メーターほど離れたブナの原生林にたどり着いた。

林の縁《へり》近くに腰を降ろす。背後のブナの林の二キロほど奥には、私有地と国有林をへだてる鉄条網が張られ、鉄条網からこちら側は幅百メーターに渡って地雷原となっているということだ。

夜が明けてきて、飛行場の様子がよく見えるようになった。南北と東西に走っていて真ん中で交差する幅五十メーターの二本の滑走路は、舗装はされてなく、ところどころが剝《は》げた芝生になっている。

だが、滑走路の近くの草原の雑草は、コンバインを使って短く刈りこまれているから、たとえ離着陸中の飛行機がコースを外れて横に飛びだしても安全だ。

その飛行場の東側三キロほどにある海岸は断崖《だんがい》や岩場だ。だから、浜の砂は滑走路に飛んでこない。

南北に走るほうの滑走路の南端部がタクシー・ウエイを兼ねている。

だから、管制塔がある建物は、そのタクシー・ウエイの南端から五十メーターほど西側にある。整備工場や給油所を兼ねた格納庫のほうは、タクシー・ウエイをはさんで、管制塔がある事務所と反対側、つまり東側にある。

背中から降ろしたバック・パックから細い距離測定計《レンジ・ファインダー》を取りだした新城は、飛行場の要所要所までのレンジを測定する。

八時を過ぎてから、事務所の窓のカーテンが開いた。新城はこれもバック・パックから出したボッシュ・アンド・ロームのズーム式スポッティング・スコープを三脚に据え、倍率を二十倍に落として覗《のぞ》く。

事務所で泊まっていた男たちの動きがはっきりと分かった。

今日は九月の第二週の土曜日だ。今日の午後、明日の日曜、それに月曜の敬老の日の休日を、いつもいそがしく働いている小野寺が、命の洗濯にここにやってこない筈はない。

朝食を終えて、一休みした事務所の十人の男たちのうちの三分の二ほどは格納庫に移った。

昼食の時間になった。新城は格納庫から事務所に戻った男たちが、豚汁や干物などでドンブリ飯を掻きこんでいるのをスポッティング・スコープで覗いて、我慢できずに干肉をかじり、テルモスのコーヒーを少し飲む。

午後一時半、ガラス張りの管制塔に二人の男が登った。格納庫に戻っていた男たちは、そこからトヨタ・ランドクルーザーやニッサン・パトロールを外に出した。

車輪がついた大きな円板に乗せられたベルH1ツウィンのタービン・ヘリコプターが格納庫から押し出されてきた時には、新城はニヤリと笑った。

その双発ヘリに、ツナギをつけた一人の男が乗りこんだ。タービン・エンジンを掛けて五分ほどウォーミング・アップしてから飛びあがり、円板から十メーターほど離れたところに着陸させた。ヘリから降りる。

小野寺は、尻屋崎にあるホーム・ロッジまで四輪駆動車で行く時間を惜しんで、そこまでヘリで一と飛びする気であろう。

標準は十座席のロッキード・ジェットスター小型旅客機が大空に見えてきたのは、それから十数分たってからであった。

その自家用機は、飛行場の上空でトラフィック・パターンを描くような面倒なことはせずに、南北に走るほうの滑走路の北側の空から降下姿勢をとった。

着地した機は、芝生の草をタイアで引き千切り、ブレーキの音とジェットの逆噴射の音を響かせながら近づいてくる。

二本の滑走路の交差点を少しすぎたあたりでもう停止寸前になった機は、ジェット・エンジンの逆噴射を正常噴射に変え、ゆっくり進んでくる。

滑走路の南端から二十メーターのあたりで再び停まった機はエンジンを切った。低いタラップが横付けにされる。

少し時間を置いてから、まず二人の用心棒らしい男が、腰の拳銃に手を掛けて降りてきた。続いて、派手なスタイルの四人の女が降りた。小野寺の遊び相手だろう。そのあとに、禿《は》げた頭を光らせた長身肥満体の小野寺が降りてくる。

新城は、小野寺のあとから、アタッシェ・ケースを提げた秘書と、あと二人の用心棒が降りるまで待った。

スポッティング・スコープから、発射のスタンスに構えたレミントン四〇XBの八倍率にしたライフル・スコープに目を移す。

新城がまず放った七ミリ・レミントン・マグナム百八十グレイン・シエーラ・マッチキング・ホローポイント・ボートテイルの弾頭は、小野寺の左足首を吹っ飛ばした。

横転した小野寺に二人の用心棒が覆いかぶさり、あと二人の用心棒は、新城のライフルが吠《ほ》えたほうに向けて拳銃を盲射する。

だが、拳銃と狙撃用ライフルが五百メーター以上の距離をへだてて射ちあったのでは、一方的虐殺でしかなかった。

四十秒の時間と四発の七ミリ・マグナム弾を使って四人の用心棒をゆっくり片付けた新城は、地上に見えるあとの男女を次々に射殺した。管制塔の二人も、ガラス越しに射ちこんで殺す。

生き残ったというより、新城が生かしておいたのは、さっきヘリを飛ばした男だけだ。

いや、ロッキード・ジェットスターの操縦士もまだ生きている。新城は、エンジンを掛けて空に逃げようとしているその小型旅客機の風防ガラス越しに、素早く弾倉に補弾しながら十発を射ちこんだ。三個のダブル・タイアにも射ちこんでバーストさせる。

腰が抜けたらしいヘリの操縦士が俯《うつぶ》せに倒れて頭を抱えこんでいるのを見ながら、新城はバック・パックから四個の手榴弾を取りだしてポケットに捩《ね》じこんだ。M十六用の弾倉帯を腰に捲《ま》く。

バック・パックにスポッティング・スコープを仕舞い、その上に銃ケースに入れたレミントン狙撃銃を縛りつける。

そのバック・パックを背負い、M十六自動カービンを腰だめにした新城は空港に向けて走った。

二人の用心棒の死体の下から這いだした小野寺が、用心棒の一人の死体から拳銃を奪って乱射しはじめた。

だが、そのタマは新城に当たるどころか、とんでもないほうに飛びさる。たちまちその拳銃の実包を射ち尽した小野寺は、もう一つの死体から拳銃を奪って、再び乱射する。

新城は、弾倉も薬室も空になった拳銃を捨てて、事務所のほうに這い逃げはじめた小野寺に追いついた。

糞尿《ふんにょう》の悪臭を放つ小野寺は、怪鳥のような悲鳴をあげて転がる。新城はその頭を蹴って意識を失わせると、ロッキード・ジェットスターの窓をM十六で射ち砕き、手榴弾を次々に放りこんだ。

5

その夜、新城は小野寺を、千葉の千倉海岸の松林のなかにあるアジトに運びこんだ。

あれから、左足首に止血処置をした小野寺をベルH1二一二の十五座席の双発ヘリに積みこみ、生かしておいたヘリの操縦士に命じて、ゴム・ボートを隠した砂丘までまず飛ばさせたのだ。

無論、新城もそのヘリに乗りこんだ。

そして、砂丘から掘り出したゴム・ボートと船外機を積ませたヘリを、米軍と自衛隊のレーダー網に引っかからないように太平洋上を超低空飛行させ、房州白浜沖十五キロで海面すれすれにホヴァリングさせて、ふくらませたゴム・ボートを降ろしたのだ。

小野寺と共にゴム・ボートに移りながら、新城はヘリの操縦士に、

「あんたは、ここで釈放する。好きなところに行けよ」

と、言った。

狂喜したヘリの操縦士は、ベルの双発ヘリの高度を上げながら銚子のほうに向かおうとした。ヘリのローター・ブレードの風圧で激しく揺れるゴム・ボートから新城はM十六自動カービンを連射して、そのヘリを撃墜した。海に叩きつけられたショックでバラバラになったヘリが完全に海中に沈むのを待ってから、新城はゴム・ボートを動かしたのだ。

今は海から引きあげたゴム・ボートの空気を再び抜いて、船外機と共に、アジトの台所の下の隠し物入れに仕舞った新城は、風呂場で、素っ裸に剝《む》いた小野寺に冷水を浴びせて、体にこびりついた汚物を流し去った。

太鼓腹まで震わせていた小野寺は再び意識を失った。

新城は、七ミリ・レミントン・マグナム弾をくらって吹っ飛んだ小野寺の左足首の上を強く縛ってあるゴム・バンドを一度切断する。腐った血が流れ落ちる。

新城はその小野寺にモルヒネを注射しておき、猿グツワを嚙ませた。昏々《こんこん》と眠る小野寺の左足を腨《すね》の下でナイフと金鋸《かなのこ》で切断し、血管や肉を縫い合わせる。一度剝いて、切断面よりずっと下まで残しておいた皮膚を、切断面にかぶせて縫った。抗生物質の軟膏《なんこう》と注射を多量に使う。

新城は、下北半島に行く一週間前に、このアジトに地下室を掘り、速乾性のセメントで壁や天井を覆《おお》っておいた。

その地下室に、岩乗なベッドを据えてある。小野寺はそのベッドに寝かせた。

小野寺は、それから約五十時間にわたって生死の境いをさまよった。だが新城は、小野寺のような生きかたをしてきた男は、異常なほどの生命力を持っていることを知っている。

新城は小野寺を看護する合間に、ステレオ・セットに組込まれた警察無線を傍受し、小野寺の失踪《しっそう》によって丸山首相があわてふためいていることを知った。

その小野寺は、四日目にして、もう平熱に戻った。左足の手術跡も、順調に回復しつつある。

新城はその小野寺の両手首をベッドの脚に縛りつけた。とっくに猿グツワは外してある。

「ここでは、どんなにわめいても、外には聞こえないことになっているんだ」

テープ・レコーダーをセットした新城は小野寺を見おろしながら言った。ランドールのボウイー・ナイフで腕の毛を剃って見せる。

「な、何する気だ！　助けてくれ。助けてくれたら、十億を払う上に、儂《わし》の子会社の社長にしてやる。面白いように金が入ってくるぞ」

口から泡を噴き、白目を剝きながら小野寺はわめいた。縮みあがった男根はジャングルのなかに隠れ、睾丸《こうがん》は下腹のなかにもぐりこんでしまっている。

「助かりたかったら、ただ本当のことをしゃべってくれたらいい。貴様と丸山が、どうやって国民の血税を懐《ふところ》に入れ、インフレで国民を苦しめながら荒稼ぎしたかの手口をな。それと、丸山と山野組の関係もしゃべるんだ——心配するな。貴様がしゃべったことは、丸山と俺との取引に使うだけだ。マスコミには知らせない」

新城は言った。

「本当か？　約束するか？」

「ああ」

「儂《わし》がしゃべり終わったら殺す気だな？」

「とんでもない。あんたが死んだんでは、死人に口無しということになって、丸山が取引きに応じなくなるからな」

新城はニヤリと笑った。

それから一週間にわたって、新城は丸山と小野寺が組んでやった土地買占めとキャッチ・ボール……国有地払い下げ……株価操作……対韓及び対台湾利権……航空会社や銀行の乗っ取り……などについて小野寺にしゃべらせてテープに録音した。

小野寺が自分が支配している航空会社を利用してトン単位の麻薬を密輸して桜田や山野組に卸していたこともしゃべらせた。

小野寺がそうやって蓄えこんだ金は、私財だけでも千二百億を越し、そのうちの半分は、スウィスやルクセンブルクやドイツやオランダやアメリカの銀行を通してメジャーの石油会社に投資していることもしゃべった。

新城はそれからさらに一週間をかけて、小野寺がしゃべったことを録音したテープの複製を何本も録《と》った。

そのうちの一組を、東京に出て、丸山の私邸に書留郵便で送りつけた。その録音テープのなかには、

「丸山が早く山野組の殲滅《せんめつ》作戦にゴー・サインを出さないと、儂を監禁している男は、あんた

に送ったのと同じテープをマスコミや富田派や革新政党にバラまくと言っている」と、言う小野寺の声も入っていた。

全国の警察が山野組に総攻撃を掛けたのは、それから四日後のことであった。

闘いは五日間にわたって続き、ついには自衛隊が出動して市街戦にケリをつけた。

そうやって全国の警察が山野組との射ちあいに夢中になっている間に、新城は偽造パスポートを使って日本から脱出した。

第二の故郷であるヨーロッパに飛んだ新城は、ドイツから書留郵便《レジスタード・メイル》で、小野寺から録音したテープのコピーを、日本中の新聞社、雑誌社、TV局、ラジオ局、それに野党や保守党反丸山派に送った。

ドッグ・フードと水を与えた小野寺を、千倉のアジトの地下室に監禁したままにしてあることも伝えた。

一と月後、丸山金権内閣が倒れたことを、新城はスウィス・チューリッヒの山の手に買った瀟洒《しょうしゃ》な屋敷で知った。

新城はラジオから流れるドイツ語のニュースを聴きながら、ジン・ライムのグラスを挙げて、ひっそりと乾杯する。

復讐《ふくしゅう》は終わった。

これからの新城は、自分のためだけに、好きなことだけをやりながら、第二の人生を生きていくのだ。スウィス銀行に預けておいた金《かね》のお陰で、長い長い休暇が楽しめる。

解説

新保《しんぽ》博久《ひろひさ》
（ミステリー評論家）

大藪春彦作品を多少でも読んできた人に、その主人公名を誰か挙げよと聞いたら、十人中九人が伊達邦彦《だてくにひこ》と答えるだろう。伊達邦彦とは、大藪氏が弱冠二十三歳でデビューを飾った「野獣死すべし」（一九五八年）から活躍する若き天才的犯罪者であることは言うまでもない。一九六〇年代の007シリーズの爆発的ヒットがきっかけとなったスパイ活劇ブームに呼応するように、邦彦は英国外務省情報部にスカウトされる。そうやって日本警察の追及をかわしたのだが、組織の飼い犬に甘んじてはいられずフリーランスに戻ったものの、今度はNSA（アメリカ国家安全保障局）に見込まれたまま、帰国して新興大学の英文科助教授となったが、野獣としての魂を失ったわけではない。

伊達邦彦の最後の登場となった『野獣は、死なず』（一九九五年）の翌年、生みの親の大藪氏が六十余年の太く短い生涯を終えているから、作家人生のほぼ全期間を伴走したキャラクターと言えるだろう。しかし八〇年代は、女豹《めひょう》シリーズにカメオ出演したのに消息がうかがわれるだけで主役は務めず、二百冊近い大藪山脈のなかで、一九九七〜九八年に光文社文庫でまとめられた〈伊達邦彦全集〉（現在は電子書籍版）は全九巻にすぎない。

昨二〇二三年に急逝《きゅうせい》して、特に冒険小説とハードボイルドのファンに惜しまれた文芸評論家の北上次郎《きたがみじろう》は、大藪小説を「サクセス・ストーリーもの、復讐物語もの、エージェントもの」と仮に三つに分類したことがある（徳間書店『気分は活劇』、太田出版『余計者の系譜』に収録。角川文庫版『気分は活劇』には収録されず）。そこで例示された作品に伊達邦彦シリーズは挙がっていないが、最初の「野獣死すべし」はサクセス・ストーリー、続く『野獣死すべし（復讐篇）』（一九六〇年）は題名どおり復讐もの、そしてエージェントへの転身と、伊達邦彦はそのすべてを体現してもいる。大藪ヒーローの代表格たりうる資格が見てとれよう。

　さらに、印象に残る大藪ヒーロー・ビッグ3はと問いかけるとしたら、あとの二人は誰か。有力候補として挙がるのは、『蘇える金狼』（一九六四年）の朝倉哲也《あさくらてつや》、『汚れた英雄』（一九六七～六九年）の北野晶夫《きたのあきお》、〈ハイウェイ・ハンター〉（一九六九～七一年）〈エアウェイ・ハンター〉（七一～八二年）シリーズの西城秀夫《さいじょうひでお》あたりだろう。こう並べてみると、いずれも二字姓・二字名の四文字で構成される標準的な日本男子の名前だ。ところが『破壊指令№1』（一九六六年）の矢吹貴《やぶきたかし》から一字名ヒーローが目につきはじめる。『復讐の掟』（一九六七年）の酒井淳《さかいじゅん》、『死はわが友』（六八年）の島崎徹《しまざきとおる》、『孤狼は挫けず』（同年）の宮内猛《みやうちたけし》、『特務工作員01』（同年）の石坂晃《いしざかあきら》、『絶望の挑戦者』（六九～七〇年）の武田進《たけだすすむ》、『非情の掟』（七〇年）の島津浩《しまづひろし》、『トラブル・シューター《揉め事解決屋》』（七一年）の北原功《きたはらいさお》という具合で、本書『黒豹の鎮魂歌』の新城彰《しんじょうあきら》に至る。

『黒豹の鎮魂歌』〈第一部 復讐のヨーロッパ〉は「問題小説」一九七〇年六月～七一年三月号、

一年ほどブランクをおいて〈第二部　京葉工業地帯〉は同じく七二年一月、五月〜七三年六月、〈第三部　死闘への驀進〉は同じく七三年十二月〜七五年四月号に連載された。単行本は『黒豹の鎮魂歌』第一部が一九七二年二月、第二部が七三年十月、第三部が七五年六月と、それぞれ徳間書店から、雑誌での完結を待ちかねるように刊行されている。

連載が小休止していた一九七一年には、週刊誌では西城秀夫シリーズが〈ハイウェイ・ハンター〉第三作にして初長編の『狼は暁を駆ける』から『獣たちの墓標』で〈エアウェイ・ハンター・シリーズ〉に転調、また伊達邦彦シリーズでは英国情報部の軛《くびき》を逃れたフリーランス時代の中編「不屈の野獣」（のち「狂気の征服者」と改題）、さらに『骨肉の掟』を連載という忙しさである。ちなみに『骨肉の掟』の主人公名は二見沢健一《ふたみさわけんいち》で、三字姓はこれが初めてではないか。

このネーミングの変化は何に起因するのだろう。短いほうが、いちいち書くのに楽だ、ということではない。主人公は苗字だけで語られるのが常なのだから。例外的に伊達邦彦だけは「邦彦」と表現されるが、デビュー当時まだ独身だった著者にとって、伊達邦彦は初めて出来た息子のようなものだったのかもしれない。自身の本名から彦の字を与えているし、実際に子息に恵まれてからは二人ながら名前に彦をつけたものだ。

ミもフタもない言い方をすれば、たくさんの連載を抱えるようになって、主人公の名前を考えるのが面倒になってきたこともあるのではないか。大藪氏は同じ主人公をヒットしたからと延々使いつづける作家ではない。作者も飽きるだろうし、大藪作品におけるような活躍を強《し》いられていては、どれほどタフガイでも連投は身が持たない（死んでしまうこともあるし）。ほとんど一作ごとに新たな主人公名を考えなければならない。

現実には、子供に不穏な名前をつける親はいないから、概して衛生無害な名づけになるし、二字名はなおさら平凡になりがちだ。対して一字名は、目的語をもたないぶん公序良俗的になりすぎず、歯切れがいい。フルネームを小説本文に記すことは少なくても、そういう名前であると作者は意識しているものだろう。善太郎《ぜんたろう》というような名前だとしたらダーク・ヒーローは務まらない。

話がそれるが、大藪作品には一人称小説はほとんどない。大藪氏が私淑《ししゆく》した作家ダシール・ハメットのコンチネンタル・オプ（コンチネンタル探偵社の調査員《オペラテイヴ》）に倣《なら》ったのか、『傭われ探偵』（一九六四年）が津島《つしま》というほかは、数少ない一人称主人公は名無しだ。それら一人称小説が大藪作品群のなかでは質的にも比較的マイナーに属することについて、浩瀚《こうかん》に文業を追った『大藪春彦伝説』（一九九六年、ビレッジセンター出版局）で野崎六助《のざきろくすけ》は、「大藪ヒーローはほとんど作者のデーモンと一体化した息吹きをもって物語中を跳梁《ちようりよう》している。だとすればどうして『私』視点のナラティヴは成功しないのか。案外にこれは難問であるかもしれない」と述べている。

野崎氏が難問とするものに答えられると思うほど私はうぬぼれないが、仮説を提示するぐらいはできるだろう。一人称小説は、読者が感情移入しやすい形式である（たとえ語り手が読者と性別や年齢を異にしていても）。しかし大藪ヒーローたちは、読者に共感してもらいたいなんて考えていない（たぶん）。読者のほうも、その肉体的・精神的な強さ、潤沢《じゅんたく》というレベルでない稼ぎっぷりには憧れるかもしれないが、なりかわりたいとは思わない（たぶん）。その暴れぶりを痛快に感じることはあっても、一時的で麻薬的なものだ。

『黒豹の鎮魂歌』の新城彰も読者の共感を呼ぶ人物ではない。千葉の漁師だった父親が、海の利権をむさぼる政治家や業者に追いつめられたあげく一家心中に果てた、その唯一の生き残りである新城彰は、政治家たちに復讐するために壮烈な殺戮《さつりく》を繰り広げてゆく。だがその復讐が目的なら、殺すべき相手は限られるはずで、暴力団員はまだしも、関係のない人間まで殺しすぎる。新城の銃やその他の凶器に斃《たお》された人数は数えきれないが、二百人以上はやられているだろう。大量殺戮で知られるハメットの『血の収穫』ですら、主人公が手を下すわけでなく死者総計二十六人（数え違えていませんように）だから、可愛く見える。

最終的な標的である元首相の沖《おき》（実在の誰を著者は念頭においていたか、還暦未満の読者は当てにくそうだが）の、おかかえヘリ操縦士くらい見逃してやっても良さそうなものだが、新城はためらわず惨殺の銃弾を放つ。復讐というのは、屍山血河《しざんけつが》を現出させる取っ掛かりにすぎなくて、殺戮のための殺戮というほかはない。読む側も感覚が麻痺《まひ》するような、快感を覚えるような不思議な気分で、おかげで残酷さにも免疫がつき、現実のモデルたちは天寿をまっとうしている悪徳政治家の死にざまに、小気味よさを感じるのだが。

先に引用した大藪春彦論で北上次郎は、『黒豹の鎮魂歌』第三部早々のサバイバル・バカンスの描写に偏愛の気持ちを吐露《とろ》している。北上氏の紹介は非常に熱がこもっていて、大藪ファンならずとも、そのシーンだけでも読みたくなりそうだ。第三部を始める前の半年のインターバルに大藪氏は、一九七二年「九月、二十一日間のアラスカ狩猟に出かける。日本人として馬を使った本式の猟ははじめてであった」（徳間書店編刊『蘇える野獣　大藪春彦の世界』巻末年譜、一九九九年）というが、その体験からサバイバル・シーンを書きたくてたまらなくなり、舞台は日本の山中でも強引に取り入れた躍動感が確かにある。北上氏はそこから独自の作家論を紡《つむ》ぎだしているのだが、私はまた別な読み方をしたい。どうか、先走ってそのシーンを覗《のぞ》いたりしないように。血と硝煙《しょうえん》をくぐり抜けて行き着いてこそ、そこには陽だまりのような心地よさがあるのだ。

「サンデー毎日」一九七七年十月九日号に特集された「推理作家が選んだ3冊の推理小説」は、「①海外の作品から一冊。②日本の作品から一冊。③自作のなかから代表作を一冊。」を挙げるという趣旨だったが、大藪春彦はこれに答えて、①「学生時代に読んで影響を受けた」「ハードボイルドの古典的傑作である」『血の収穫』、②「日本の風土、因習にマッチした題材を扱って、翻訳ものにはない味がある作品」として、横溝正史《よこみぞせいし》『悪魔の手毬唄』を推したあと、③自作では『黒豹の鎮魂歌』を挙げている。

「ロッキード事件が表ざたになる前に、三年くらいかけて書いた千五百枚の長篇。政治のカラクリをえぐり、国民を食いものにしている連中を告発したつもりです。もちろん、ぼくの作品ですから主人公が悪いやつらを次から次へと殺しまくるのですが」

自信作でもある本書、たっぷりとお楽しみいただこう。

※本文中に、今日の観点からみて差別的と思われる台詞や表現が含まれています。それらは作品が刊行された一九七二～七五年（昭和四七～五〇年）当時の時代及び社会風俗を反映したものであり、また、著者がすでに故人であることも考え併せ、原文のままとしました。読者の皆様のご理解を賜りたくお願いいたします。（編集部）

『黒豹の鎮魂歌　第一部』一九七二年二月、
『同　第二部』一九七三年十月、
『同　第三部』一九七五年六月　徳間書店刊

光文社文庫

黒豹《くろひよう》の鎮魂歌《ちんこんか》（下）
著　者　大藪《おおやぶ》春彦《はるひこ》

2024年3月20日　初版1刷発行

発行者　三宅貴久
印　刷　新藤慶昌堂
製　本　ナショナル製本

発行所　株式会社　光文社
〒112-8011　東京都文京区音羽1-16-6
電話（03）5395-8147　編集部
8116　書籍販売部
8125　業務部

ISBN978-4-334-10239-5　Printed in Japan

組版　萩原印刷

メールヒェンラントの王子　金子ユミ
完全犯罪の死角　香納諒一
祝山　加門七海
目嚢 ―めぶくろ―　加門七海
２０３号室 新装版　加門七海
深夜枠　神崎京介
ココナツ・ガールは渡さない　喜多嶋 隆
A_7 しおさい楽器店ストーリー　喜多嶋 隆
B♭ しおさい楽器店ストーリー　喜多嶋 隆
C しおさい楽器店ストーリー　喜多嶋 隆
Dm しおさい楽器店ストーリー　喜多嶋 隆
紅子　北原真理
暗黒残酷監獄　城戸喜由
ハピネス　桐野夏生
ロンリネス　桐野夏生
世界が赫に染まる日に　櫛木理宇
虎を追う　櫛木理宇

今宵、バーで謎解きを　鯨 統一郎
オペラ座の美女　鯨 統一郎
ベルサイユの秘密　鯨 統一郎
銀幕のメッセージ　鯨 統一郎
テレビドラマよ永遠に　鯨 統一郎
三つのアリバイ　鯨 統一郎
雨のなまえ　窪 美澄
エスケープ・トレイン　熊谷達也
天山を越えて　胡桃沢耕史
蜘蛛の糸　黒川博行
雛口依子の最低な落下とやけくそキャノンボール　呉 勝浩
ミステリー作家は二度死ぬ　小泉喜美子
ショートショートの宝箱　光文社文庫編集部 編
ショートショートの宝箱Ⅱ　光文社文庫編集部 編
ショートショートの宝箱Ⅲ　光文社文庫編集部 編
ショートショートの宝箱Ⅳ　光文社文庫編集部 編
ショートショートの宝箱Ⅴ　光文社文庫編集部 編